鳴海 章

月下天誅

浅草機動捜査隊

実業之日本社

実業之日本社文庫

月下天誅　浅草機動捜査隊　目次

序章　紫の霧

428、568km——。

スピードメーターに埋めこまれた累積走行距離計に表示されていた。月にまっすぐ向かえたならば、とっくに通りすぎていると樋浦清《ひうらきよし》は思った。

地球から月までの距離が三十八万五千キロだと知ったのは、昭和四十四年の夏、アポロ11号が月面着陸をしたとき、二十一歳だった。

青森から出てきて、六年が経《た》っていた。住まいは大磯《おおいそ》だったが、いっぱしの東京人になりおおせたと思っていたし、自分の前途に何が待ち受けているかわくわくしていた。定時制の高校を卒業していたが、大学に進んで、無為無益な四年間と、少なくない授業料を浪費するつもりはなかった。具体的に何をしたいという考えは浮かばなかった。できうるならば、ひとかどの人物にはなりたいと大望を抱きながら、ひとかどの人物として想像できるのは銀座の高級クラブで政財界の大物たちと談笑している姿くらいでしかなかった。

それでも人類がついに月にまで足跡を印《しる》したのだから近いうちに火星まで到達し、さらには太陽系を飛びだす人間が現れ、宇宙大航海時代がやってくるだろうと長閑《のどか》に信じていた。二十一歳の青年には、老いることも死ぬことも想像できなかったし、あと数年もすれば、可憐《かれん》で素直な女性と結婚し、家を建てて、一国一城の主《あるじ》となるだろうと信じて疑わなかった。子供は息子が二人、娘が一人、そして娘の結婚式には号泣する……。

それから四十三年が経った。

いつものことながら過ぎ去った時間をふり返ると、あっという間としかいいようがない。人類は太陽系を飛びだすどころか、火星を踏むこともできておらず、樋浦は独身のまま、六十四歳になった。家だけは、駅前の高層マンションに3LDKを所有していたが、ふだんはガレージの上にあてがわれた一室で寝ていた。狭いながらも専用の台所、風呂とトイレが一体になったユニットバスがあり、生活には何の不自由もない。マンションには週に一度、掃除のためだけに通っている。

ついに銀座の高級クラブに足を踏みいれることはなかったが、結婚は考えないでもなかった。だが、相手がいなかった。三十代半ばを過ぎた頃には、青森の両親が健在だったこともあり、人並みに焦りを感じた。もっとも兄と姉がそれぞれ平凡だが、幸福な結婚をし、孫の顔を見せていたので、深刻に悩むには至らなかった。

眠って、目覚めて、仕事をして、三度の食事を美味《おい》しくいただき、ふたたび眠る。自分がやるべきことと、その手順が決まっていて、分刻みで順番通りにこなしていくと充実した一日を送れた。単調ではあったが、退屈したことはない。自分が必要とされ、居場所がきちんとあり、それなりに忙しければ、それ以上望むのは贅沢《ぜいたく》というべきだろう。アポロ11号の船長――今年の夏に亡くなった――が月着陸船のはしごを降りていくシーンを生中継で見ていたときと同じ部屋に今も暮らしている。

樋浦はまだ累積走行距離計に目をやっていた。

昭和四十七年製のトヨタセンチュリーだから四十二万キロ強を走るのにまる四十年かかっている。タクシーの運転手なら数年で走りきってしまう距離だろう。長距離トラックの運転手ならもっと短い間に走破してしまうのではないか。だが、肝心なのは距離でも時間でもなく、自分が積みあげてきたことだ。

十五歳で上京するとき、叔父の知り合いだという高橋天山《たかはしてんざん》先生のお世話になることになった。

『そりゃ、偉いお方だ。いくつもの会社や団体の顧問をしておられるが、どんなに大きな会社の社長でも先生にはぺこぺこしてる』

世間は天山先生をフィクサーと呼んだが、意味がわからなかったし、今でも樋浦には偉いお方という叔父のひと言で充分といえた。住み込みで雑事をこなしながら定時制高校に通わせてくれただけでなく、十六歳になると軽自動車限定免許を取らせてくれた。

その上、スバル360という車まで貸し与えてくれたのである。休日には神奈川県内だけでなく、東京をはじめ、日帰りできる場所へドライブを楽しんだ。

十八歳になると、普通自動車の免許を取らせてもらい、運転手の仕事を手伝うようになった。その頃は老齢――今から考えると五十をいくつか出ていたくらいでしかない――の正運転手がいて、樋浦は助手を務めた。初めて天山先生のもとへ来たときから名目上は書生ということになっていたが、屋敷に出入りしている同年配の者たちに較《くら》べると、教養もなく、何より勉強が嫌いで、書生という言葉に居心地の悪さを感じていた。だから運転手の助手となったときにはほっとしたものだ。

高校を卒業してからは、天山先生の指示によって樋浦がハンドルを握り、正運転手が助手席で指導するようになった。洗車、車内清掃は助手を始めた頃から樋浦の担当となっていた。

転機は二十歳のときに訪れた。正運転手が脳溢血《のういっけつ》で倒れ、助手から正運転手に昇格したのである。はるか昔の出来事なのに、つい昨日のような気もする。そう思いながら樋浦は目の前のハンドルにそっと触れた。

昭和四十七年の初秋、センチュリーが新車で納入された。それまでクライスラーを使っていた。左ハンドルにはすぐに慣れたが、故障の多さには閉口した。前任の運転手もよくこぼしていた。いくら入念に点検し、整備をしていても走っている最中、突然すべての電源が落ち、エンジンが止まってしまうのである。いくら修理に出しても原因が特定できず、突然のエンジン停止がいつ起こるか予測できなかった。バッテリーをはじめ、電気系統の部品は何度交換したか知れない。それがセンチュリーになってからは、一度も故障していない。もちろん洗車、清掃だけでなく、点検、整備も怠りなかった。

天山先生がセンチュリーを使うのは、週に二度ほど大磯から東京へ出てくるのが主で、ごくまれに京都、大阪まで走ることがある程度でしかない。それ以上、遠距離になるときは、羽田か成田の空港まで送迎した。それゆえ年間の走行距離が一万キロちょっとでしかないのだ。だが、洗車、車内清掃、点検は毎日行い、一年三百六十五日、一日二十四時間、いつでもセンチュリーを出せる状態にしていた。生来の下戸で酒は一滴も飲めず、タバコは喫《す》わず、病気らしい病気もしたことがない。一応、日曜と祝祭日は休みとなっていたが、とくに趣味もなく、出かけていくところもなかったので、車を洗い、ボンネットを開けて、点検をして一日を過ごした。天山先生に叱《しか》られ、出かけたこともあるが、映画を見ても退屈で、考えることといえば、センチュリーの調子だけでしかなかった。

自宅となっているマンションを天山先生が与えてくれたのは、五十歳になったときだ。休みの日に行くところもないのを見かねた結果である。調度類は前の住人が使っていた物をそのままにしてある。休みの日にマンションへ行っても掃除を済ませると、泊まろうとせず、ガレージの上にある部屋へ帰ってきた。一人で食事をするとなると、とほうにくれてしまうのである。

正運転手になってからの給料は半分ほどを両親に仕送りしていた。両親とも亡くなったあとは貯金しているが、いまだに何に遣うのか自分でもよくわからない。

腕時計に目をやった。日付が変わって、二十分ほどが経っている。天山先生から東京へ行くと告げられたのは、昨日の午前中だ。谷中にある寺で営まれる知り合いの通夜に行くといわれた。だが、焼香は午前零時を回ってからするという。屋敷を出たのは、午後十時過ぎだ。途中で時間調整をし、寺の門前には午後十一時五十分に着けた。いまだかつてどこへ行くといわれても理由を訊《たず》ねたことがない。

日付は、十二月十三日になっていた。

寺への参道と直交する道路は軽自動車同士ならようやくすり抜けられる程度の幅しかなく、センチュリーを停《と》めておけるようなスペースはなかった。三十分で戻るといわれていたので、樋浦はいったん参道の前を離れ、時間調整をした。寺まで戻ってくると迷わずバックで参道に入れた。直交する道路から五、六メートルほど引っこんだところに石造りの門があったが、何とか車を入れることができた。

ギアをパーキングに入れ、サイドブレーキを引くと低く声を発した。

「よし」

自らに気合いを入れたのである。ドアを開け、外に出たとたん乾燥した冷気にすっぽりくるまれ、おもわず首をすくめた。綿の長袖シャツに分厚いラクダの股引《ももひき》、ワイシャツの上に毛糸のベストを着け、毛織物のジャケットとズボン、厚手の中敷きを入れた靴とできるだけの防寒対策をしてきた。青森生まれとはいえ、寒いものは寒い。さらにジャケットの内ポケットから白の綿手袋を取りだして着ける。寒さしのぎにはあまり期待できなかったが、それでも素手よりましだ。

リアバンパーの左角と門の石柱は一メートルほど離れているので天山先生が通り抜けるのに問題はないだろうと確認して、左後部ドアのわきに立つ。車内に暖気を満たしておくため、エンジンは切らない。

顔を上げ、参道を見やった。

参道は十メートルほどまっすぐで、そこから右へ湾曲している。こんもりした樹木に囲まれ、門の辺りからは瓦屋根が見えるだけだ。参道が湾曲しているのに葉が落ちていなかった。松ではなさそうだが、十二月だというのに葉が落ちていなかった。

さらに顎《あご》を上げ、空を見上げた。中天にほぼ丸い月がかかっていた。風はなく、空気は澄みきっていた。三十八万五千キロという数字や、人類が初めて月を踏むにじんだ映像が脳裏をよぎっていく。月の表面に浮かぶ影はウサギが餅《もち》つきをしているところだといわれたのは、いつのことだろうか。

視線を参道に戻した。背の高い木のせいで湾曲しているところに影が落ちているほかは青白く照らされていた。風がないのと防寒対策のおかげで冷気が堪《こた》えるほどではなかった。

やがて参道の奥から天山先生が現れた。肩にかかる総髪は夜目にも白く、紋付き羽織袴《はかま》に威儀を正している。一メートルほどの杖《つえ》をついているものの白足袋に白い緒の草履を履いた足取りは軽く、とても九十三歳には見えない。

すぐ後ろに黒いスーツ姿の大柄な男を二人、従えている。一人は日本人、もう一人は白人だが、スキンヘッドで、広い肩幅に猪首《いくび》、太い胴回り――上着の下には防弾チョッキを着けているせいでよけいに太く見える――とまったく同じような体型をしている。サングラスをかけると双子かと思うほどによく似ていたが、さすがに真夜中なのでサングラスは使用していない。ワイシャツは白、細身のネクタイを締めていた。どちらも小型の自動拳銃を持ち歩いているらしかったが、樋浦は目にしたことはない。ボディガードがつくようになったのは一年ほど前からだ。

水戸黄門みたいだろと天山先生がご満悦の様子を見せたのは、ほんの短い間に過ぎない。ボディガードは何人かいるらしく、交代でやって来たが、体型は皆同じようなもので、外出の際には必ず二人ついた。じきに鬱陶《うっとう》しくてたまらなくなったようだが、ボディガードと屋敷に常駐する女性秘書は契約の一部だといった。先生は女性秘書をリンと呼んでいて、中国人のようだったが、あえて樋浦の方から訊《き》こうとはしなかった。

先生の下には、樋浦と同じように書生上がりの秘書が三人いたが、リンが先生のスケジュールを管理するようになると三人とも遠ざけられていった。昼間はリンが同行することも多かったが、今夜は来ていない。何が起こっているのかうかがい知ることはできなかったが、樋浦には、先生から直接指示がくだされていた。

天山先生と二人のボディガードが湾曲したところの影に入り、出てこようとしたとき、樋浦は眉《まゆ》を寄せ、凝視した。

「何だ?」

影の一部がふくらみ、動いたように見えたのだ。

影を凝視してはならない。そのうち影の中に何かが蠢《うごめ》くように見えてくるからだ。最初は樋浦も目の錯覚だと思って、瞬《まばた》きをくり返していた。だが、実際に影はふくれあがり、音もなく天山先生と二人のボディガードに近づいていた。

最初に気づいたのは、天山先生の右後ろにいた白人の方だ。もう一人のボディガードと天山先生に英語で警告し、ふり返ったときには右手に自動拳銃を握っていた。

直後、白い閃光《せんこう》が上から下へ弧を描く。

次いで目に映ったのは、月光に青白く染まった参道に落ちた白人ボディガードの右腕だ。

音はまるで聞こえなかった。

そのまま白人ボディガードが前のめりに倒れたときには、もう一人のボディガードが天山先生を突き飛ばし、左手を小さく振った。手品のように拳銃が現れ、膝《ひざ》を折りまげ、躰《からだ》を低くしつつ反転させかけたが、果たせなかった。

再び白い閃光が、今度は下から上へ弧を描き、日本人ボディガードの左腕を肘《ひじ》から先で斬《き》りとばし、返す刀で右上から左下へ袈裟懸《けさが》けに斬りさげたのである。中腰で踏んばる日本人ボディガードの足下に腸がだらだらこぼれ落ち、つづいて両膝が落ちた。

参道に顔面を強打する鈍い音が樋浦の耳を打った。

影が踏みだしてくる。月光に照らされた襲撃者の姿に樋浦は目を凝らした。髪の毛は逆立ち、高い鼻梁《びりょう》が月の光を受けている。黒っぽい筒袖、裾《すそ》をしぼった裁付袴《たっつけばかま》、そして裸足だ。ボディガードが気づくのが遅れたのは音を立てなかったためだろう。振り乱した髪と異様にとがった鼻は見分けられたが、不思議なことに顔だけはまだ影に浸っている。

両手で持った日本刀を躰の正面に構え、切っ先を天山先生に向けている。

「先生……」

樋浦はようやく声を圧《お》しだしたが、ひどくかすれていて弱々しく、あえぎの方が大きい。瞬く間にくり広げられた惨劇に喉《のど》も脳もしびれ、瞬きすら忘れて目の前の光景を見つめていた。

一方、ボディガードに突き飛ばされかかった天山先生だったが、一瞬早く自ら地を蹴ったに違いない。三メートルほども離れたところで襲撃者に正対し、左手を添えた杖の握りを相手に向け、右わきに抱えこんでいる。

左足を前に出し、右足を引いて、両膝をゆったりと曲げた格好は樋浦にも見覚えがある。杖術《じょうじゅつ》における基本姿勢で、防御と攻撃のいずれにも転じることができる。

天山先生は幼い頃から武道の修練を積んできた。九十三歳の今でも早朝には木刀の素振りを欠かさない。一振りするごとにぶんと空気を切り裂く音は、四十九年前、初めて大磯の屋敷で耳にし、度肝を抜かれたときと変わりないように感じる。また、杖は固い木で作られているだけでなく、日本刀の芯金《しんがね》が仕込まれていた。粘りがあって折れにくい上、ずっしりとした重みが有効な武器となる。

実際、天山先生が杖を振るうところを目にしたこともあったが、昭和四十年代のことで天山先生も自分も、日本という国も若々しかった。匕首《あいくち》で襲いかかってきた男をすらりと躱《かわ》した直後、杖が男の脳天を砕いたのである。

一撃だけならば……、と樋浦は思う。いかに天山先生とはいえ、高齢には勝てない。

長引けば、不利になるのは目に見えていた。だが、初太刀《しょだち》さえ避けられれば、襲撃者に痛撃を食らわせるだろう。

だが、襲ってきたのが何者であれ、一瞬にして拳銃を持った手を斬りとばし、ボディガードを二人ともに倒したのだから相当の手練《てだ》れであるには違いない。

襲撃者が間合いを詰めたとき、天山先生が静かにいった。

「貴様か」

「お久しぶりでございます、先生」

ぎょっとした樋浦は目を見開いた。答えは剣を構えた襲撃者からではなく、樹下の影の中から聞こえてきたのだ。誰かいる。だが、今の今まで樋浦は気づかなかった。

「なぜ、貴様が？」

「はて？」影から聞こえる声は低く、落ちついていた。「その答えは先生ご自身がもっともよくご存じのはず」

「相変わらずだな」

天山先生の声には憐《あわ》れむような響きがあった。

「人はそうそう変わるものではございませんよ」影の声は相変わらず落ちつき払っている。「では……」

それが合図だったのだろう。襲撃者が上段に構え、半歩踏みだす。一方、天山先生は左足をわずかに進め、杖の先端を下げると右手を杖に沿って下ろした。

そのとき、柄《つか》を握っていた襲撃者の左手がすっと動き、右の拳《こぶし》に寄り添った。

気合いもなく、襲撃者が地を蹴り、一気に間合いを詰める。

刃勢は凄《すさ》まじかったが、天山先生の動きはさらに迅《はや》かった。右の脇の下から抜いた杖を顔の前に立て、剣を受ける。樋浦にはがら空きになった胴に杖を叩きこまれ、血反吐《ちへど》を吐いて躰を折る襲撃者の姿が見えた。

だが、襲撃者の放った一撃は杖をすり抜け、何事もなかったように天山先生の首をなぎ払った。

立ち上った血煙が月光を浴び、紫色に輝く。

天山先生は、まるで月を見上げるように顔をのけぞらせた。さらに顎は上がりつづけ、ついにはかっと見開いた目を樋浦に向けた。

だが、そのときすでに天山先生の目は何も見ていなかった。

首は胴を離れ、参道に落ちた。

第一章　生き残りし者

1

運転手の樋浦は、きちんと正座し、両手は太腿《ふともも》の上に置いている。背筋をぴんと伸ばして顎をわずかに引いていた。

シルバーグレーの捜査車輛に乗ってJR日暮里駅の北側を警邏《けいら》している最中に無線機が喚《わめ》きだし、小沼優哉《おぬまゆうや》は相勤者の辰見悟郎《たつみごろう》とともに谷中にある寺の門前に臨場した。小沼たちとほとんど同時に最寄り交番のミニパトカーが現着し、ほどなく下谷警察署地域課のパトカー、刑事課の当直員、小沼と同じ浅草機動捜査隊成瀬《なるせ》班の伊佐《いさ》、浅川《あさかわ》組等々が到着した。かれこれ一時間半も前のことだ。

事件現場となった谷中の寺では通夜が行われており、警察に通報してきたのは故人の親族である。門をふさぐように停められたままのセンチュリーを不審に思って出てきたところ、惨状を目撃したという。下谷署の刑事と、伊佐、浅川が事情を聞いた。

樋浦は一部始終を目の当たりにしていながら警察へ連絡しようとはせず、端座したまま、現場を見つめていた。樋浦の証言通りなら事件発生から二時間ほど経過していることなる。

「それじゃ、アレは犯人たちがやっていったんだな？」

辰見の問いに樋浦はうなずいた。

「はい」

小沼は参道に目をやった。すでに現場はブルーシートで目隠しされていたが、向こう側に死体が三つ転がっているのはすでに見ていた。黒いスーツを着た巨漢が二人、一人はうつ伏せ、もう一人は仰向けでどちらも血溜《ちだ》まりの中に倒れていた。もう二メートルほど寺の門柱に近いところに紋付きの羽織、袴姿の老人が仰向けに倒れていた。首を両断されている。辰見のいうアレは、遺体の胸の上に首がきちんと立てられていることを指している。

樋浦の目をのぞきこむようにして辰見がいった。

「襲ってきたのは二人だった」

「はい」

「まずはボディガード二人を斬った」

「はい」

斬ったなんて、まるで時代劇だなと小沼は胸のうちでつぶやいた。だが、犯行の手口は時代劇そのものといえた。三人の被害者はそろって日本刀で惨殺されているのだ。

「だが、三人を斬り殺したのは、一人だけだったんだな。三人とも二人組のうちの一人が殺した」

「はい」

辰見は質問しているのではない。すでに一通り話は聞いていた。

被害者は紋付き袴の老人が高橋天山、あとの二人は去年から身辺警護につくようになったボディガードだと樋浦はいった。二人とも自動拳銃を所持していたようで一挺は仰向けになった男のそばに、もう一挺は斬りおとされた右手が握ったまま、ボディガードたちのそばに転がっていた。機動鑑識班が臨場して現場検証し、写真撮影が終わったあと、真っ先に拳銃が回収された。実銃で弾丸も装塡《そうてん》されていたという。

樋浦が天山の名を口にしたとき、辰見はすかさず国粋主義者の、と訊きかえし、樋浦がうなずいた。高橋天山という名を小沼は聞いたことがなかったが、メモはしておいた。

「それから犯人のうち、一人が高橋さんの首を遺体の上に安置して、それから二人は参道に正座して合掌した」

「はい」

「首を置いたのは、斬らなかった方だ」

「そうです」

「高橋さんと話をしたのもそいつだった。斬った奴《やつ》はひと言も発していない？」

「はい」

「高橋さんの目を閉じさせたのは、首を置いた奴なのか」

辰見の質問によって、小沼の脳裏には胸の上に安置した首のまぶたにそっと触れる犯人の手がまざまざと浮かんだ。顔は真っ白で、皺《しわ》だらけ、縮んでしまっているように見え、白い総髪は血を吸って半ばまで赤黒く染まっていた。

樋浦はわずかに目を動かし、辰見を見た。

「もし、先生が目を閉じられていたとすれば、そうだと思います」

「犯人が首に触るところを見たか」

「いえ」

「高橋さんの遺体は丁重に扱われていたわけだな？」

「私にはそのように見えました」

「逃げようとは思わなかったのか。それとも襲ってきた連中はあんたに気づいていなかった？」

「私がここにいるのはわかっていたでしょう。賊は先生を手にかけたあと、私を見ていましたから」

「相手の顔は見たのか」

「いえ、最初に申しあげたとおり顔は影になっておりました」

「黒い覆面をしていた？」

「わかりません。ただ、高い鼻筋には月の光があたっていたので見えました」

辰見が被疑者の人相について訊くのは、三度目である。重要な点はくり返し訊ねるのが基本だ。証言はその都度ディテールが変わる。もともと人間の記憶が曖昧《あいまい》であるうえ、言葉で表そうとすると少しずつ違ってきても不思議ではない。

「似顔絵を作ることになると思うが、協力してもらえるか」

「かしこまりました。できる限りのことはいたします」

手帳に目をやった辰見は舌打ちするとポケットからペンライトを取りだして照らした。

その間に小沼が切りだした。

「警察に通報しようとは思いませんでしたか。それとも携帯電話をお持ちではない？」

「いえ」樋浦はジャケットの内側に手を入れると、ワイシャツの胸ポケットから黒い携帯電話を取りだした。「持っております」

だったら、どうして……、と訊きかけ語尾を嚥《の》んだ。目の前で三人が惨殺されたのだから大きなショックを受けただろう。そのうちの一人は五十年も仕えてきた相手なのだ。それに犯人が自分にも襲いかかるかも知れないという恐怖もあったはずだ。すくんで動けなくなってしまったのか。

それとも警察に対する不信感があるのか。

樋浦はまっすぐに小沼を見ていった。

「車から離れるなというのが先生のご命令ですから」

「ここからでも通報くらいできるでしょう」

小沼の問いに答える前に樋浦はブルーシートに目をやった。シートの内側ではくり返しフラッシュが閃《ひらめ》いていた。機動鑑識が現場写真を撮りまくっている。指示を飛ばす声がきびきびと聞こえてきた。

やがて樋浦が口を開いた。

「さて……、なぜでございましょう。気が動転していたのは間違いありませんが」

言葉とは裏腹に口調は落ちついているように感じた。

「そうでしょうね。念のため、携帯電話の番号を教えていただけますか」

樋浦が諳《そらん》じた番号を手帳に書きとめ、うなずいてみせると、樋浦は携帯電話をワイシャツの胸ポケットに戻した。

顔を上げた小沼は周囲を見渡した。センチュリーがフロントグリルを向けている路地には黄色のテープで縄張りがされており、制服姿の地域課員が内側に立っていた。野次馬が数人集まっていたが、マスコミ関係のような輩《やから》は見当たらなかった。樋浦はリアバンパーを背負うように座っているため、野次馬たちからは見えない。小沼と辰見は樋浦に向かい合う格好でしゃがんでいる。足がすっかりしびれていた。

「アスファルトの上で正座しているのはつらいでしょう。それに寒くありませんか」

「いえ」樋浦は首を振った。「先生があのままでいらっしゃるうちは、私も動くわけにはまいりません」

この問答もすでに三度か、四度くり返している。

「先生のおそばにいけないのであれば、せめてこれくらい……」

そういった樋浦を、辰見が見やる。樋浦はうっすら笑みを浮かべ、首を振った。

「ご心配にはおよびません」

現状において死んだ者のそばにいくとなれば、誰でも殉死を連想する。

「ところで……」辰見は懐中電灯のスイッチを切った。「高橋さんが持ち歩いていた杖には鉄芯が入れてあるということだが、襲われることを予期していたのか」

「常在戦場が先生の座右の銘でしたが、今では健康器具だとおっしゃってました。鉄アレイを手にして歩いているのと同じだと」

「犯人が斬りかかったとき、高橋さんが杖で受けようとしたのは間違いないんだな?」

「はい」

「しかし、刀は杖をすり抜けた」

「はい」

「受け損なっただけじゃないのか」

「決してそのようなことはございません。先生は賊の初太刀にきちんと合わせておいででした」

わずかに間をおいて、樋浦が言い添えた。

「間違いありません」

樋浦の返事に辰見は低く唸《うな》った。

遺体は救急車で警察病院に搬送されることになった。すでに立ち入り禁止を示す規制ラインは大幅に下げられ、門前には警察車輛が数台並び、赤色灯を派手に回転させている。それでもごく一部に過ぎないだろう。現場には私服、制服の警察官が数十人も入りこんでいる。

寺の周囲には罵声《ばせい》やホイッスルが飛び交い、騒然としていたが、樋浦は相変わらず静かに正座し、ブルーシートを見つめていた。

刀が杖をすり抜けたということを小沼は考えつづけていた。天山の首がすっぱりと断ち切られていたのは自分の目で確かめている。すり抜けたのではなく、やはり受け損なっただけではないのかと思ってしまう。

やがて辰見が下谷署で当直に就いていた刑事とともに戻ってきた。下谷署の刑事はくたびれきった顔をしていた。グレーのスーツには皺が寄り、ワイシャツのカラーもよれている。緩んだネクタイがぶら下がっていた。

　辰見が樋浦の前にしゃがんだ。

「お宅の車を動かさなきゃならない。そうしないと被害者をここから運びだすことができない」

　センチュリーは寺の参道につづく門の前をふさいでいる。救急車をつけるには、移動させなくてはならないことは樋浦にもわかっているはずだ。だが、樋浦はブルーシートを見つめたまま動かなかった。

　辰見が言葉を圧しだす。

「キーを貸してもらえないか」

　ブルーシートを見たまま、樋浦が訊きかえした。

「車はどちらまで運べばよろしいのでしょう」

「とりあえずショカツ……、下谷警察署までだ。駐車場があるからそこに置いておけばいい。すぐ近くだよ」

　樋浦は辰見に視線を戻した。

「私が運転していってもかまいませんか」

　辰見は渋い表情を見せ、鼻をつまんで引っ張った。

「やっぱりそう来るよな。それじゃ……」辰見は後ろに立っている刑事を手で示した。

「こっちは下谷署の刑事なんだが、同乗させてもらう。署まで案内する」

許可を求めているのではなく、決まったことを淡々と告げているといった感じだ。

「わかりました。ただ、申し訳ないのですが、助手席に座っていただきます。あとはそちらの刑事さんのご指示に従います」

「すまんね。それと向こうに着いたらあらためて事情を聞かせてもらうことになる。とりあえず休憩してもらえるとは思うが、できるだけ早いうちに樋浦さんの話を聞いておきたい。似顔絵のこともあるし」

「かしこまりました」

うなずいた樋浦はすっと立ちあがった。小沼も立とうとしたが、足がすっかりしびれていうことを聞かない。しりもちをつきそうになって後ろに手をついた。辰見が顔をしかめる。

「しっかりしろ」

「すみません」

何とか立ちあがるまでに樋浦はブルーシートに向かって深々と一礼し、躰を起こしてからズボンの裾を払った。下谷署の刑事が近づくとうなずき、先に立ってセンチュリーの運転席にまわる。刑事は助手席のドアを開けた。

「おれたちも車を出す」そういって辰見はセンチュリーを顎で指した。「この車につづいてな。おれたちの車も邪魔なんだと」

「わかりました」

センチュリーの前をふさぐように停まっている最寄り交番のミニパトカーにはすでに二人の制服警官が乗っており、赤色灯を回していた。その後ろに停めたシルバーグレーの捜査車輛に戻ると、小沼は運転席、辰見が助手席に座った。エンジンをかけ、シートベルトを留めた。

ミニパトカーがゆっくりと動きはじめ、センチュリーがつづき、左にハンドルを切っていく。すでに四十年も走っている車だが、黒いボディはぴかぴかに磨きあげられていた。天山が車を使うのは週に二度ほどで、あとは樋浦が入念に手入れをしていたといっていたのを思いだす。

センターコンソールにはめ込んである無線機に手を伸ばした辰見がマイクを取った。ボタンを押す。

「六六〇三から本部」

〝本部。六六〇三、どうぞ〟

「六六〇三にあっては谷中の現場から移動」

〝六六〇三は谷中から移動。本部、了解〟

マイクをフックに戻し、辰見はシートベルトを引っ張り出して金具を留めた。センチユリーがようやく門前を出て、ミニパトカーに従って動きだす。前方ではホイッスルが吹きかわされ、罵声とも怒号ともつかない声が聞こえてきた。

ミニパトカーの先導でセンチュリー、小沼と辰見が乗りこむ捜査車輌とつづいて、規制ラインを越えようとしたとき、前方で一斉にカメラのフラッシュが焚《た》かれ、テレビカメラのライトが点《つ》いた。

「眩《まぶ》しいな、ちくしょう」

ダッシュボードの上が真っ白になるほど強烈な光に目を細め、小沼は毒づいた。右手でハンドルを握り、左手を眉の上にあてて光を遮る。センチュリーのブレーキランプが灯《とも》り、小沼もブレーキを踏んだ。つんのめるようにして停まる。舌打ちした。

「のんびり行け。狭い路地を野次馬やマスコミが埋めてる」

辰見が低い声でいった。

「はい。それにしてもどいつもこいつも暇なんですかね」

「高橋天山は最後のフィクサーといわれていた。マスコミが嗅《か》ぎつければ、大騒ぎにもなるさ」

ＪＲ日暮里駅につづく道路へ出るまでじりじり進むしかなかった。その間、フラッシュの閃光を浴びつづけた。

駅に向かうとミニパトカーはサイレンを鳴らし、赤色灯を回しっぱなしにして走りだす。それでも時速四十キロほどだ。センチュリーを挟んでつづいた。日暮里駅にぶつかったところで右に折れ、高架下をくぐり抜けると今度は左に曲がった。駅前のロータリーを抜けて、尾久橋通りにぶつかったところでミニパトが右折のウィンカーを出した。センチュリーがつづく。

辰見が顎をしゃくった。

「おれたちは左だ。警邏に戻る」

ちらりと辰見の横顔を見たが、小沼は何もいわず左折レーンに車を進めた。前方の信号は青。わきをすり抜けるときにちらりとセンチュリーに目をやったが、樋浦の姿をはっきり見ることはできなかった。

2

ＪＲ日暮里駅前の交差点でミニパトカー、センチュリーと別れ、左折した。

機動捜査隊の任務は初動捜査にあり、事件直後の現場検証や周辺での不審者、目撃者捜しを終えると事件を所轄署の刑事課なり生活安全課なりに引き継いで、自動車による警邏に戻る。現場を二、三度つついては次の事件に向かう様子からニワトリ捜査隊と揶《や》揄《ゆ》されることもあった。各部署の捜査員は事件をとことんまで追い、犯人を逮捕し、検察に送るまでを行う。逮捕、検察送致がゴールだとすると、機動捜査隊の仕事には達成感という点ではいささか欲求不満があったが、その代わり刑事事件にかぎらず、あらゆる事案に首を突っこみ、経験を積むことができた。

　初動捜査を担当するといっても現行犯であれば、当然逮捕する。酔っ払いや行き倒れの保護、未成年者の補導と呼称は違っても身柄を確保し、最寄りの所轄署へ連行して、その後延々とつづく事情聴取や調書等の作成は変わらない。扱う事案が多種多様、広範であるだけに捜査員としての適性を見極めたり、どの部署に配置されても対処できるようになるための実地訓練といった意味合いもあった。

　機動捜査隊《きそう》の任務は初動——わかっているつもりだが、今夜は事件の目撃者であり、被害者とも関係のある樋浦の話を聞いただけで、現場周辺を歩き回ることさえしていない。

　まるで現場から追いたてられたみたいじゃないかと小沼は胸のうちでつぶやいた。

　尾久橋通りと尾竹橋通りの交差点にさしかかったところで、それまで黙りこんでいた辰見が口を開いた。

「右へ」

「はい」

　交差点を右折すると北東に向かうことになる。小沼が所属する第六方面機動捜査隊は、台東、荒川、足立の三区を管轄している。交差点を左に行ったのでは、北区に入ってしまう。

センターコンソールの無線機はぶつぶつ音を発しつづけたが、六六〇三は呼ばれない。六六〇三は小沼たち固有の呼び出し符丁ではなく、捜査車輛に搭載されている無線機の番号に過ぎなかった。

「さっきの運転手だがな」

「樋浦さん、ですね」

「そう。樋浦だが、下谷署に車を置いたら、すぐに本庁《ホンテン》へ移送されるそうだ」

「被害者《マルガイ》が大物だからですか。フィクサーというのか……」

「その通り」

「でも、すっかり過去の人じゃないんですか。名前も聞いたこともないし。自分が世間知らずか、勉強不足ってことかも知れませんが」

「両方だな」

辰見はにべもなく答え、つづけた。

「高橋天山というのがすっかり過去の人というのは間違いじゃない。本人は大陸浪人のなれの果てを自称していた」

「大陸浪人って、何です?」

「今でいう中国の北部、昔は満州といった。聞いたこと、ないか。その辺りを中心に朝鮮半島やシベリアで活動していた連中だ。政治家、実業家、市民運動家……、いろいろだし、すべての面を兼ねそなえていた者もいる」

「それじゃ、高橋天山は昔中国にいたってわけですか」

「たぶん」

「頼りないですね」

「暴力団担当にいた頃にちょろっと聞いただけだからな……」

言葉を切った辰見が前方を顎で指す。

「あれ」

「はい。見えてます」

前方、左側を走る自転車には男が二人乗っている。それだけでも道路交通法違反だが、かなりのスピードで歩道を走っていた。午前四時という時間帯を考えれば、何かあると見るのが警察官の習性だ。

一生懸命ペダルを踏んでも所詮《しょせん》は自転車に過ぎない。アクセルをほんのわずか開けてやるだけですぐに追いついた。

交差点に差しかかった自転車の前に軽自動車が飛びだす。急ブレーキをかけた自転車のわきに車を寄せた。

捜査車輛を並べて止めたとたん、二人の男は自転車を乗り捨てて逃げだした。逃げられれば、追うのも警察官の習性である。助手席を飛びだした辰見は荷台に座っていた方——今まで自分たちが走ってきた歩道を逆戻りしていた——を追い、運転席を降りた小沼はドアを叩《たた》きつけるように閉め、車の前を回ってペダルを踏んでいた方を追いかける。

二人の男たちが若いことは予想できた。どちらも上下紫色のジャージを着ていたからだ。おそらくは学校指定だろう。パンツの裾はすぼまっていて、白いスニーカーを履いている。

ペダルを踏んでいた方は倒れた自転車のハンドルに足を取られ、歩道に手をついた。それでも小沼が近づく寸前に立ちあがり、軽自動車が走ってきた道路に駆けこんだ。走りだしながら小沼は自転車とぶつかりそうになった黒の軽自動車をちらりと見た。運転しているのは女のようだったが、はっきり顔を見ることはできなかった。

逃げていく男を追って、住宅街の狭い道に飛びこむ。

機捜隊員は、命令一つでどのような現場にも行かされるため、常時、拳銃、警棒、手錠、受令機等々の携行を義務づけられている。そのうえ革靴を履いているので走るのに最適とはいえなかったが、言い訳にはならない。

男はスニーカーのかかとを自分の尻にぶつけそうな勢いで蹴上げながら走っていた。

それほど背は高くなく、せいぜい百六十センチくらいだ。街灯が襟足を長く伸ばした後頭部を照らす。

「止まれ、警察だ」

止まれといってすぐに従うなら苦労はないが、警告は発しておかなくてはならない。

男は加速し、左へ曲がった。

「こらっ」

怒鳴りつつ小沼も加速する。逃げる男にいったのか、自らを叱咤《しった》したいのかよくわからない。とにかく手の届くところまで近づけば、突き飛ばして転ばすことができる。

さらに狭くなった住宅街の通りの両側には一戸建てやマンションが並んでいる。男の息があがりかけているのか、少し足の回転が落ちる。

「止まれ」

もう一度声をかけたとき、男が後ろを見ようと首をひねった。上体が揺れ、よろけると電柱の根元に積んであったゴミ袋に足を取られ、前のめりに倒れて、転がった。足を引っかけたのは、カラス除《よ》けのネットかも知れないと思いつつ、一気に近づく。道路に手をついて起きあがろうとしていた男の首筋に手をかけ、もう一度うつ伏せにさせた。

「両手を前に伸ばせ。そのまま動くな」

拍子抜けするほどあっさりと男は両手を伸ばした。手早くボディチェックをする。深夜、徘徊《はいかい》している連中には自衛のためといってナイフなどを持ちあるく輩が少なくない。だが、ジャージのポケットに入っていたのは、携帯電話とキーホルダーのついた鍵が一本だけでしかなかった。どちらも取りあげ、背広のポケットに入れる。男が身じろぎする。

「返せよ、馬鹿」

「後で、な。ほら、立て」

男の首筋をつかんで引っぱり上げた。両手と膝をついてからのろのろと立ちあがる。胸元には中学校の名前が刺繡《ししゅう》されているのを見て、やっぱりと胸の内でつぶやいた。

立ちあがった少年の右肘を後ろからつかんだ。

「痛《いて》えよ、離せ、馬鹿」

「もっと痛くしてやることもできるぞ」

「うっせえ、馬鹿」

少年の右肘を引き、手首を左手でつかんだ。親指を手首のわきに食いこませる。

「痛《つ》っ」

のけぞった少年が悲鳴を漏らす。力を緩めてやるとぐったり脱力した。

「歩け。自転車のところに戻るんだ」

「おれが何したってんだよ、馬鹿」

「自転車の二人乗りは立派な道路交通法違反だ」

「そんなんで、こんなことしていいのかよ」

「逃げるからだ。何にも悪いことしていなければ、逃げる必要はないだろう」

「うるせえ、よ。馬鹿」

肘と手首をつかんだまま、タオルを絞るように締める。ほんの少しで少年は咽《のど》を鳴らし、のけぞる。

「馬鹿、馬鹿というのは悪い癖だな」

倒れた自転車のところまで来るとすでに辰見は戻っていた。荷台に座っていた方が膝を抱えて歩道に座り、うつむき、びくっ、びくっと肩を震わせている。しゃくり上げているようだ。髪は脱色した赤みがかった金色で襟足が長く、前髪が目にかかりそうになっている。目が細く、唇も薄い。

黒い軽自動車は見当たらなかった。

辰見が小沼を見て、にやりとする。

「手こずったようだな」

「思いのほか、足が速かったもんで」

「ほう、アワノ君は足が速いか」

「アワノ？」

「お前が捕まえてる小僧だよ。粟《あわ》、稗《ひえ》の粟に野っ原の野、粟野だ。ここにいる鈴木君が教えてくれた。二人は同じ中学の二年生で、去年まで同じクラスだったそうだ」

粟野を鈴木のとなりに座らせた。うつむきこそしなかったが、粟野も膝を抱えこむ。髪は黒かったが、鈴木と同じように襟足だけが長い。流行なのか、友達同士でおそろいにしているのかはわからなかったが、決して格好がいいとは思えなかった。夜目にも白い顔をしていて、顎の右側に小豆《あずき》粒大のほくろがあった。

「さて」辰見は二人の中学生を見下ろしていった。「とりあえず本部に連絡を入れて、所轄から応援をよこしてもらうか。その前に自転車の登録証を確認してくれ」

「はい」

ズボンのポケットからＬＥＤの小型懐中電灯を取りだして、自転車のわきにしゃがみ込んだ。スイッチを入れ、フレームを照らす。自転車は前にかごをづけたいわゆるママチャリと呼ばれるタイプでアシスト用のモーターや変速機はない。後輪の泥よけを見ると、黒い跡があった。人差し指でこすってみる。べたべたしていた。盗難防止のための番号を印刷したシールを剝《は》がした跡だろう。

「登録証は剝がしてありますね」

「やれやれ道交法違反に自転車盗かよ」

辰見が首筋に手を当て、首を振った。

「違《ちげ》えよ、バ……」

　顔を上げ、罵声をあげようとした粟野が素早く小沼を見て、言葉を切った。じっと見下ろしていた辰見がうっすらと笑みを浮かべた。粟野は下を向いたまま、ぼそぼそと答えた。

「友達の自転車だよ。おれたちは借りただけだ」

「ほう、友達のか。何て名前だ？　親切に貸してくれた友達の名前だったらいえるだろ」

「関係ねえだろ」

「親切な友達がこの自転車を盗んで登録証を引っぺがしたのかも知れないからな。話を聞かなくちゃならん」

　辰見の言葉に粟野はそっぽを向いた。

　開けっ放しのドアから助手席に乗りこんだ小沼は無線機のマイクを取った。

「六六〇三から本部」

〝本部、六六〇三、どうぞ〟

「六六〇三にあっては現在位置……」

　カーナビのディスプレイで住所を確認して伝え、登録証のない自転車で二人乗りをしていた少年二人の身柄を確保している旨を告げた。

〝本部了解。尾《お》久《ぐ》警察署から応援を出す。確保に支障はないか〟

ちらりと辰見と少年二人に目をやる。少年はどちらもうなだれて動かない。

「こちら支障なし。それと自転車を運ばなくちゃならない」

〝レッカー？〟

「自動車じゃない。じ、て、ん、しゃ」

〝本部了解〟

五分ほどでパトカーが一台やって来た。最寄りの尾久橋交番から来たという。ほどなくもう一台のパトカーとトラックがやって来る。少年を一人ずつパトカーに乗せ、自転車をトラックに積んだ。

だが、仕事は終わりではない。辰見に声をかけた。

「尾久です」

「了解」

これから尾久署に行き、少年たちの話を聞き、弁解録取書を作成しなくてはならない。

小沼はため息を嚥みこむと、捜査車輛の運転席に座った。

「夜が明けてる」

尾久署の玄関ホールを歩きながら小沼は、ガラス扉の向こう側が明るくなっているのを見てつぶやいた。

「いくら冬だってな……」となりを歩く辰見があくびをした。「これくらいの時間になれば、ちゃんと夜明けが来る」

尾久警察署で粟野、鈴木両名から事情聴取を行い——友達から借りたといっていた自転車は京成線町屋駅前に放置されていたものだといった——、調書を書きあげたところでようやく出勤してきた少年係に引き継ぐことができた。午前六時になろうとしている。もっとも機捜隊としての任務はあと二時間ほど残っていた。

玄関前にタクシーが停まり、ドアが開くとダウンジャケットを着た女が降りてきた。前が開いているので白衣姿なのがわかる。ドアを押し開け、玄関に入ってきた女は受付に行った。

「粟野力弥《りきや》の母親です。このたびは息子がご迷惑をかけて……」

リキヤっていうのか、と小沼は胸のうちでつぶやいた。色白の顔からすると少々名前負けしているような気がした。足を止めた小沼の腕を辰見がぽんと叩《たた》いた。

「引き継ぎは終わってるんだ」

「はい」

玄関を出ると、空を見上げた。頭上からヘリコプターの爆音が折り重なるように降ってくる。

「テレビ局が動きだしたな」

辰見はつぶやき、駐車場に入れてある捜査車輛に向かって歩きだした。爆音が聞こえてくるのは、南の方だ。高橋天山の事件に違いない。谷中の寺を空撮しようというのだろう。

本庁に移送された樋浦は眠れただろうか。

たぶん、眠れなかったろう。

3

『我々のヘリコプターは上野の上空を北に向かって飛行中です。現在、画面の左に見えているのがJR上野駅で、右には寛永寺が見えます。間もなく事件現場に差しかかろうとしておりまして……、あっ、見えてきました。今、映像の中心に見えているのが、昨夜未明に惨劇が起こった……』

記者が興奮気味に寺の名前を口にするのを小沼はぼんやり聞いていた。

三十二インチサイズの液晶画面には密集する住宅と墓地が映しだされている。上野の西側は寛永寺をはじめとしていくつもの寺があり、何カ所にも分かれた墓地があった。

機動捜査隊浅草分駐所の一角にはソファとテーブルがあり、壁際にテレビが置かれている。小沼はソファに腰かけ、両足を投げだしていた。午前九時に前島班との引き継ぎを終え、それから樋沼から聞いた話を捜査状況報告書にまとめていたのだが、二十四時間の当務を終えたあとでは何杯コーヒーを飲んでも脳にまとわりついたもやが晴れなかった。

『カメラさん、もう少し寄れますかね』

　記者の言葉に合わせて、事件現場がズームアップされる。昼のニュース番組だが、空撮されたのは早朝だろう。尾久警察署を出たとき、南の方にヘリコプターが飛び交っていた。

　墓石群の間にある参道と寺の屋根が見え、参道はブルーシートで囲われていた。センチュリーが後ろ向きに停められていた門前は路地の方に向かってやや幅が広がっているのがわかった。早朝の撮影とはいっても小沼と辰見が臨場してから五、六時間後のことであり、すでに遺体は運びだされ、当然のことながらセンチュリーもない。

　小沼はこめかみに指をあて、眉根を寄せた。テレビで事件現場を見ているというのに脳裏には粟野という中学生の顔がちらついている。引きずられるように尾久署の玄関から入ってきた母親の姿が浮かぶ。ダウンジャケットの下に白衣を着ていた。中学生の息子がいるにしては若く見えた。自分と同じくらいではないか、と思った。三十三歳になる小沼にしろ二十歳《はたち》で結婚して、翌年長男が生まれていれば、粟野と同じく中学生になる。母親が同い年でもそれほど不思議ではない。

三十三……、もう、若くはないということか。

足早に尾久署の受付に近づいた母親の横顔を見かけたに過ぎない。それでも色が白く、顎の右側にほくろがあるのはわかった。遺伝子のなせる業《わざ》か。

首を振り、思いを払う。

テレビは古ぼけ、にじんだ映像へ切り替わった。銀色の細い機体に小さな翼のついた戦闘機が離陸していく。次いで着陸してくる大型旅客機の映像になった。旅客機は白とブルーに塗り分けられていた。さらに太った初老の男が国会で証言しているシーンが流れる。一連の映像を見れば、何の事件かはわかるが、小沼には歴史の教科書でしか接点がない。テレビでは昭和五十一年に明るみに出たといっている。おれが生まれる三年も前じゃないか、と思う。

『この銀色の鉛筆に翼をつけたような戦闘機は星の戦士《スターファイター》と呼ばれ……』

アメリカの航空機メーカー、首相の犯罪、政商、フィクサーといった言葉が次々と流れる。高橋天山のことをいっているのはわかったが、音声は右の耳から左の耳へと流れていくだけだ。

アナウンサーがカメラをまっすぐに見て告げる。

『それでは、特別捜査本部が置かれました警視庁の記者クラブから伝えてもらいます』

小沼は目を細め、テレビを睨《にら》んだ。捜査本部が本庁に置かれたというのは、初めて聞いた。だが、樋浦が本庁に移送され、捜査一課だけでなく、公安部が待ちかまえていると辰見にいわれたことを思いだした。

メガネをかけた、背広姿の男性記者がタブレット型のパソコンを手にして話しはじめる。

『今回の事件においては被害者が長年にわたって深く政界、財界にかかわってきた人物であり、政治的背景を考慮した上で警視庁内に特別捜査本部が置かれることとなりました。捜査一課が中心となって事件の背景、犯人逮捕に向けた捜査を行います』

公安のこの字も出てこない。

ニュースを最後まで見ていて、気づいたことがあった。天山といっしょに斬殺《ざんさつ》された二人のボディガードについて、警視庁記者クラブの記者は秘書といい、去年から身辺警護にあたるようになったことや拳銃を不法に所持していたことには触れなかった。さらに中国についての言及は一切ない。公安部が前面に出てこないのと同じ理由によるものだろう。いずれにせよニュースで流れるのは、警察が流した情報だけだ。事実の隠蔽《いんぺい》は公安の手口であり、習い性ともいえる。

「さて……」

ひとりごちると小沼は立ちあがり、両腕を上げ、伸びをする。ついでにあくびをしながら自分の席に戻った。椅子《いす》に腰を下ろし、机上のノートパソコンに目をやる。ディスプレイには捜査状況報告書が表示された。ちらりと右どなりの席に目をやる。辰見は前島班との引き継ぎが終わるとさっさと分駐所を出て行った。樋浦から聞いた内容を捜査報告書にまとめるのは自動的に小沼の仕事となっている。

手元のマグカップを見た。底に一センチほどコーヒーが残っていたが、すでに喉元までコーヒーが詰まっていて手をつける気になれなかった。

服装を見れば、粟野の母親が看護師であることはわかる。白衣のまま尾久署に来たのは、夜勤明けだったのだろうか。

『自転車で一晩中走りまわってただけだよ』

何度訊ねても答えは同じだった。目的はなく、体力だけはあり余っている。午前四時という時間帯と登録証を剝がした自転車を乗りまわしていたことをのぞけば、むしろ元気な中学生といえるのかも知れない。

「馬鹿な」

朝になって出勤してきた少年係によれば、粟野、鈴木ともに前歴はないという。学校に問い合わせれば、真面目《まじめ》で目立たない子供といわれそうなタイプだ。自転車の出所が供述通りなら今回は説諭だけで済むだろう。

「ええい」

自分に気合いをかけ、マグカップに残っていた埃《ほこり》っぽい味のするコーヒーを飲み干し、樋浦の証言を最初から読んでいった。

昨夜、午後十時過ぎに大磯の高橋邸を出た。出発が夜遅かったのは、日付が変わってから焼香すると天山にいわれていたためだ。目的地には午後十一時五十分に到着している。焼香を済ませ、天山と二人のボディガードが参道に出てきたときには、午前零時三十分を過ぎていた。

天山と通夜の故人との関係はよくわかっていない。そこまで訊くことができなかった。ほかにも疑問はいくつもあった。

なぜ午前零時過ぎといったのか。夜更けの焼香はいつものことなのか、それもわからない。

襲いかかってきた男たちは黒い覆面をしていたのか。

なぜ犯人が水平に振った日本刀は、鉄芯入りの杖をすり抜けて、天山の首を刎《は》ねることができたのか。

天山と犯人のうち一人とは面識があったようだが、もう一人も天山の知り合いなのかは不明だ。一年ほど前からボディガードがつくようになったということは、襲撃を予想していたのだろう。だが、誰が襲ってくると考えていたのか。

犯人は何者で、天山殺害の動機は何か。

天山と話をしている以上、目標は天山で、ボディガードではないくらいは察しがつく。月下に白刃を振るうなどという時代劇さながらの殺人には、何か意味があるのか。不明なことばかりだが、いずれの謎も本庁捜査一課と公安部が解くことになるだろう。捜査本部は本庁に設けられ、そうなると、せいぜい下谷署の刑事たちが犯行現場周辺で目撃者捜しをするために歩きまわるだけで機動捜査隊に出番はない。

ひと通り読み返したが、とくに変えるところも付け加えるべきことも思いつかない。そのまま印刷し、プリントアウトを成瀬班長の席にある未決箱に放りこんだ。成瀬班で残っているのは小沼だけになっている。ノートパソコンをシャットダウンして電源を切り、上着を羽織った。

分駐所のある日本堤《にほんづつみ》交番から三ノ輪《みのわ》まで歩き、地下鉄で仲御徒町《なかおかちまち》駅まで移動した。小沼の住む古びたマンションは駅から徒歩十分ほどのところにある。浅草分駐所勤務が決まったときに引っ越した。

階段を上って地上に出ると、東に向かってだらだら歩きだした。ひどくくたびれていたし、腹も減っていた。またしても粟野の母親の姿がちらついた。夜勤明けなら疲れてもいるだろうし、空腹も抱えていたに違いない。

あれから母子は自宅に帰って朝食をとったのだろうか。粟野と鈴木はちゃんと学校へ行ったのか。

一晩中自転車を乗りまわしていた理由を訊ねると、粟野は少しの間考えてから答えた。ほかにすることがなかったから、と。

二十年前なら小沼も今の粟野と同じ年齢だ。剣道部に所属していて、市内の道場にも通っていた。部活は週に二日だが、道場での稽古《けいこ》が三日あった。中学校の部活では団体戦しかなく、市内の大会に出場してもいつも一回戦敗退の弱小剣道部だったが、それなりに楽しんでいた。試合に勝とうという意識は生徒にも、監督である教師にもなく、だいたい監督からしてアニメ好きがこうじて剣道部顧問を引き受けたという男で、しょっちゅう秘剣何とやらと叫んでは竹刀《しない》を振りまわしていたのだ。市内の道場には小学生の頃から通っていて、昇級試験や個人の大会ではそれなりに勝てていたが、県大会レベルになるとなかなか勝てなかった。

ほぼ毎日竹刀を振っていたが、テレビもよく見ていた。流行《はや》っていたお笑い番組について翌日学校でお喋《しゃべ》りするのが目的だった。ほかのクラスメートも変わらなかったろう。日々忙しく、何もすることがなくて……、とは一度も思ったことがなかった。

もう二十年も前のことといえるし、たった二十年前とも思えた。今でも大半の中学生は小沼の頃と変わりないのだろう。粟野は例外ではないのか。ただ、二十年前の中学生には携帯電話もインターネットもなかった。

ラーメン屋の前を通りかかった。ガラスの引き戸の向こうには客が数人、立ったまま待っている。世間は昼食時《ひるどき》なのだ。入れ替わり立ち替わり燃料補給している忙しい客たちのそばで焼きたての餃子《ギョーザ》をあてにのんびりビールを飲む気にはなれない。少し歩き、左手にあるコンビニエンスストアで幕の内弁当を買った。

コンビニエンスストアを出て、しばらくまっすぐ歩き、コインパーキングの黄色い看板が出ている小さなビルの角で足を止め、通りの先に目をやった。

焼き鳥屋の屋根の上に東京スカイツリーの天辺から天望回廊までが突きだしている。だが、電柱より低い。巨大なのに低く見えるのを小沼は不思議に思った。初めて気づいて以来、たびたび立ちどまって眺めていた。世界一高い電波塔ながらどことなく可愛《かわい》らしく、親しみやすい気がする。

眺めに満足して右へ折れた。住宅の間を少し歩くとマンションの前に出た。パレスという名前を冠しているが、四階建ての古びた建物だ。だいたい宮殿《パレス》は大げさだろうし、そもそも大邸宅《マンション》ではない。1DKにユニットバスがついているだけなのだ。

三階まで上がり、ドアを開けた。テーブルの上にコンビニエンスストアのポリ袋の入った弁当を置く。

「風呂に入るか」

わざと声に出さないと気力がわかない。給湯器の種火を点けるのも面倒くさかった。

風呂に入ったあと、幕の内弁当をあてに缶入りの発泡酒を飲んで、ひと眠りしようと思いながら冷蔵庫の扉を開けた。意思とはかかわりなく手が勝手に動き、発泡酒の缶を取る。まだコートすら脱いでないぞという内なる声を聞きながらプルリングを開けた。わずかに盛りあがった泡を口に運ぶ。ひと口にしようと思いつつ、半分以上を飲んで、大きく息を吐いた。

発泡酒、ひと眠り、弁当、風呂の順か、と考えているとき、ワイシャツの胸ポケットに入れた携帯電話が振動する。取り出してみると背面の液晶に辰見の名前が出ていた。通話ボタンを押し、耳に当てる。

「小沼です」

「ご苦労さん。ところで、今夜は空いてるか」

「とくに予定はありません」

「生馬軒《いくまけん》まで来られないか」

「はあ」

〈生馬軒〉は辰見が住んでいる東向島《ひがしむこうじま》にある中華料理店で何度か行っている。

「あまり気乗りしないようだが」

辰見の声は笑いを含んでいた。

「行きますよ」

「午後九時で、どうだ？」

「わかりました。九時に行きます」

辰見が電話を切る。

小沼は手にしていた缶を空にして、げっぷをしたあとでつぶやいた。

「まずはひと眠りだな」

ひとりごちると小沼は携帯電話をポケットに放りこんだ。

三階建てで壁はコンクリートの打ちっ放し、窓が極端に小さく、玄関が三階に設けられている。建物の西側には車が通り抜けられる路地があるのだが、巨大な四輪駆動車とぴかぴかに磨きあげられた濃緑色のメルセデスベンツを列《なら》べてふさいであった。

「変わらないね」

小沼はつぶやいた。

要塞《ようさい》じみた住宅は暴力団の事務所である。極端に小さな窓は銃眼となり、玄関が三階にあるのは車で突っ込まれないようにするためだろう。辰見が住む向島の東新田通り商店街は別名ヤクザ通り。今、目にしている建物のほかに二カ所、商店街の背後にもさらに二カ所の組事務所があった。周辺のマンションに住む幹部や構成員も多い。

目指す〈生馬軒〉は、この商店街のほぼ真ん中にある。

右手に病院が見え、知らず知らずのうちに周辺を見回していた。何を探しているのかに気がついたとき、小沼は苦笑し、革ジャンパーの襟を立てた。

探していたのは、あざやかな黄色のフォルクスワーゲンである。初めて〈生馬軒〉に来たとき、マキという女性に会った。赤紫色に染めた髪を逆立て、派手な化粧をして、金色のコンタクトレンズを着けていた。それでいて〈生馬軒〉の常連たちにせがまれると、細いが、よく通る声で都々逸《どどいつ》を披露した。元は深川で芸者をしていた。

マキは一年ほど前に結婚し、房総半島の突端に引っ越してしまった。すでに一児の母になったとも聞いている。結婚から出産まで時間が短すぎないかというような野暮をいうつもりはない。昼間、電話をよこした辰見が〈生馬軒〉に来るように行ったとき、笑いを含んでいたのはマキに抱いていた小沼の恋心を知っていたからだ。

抱いていた？――胸のうちで訊きかえすもう一人の自分がいる――本当に過去形にしたのか。

無視して歩き、右手に見えてきた〈生馬軒〉の扉を引き開けた。中にはテーブル席が四つ、右側は小上がりになっている。厨房《ちゅうぼう》の手前にあるレジのわきに立っていた女性がにっこり頬笑《ほほえ》み、次いで店の奥に目を向けた。

左奥のテーブルにいた辰見がゆっくりと立ちあがった。

「行くぞ」

近づいてきた辰見がいった。

「飯、まだなんですが」

発泡酒を飲み、先にひと眠りしようと思ってベッドに潜りこんだとたん、深い眠りに落ちてしまい、目が覚めたときには、すでに暗くなっていた。

「あとで勝手に食え。ガキでもあるまいし」

「今日は何なんですか」

「このあと人に会う。いっしょの方がお前も都合がいいと思ってな」

辰見は先に立ってガラス戸を押し開けた。

4

〈生馬軒〉を出た辰見は駅に向かって歩きだした。しばらく行くとシャッターの下りた店のところで右に曲がろうとする。小沼は思わず足を止めた。シャッターには、貸店舗という張り紙がしてあった。見上げる。シャッターの上には豆腐店の名前が大書されている。

「辰見さん、ここって、自分が初めて生馬軒に行ったときにとなりのテーブルにいた人の店じゃないんですか」

となりのテーブルでチャーハンをつまみに燗酒《かんざけ》をちびちび飲んでいた老人がいた。

「知ってたのか」

「ええ、何度か前を通りましたから」

マキが常連客にせがまれるまま、都々逸を歌った夜、小沼は日本酒をがぶ飲みして酔いつぶれた。小上がりで目を覚ましたときには、午前三時を回っていて、店員のみつ子のメモと水差しが置いてあった。酔い覚めの甘露な水を味わい、〈生馬軒〉を出て豆腐店の前を通りかかったとき、店主に声をかけられた。駅の方向を訊き、教えてもらったあと、気をつけてといわれたのを憶《おぼ》えている。

「奥さんが長いこと患っててな。半年くらい前に亡くなったんだ。女房の入院費くらい稼ぐって親父《おやじ》さんは頑張ってたけど、がっくり来たんだろう。群馬にいる長男夫婦のところへ行ったよ」

そういうと辰見は豆腐屋のわきにある路地を進んだ。少し行くと左手の暗がりにぽっと行灯《あんどん》がともっているのが見えてきた。ブルーの地に黄色の文字で〈ポイズン〉とある。

「酒毒が脳に回るって言い方もあるな」

小沼のつぶやきに辰見がふり返る。

「何をごちゃごちゃいってるんだ」

「いや、センスのあるネーミングだなと思いまして」

辰見につづいて、店に入ったとたん、湿った埃とタバコの匂《にお》いが鼻をついた。入口の前には大きな水槽が置かれていて、あまりきれいとはいえない水の中で金魚が数匹ゆらゆらしっぽを動かしている。水槽の前を通って店に入ると、左にカウンターがあって背もたれのない丸いスツールが八脚並んでいた。奥はボックス席で七、八人は座れそうだ。

先客はなく、カウンターの内側で新聞を読んでいた男が立ちあがる。頬骨《ほおぼね》の突きでた顔で鼻がとがっていて、細い目は目尻がやや吊《つ》り上がり気味だ。オールバックにきっちり撫《な》でつけた髪とあいまって、とがった顔つきに見えた。ワイシャツに、ボタンの付いた藤色のニットベストを着ている。

「こりゃ、辰《たつ》ちゃん、お珍しい」

男は新聞を丁寧にたたんでカウンターにそっと置く。

「客自体が珍しいだろ」

辰見がぼそっといい、スツールに腰かける。小沼は辰見のとなりに座った。

「またまた厳しいことをおっしゃる」男は苦笑いし、ウォーマーからおしぼりを出すと二人の前に置いた。「当たっているだけに本当に厳しい」

臼井《うすい》、小沼と名前を並べただけで辰見は二人の紹介を済ませた。小沼が何者か臼井に説明しなかったが、察しはつくのだろう。

「よろしく」

臼井が細長い歯を見せる。小沼も小さく頭を下げた。臼井は辰見に視線を戻した。

「ビール？」

「いや、ビールは飲んできた。ウィスキー、水割りで」

カウンターの背後には作り付けの棚があり、緑色をした甲類焼酎のボトルがずらりと並んでいて、白やピンクの油性ペンで名前が書いてあった。臼井はかがみ込み、棚の下の扉を開けると国産ウィスキーを取りだしてカウンターに置いた。ボトルの横腹に書かれた辰の字が丸で囲んであった。

臼井が小沼を見る。

「同じで結構」

臼井がアイスペールを用意し、冷蔵庫からミネラルウォーターのボトルを取りだしている間、小沼は店の中を見回した。天井に張られた白い化粧板が黄色っぽく見えるのはタバコの脂《やに》で長年いぶされたためだろう。窓には暗色のカーテンが引いてあった。

臼井は氷の塊を手早くアイスピックで砕き、グラスに入れた。ウィスキーを注ぎ、ミネラルウォーターの栓を抜いて、加える。マドラーでかき混ぜ、辰見と小沼の前に置いた。

「今朝、谷中で派手なのがあったね」

「まだ朝じゃなかったよ」

答えた辰見がグラスを持ちあげ、ひと口飲む。小沼もグラスを取った。水割りは濃すぎることも水っぽくもなく、ぞんざいに作っているように見えたわりにはうまかった。

「テレビは一日中あの事件で持ちきりだ。昭和のフィクサー、最後の生き残り斬殺ってね。時代劇みたいだって」

「ただの殺人《コロシ》だ」

辰見の答えにはまるで愛想がなかったが、臼井は気にする様子もなく、二人の前にそれぞれ小さなかごを置く。小袋に詰めたスナック菓子が盛られていた。チョコレート、せんべい、柿の種等々、客が手をつけなければ、いくらでも使い回しが利きそうだ。

次いで臼井はカウンターの内側で手を動かした。店内に低くジャズが流れだす。曲名はわからない。かろうじてサックスが中心になっていることがわかっただけで、アルトかテナーか区別はつかなかったものの、店の雰囲気には似合っているような気がした。

「それで犯人《タマ》の目処《めど》はついたのかい」

「知らねぇよ。おれたちは使い走り専門でね。事件はちゃんとした刑事たちが追う」

わずかの間、臼井は辰見を見下ろした。

「歳《とし》は取りたくないねぇ」

グラスを手にしたまま、辰見は見上げたが、何もいわなかった。

しばらくして店のドアが開き、客が入ってきた。臼井はぱっと顔を輝かせると、いらっしゃいませといいながら素早くカウンターを出た。

ふり返って客を見た。黒のコートをぞろりと着た老人が立っていた。黒のソフト帽を被《かぶ》り、杖を手にしている。校長まで勤めあげて定年退職したような上品さに見覚えがあった。反射的に会釈しつつ、小沼は記憶をまさぐった。

落ちついた外観とは裏腹に元は殺し屋《ヒットマン》で刑務所に入っていたこともある。それにマキの祖父でもあった。

臼井は老人をカウンターまで案内するとコートと帽子、杖を受けとった。老人がスツールに腰かける間に杖を壁に立てかけ、コートをハンガーにきちんと通して、帽子とともに壁のフックにかけた。

「ご無沙汰《ぶさた》しております」辰見が一礼した。「こいつは相方の小沼といいます」

「小沼です」

立ちあがるのも大げさな気がしたので座ったまま頭を下げた。

「八嶋《やしま》です」名乗ってから目を細め、小沼を見た。「前に一度会ってるね」

「はい、表の商店街で」

「そうだった。そのときも辰ちゃんと一緒だった。馬齢を重ねるとすぐには思いだせなくなる。まあ、どんどん忘れるというのも悪くはないが」

カウンターの中に戻った臼井は氷を掻《か》いていた。ロックグラスとタンブラーに氷を入れ、後ろの棚からフォアローゼスのボトルを取る。ロックグラスには三分の一ほど注ぎ、タンブラーにはミネラルウォーターを入れた。そろえて八嶋の前に出す。

「ありがとう」

礼をいった八嶋は辰見と小沼に目を向け、ロックグラスをそっと持ちあげた。水割りのグラスを持ちあげる。八嶋はバーボンでほんの少し唇を湿らせ、グラスを置いた。

「曾孫《ひまご》さんが生まれたそうで」

辰見の言葉に八嶋が目を細める。目尻に皺が寄った。

「こんなに長生きするとは思わなかった」

八嶋が辰見を見た。笑みは消えている。

「マキから電話があった。わしに何か用があるとか」

「谷中の事件です」

辰見がずばり切りだしたが、八嶋は泰然としていた。何を訊かれるか、予想がついていたように見える。

「犯人は一人かい」

「いえ、二人組です。たぶん覆面のようなものをしていたと思います。それと髪が長かったようで」

「覆面というのは？」

「目撃者によると月夜だったにもかかわらず顔は闇に包まれていたようだったそうで。ただ鼻は高かったのか、鼻筋だけが光って見えたそうだ」

「覆面……」八嶋は天井を見上げ、ぽつりとつぶやいた。「面頬《めんぽお》かも知れんな」

「面頬ですか」

小沼は思わず声を発した。八嶋がほうっといった顔をして、辰見は訝《いぶか》しげに小沼を見る。顔が熱くなった。

「すみません」

「お前、わかるのか」

辰見に訊かれた。

「はい。鎧《よろい》というか、兜《かぶと》の一部です。お面のように着けるんですが、顔面を防護するものでし」

剣道を習いはじめた頃から武具にも興味を持つようになった。最近は滅多に行かなくなったが、地域課勤務時代には甲冑《かっちゅう》の展示会や武具店にたびたび足を運んだ。面頬は耳まで裂けるように口を大きく開き、不気味な笑みを浮かべたり、白い髭《ひげ》を埋めこんであるものもある。防具であると同時に相手を威嚇するための道具でもある。

辰見は唇をとがらせてうなずき、八嶋に顔を向けた。

「その面頰で？」

「そう。それで髪は白かったのか」

「たぶん白ではないと思います。月が出てましたから白ければわかるでしょう」

「黒かな。それならアメノタヂカラオか」

それから八嶋は小さく首を振り、洒落臭《しゃらくさ》い真似《まね》を、とつぶやいた。アメノタヂカラオは意味がわからなかった。

辰見が身を乗りだす。

「確か高橋天山は……」

「そう」八嶋はグラスを持ち、うなずいた。「たしかにいたよ、奴《やっこ》さんも。昭和十二年の今日、南京にね」

5

昭和十二年十二月十三日、南京という言葉を脳裏に刻みつけた。それとアメノタヂカラオも。年号と南京は何とかなるだろう。雨の、田力《たぢから》は男と何度も低く唱えてみたが、これから酒が入ると憶えていられるか疑問ではあった。

いきなり二の腕を辰見につつかれた。

「おい」

「はい？」

顔を上げる。辰見だけでなく、八嶋も小沼を見ている。

「何か……」

「何かじゃねえよ。まだ、酔っ払うほど飲んでもいないだろうに」

「まあまあ」気色ばむ辰見を抑えるように八嶋はいい、小沼に目を向けた。「これ、やってたのかい」

そういうとひたいの前で右手の人差し指で十字を切って見せた。

「はあ、ほんのちょっとかじった程度ですが」

「やっぱりそうか」八嶋は実に嬉《うれ》しそうにうなずいた。「お仲間だな」

お仲間という言葉に助けられ、小沼はカウンターに肘をつき、身を乗りだした。

「鉄芯の入った杖をすり抜ける剣なんてあるんでしょうか。刀は水平に振るわれたんです。でも、顔の前に杖を立てて、受けに回った。それがするりと抜けて、首を刎ねたんです。ちょっと信じられなくて」

八嶋が目を細めた。

「刀はどのように持っていた？」

「どのようにって……」

小沼は樋浦の言葉を必死に思いだそうとした。

『賊は両手で持った日本刀を躰の正面に構えて切っ先を天山先生に向けました。間合いは三メートルほどもあったかと思います。先生は賊に正対して、杖は握りを相手に向け、右脇に抱えこんでおられました。左足が前、右足はやや引いて、両膝には余裕がありました。杖術の基本姿勢だと先生が教えてくださったことがございました』

もっと先だ、と小沼は思った。

『賊は上段に構え、半歩踏みだしました。天山先生も受けて、左足をわずかに進め、杖の先端を下げ、右手を添えられました。そのとき……』

小沼は顔を上げ、八嶋を見た。

「柄を握っていた犯人の左手が動いて、右の拳にくっつくような動きをしたと目撃者はいってました」

八嶋の眼光が鋭くなる。

「それから襲いかかったわけか」

「はい」

「そして鉄芯入りの杖をすり抜け、天山の首を刎ねた」

「そうです」

「ふむ」

八嶋が右目だけをすぼめ、小沼を見た。なぜか背筋がぞくっとした。そして静かにいった。

「古武術にそうした技があることは聞いている。テレビでも見たことがある。名前は忘れてしまったが」

「テレビで？　それなら調べれば、わかると思います。古い武術で古武術でよろしいですか」

「そうだ」

「甘えついでにもう一つお訊きしてもよろしいでしょうか」

「何だ？」

「人を斬るというのは、どういう気持ちなんでしょうか」

目の前に辰見の顔が現れた。

「お前、何ということを……」

だが、辰見の後ろから淡々とした八嶋の声が聞こえた。

「正直なところ、何も感じないもんだよ。わしが人を斬ったのは、もう七十年以上前になる。それこそ昭和十二年末の南京でのことだ」

辰見が八嶋に向きなおる。八嶋は腕組みし、宙に視線を据えていた。

「十六、七だったか。当時、わしは上海に住んでいたんだが、母方の叔父が陸軍の第十六師団にいてね。呼びだされて、のこのこ出て行ったんだ。地獄絵図なんてもんじゃなかった。母も、それに大尉だった叔父もあれほどひどいことになるとは考えてもいなかったんだろう。わしはいずれ軍人になるつもりでいたからいい勉強だと考えていたくらいだ。軍人というか、剣道と居合い術をやってたものだからサムライになりたいと素朴に思っていた。子供だったんだな」

言葉を切ると、八嶋はチェイサーのグラスを口に運び、水を飲んだ。辰見も小沼も八嶋を見つめている。

八嶋がふたたび話しはじめた。

「叔父の同僚に本物のサムライがいた。サムライの家系という意味だが。爺《じい》さんまでは肥前藩主松浦《まつら》家中の者だったといっていた」

その人物が少年だった八嶋に中国人捕虜を斬ってみろといって、自分の軍刀を差しだしたという。

「恐ろしくて、尻込みした」

八嶋はうっすらと笑い、ほんのひと口ウィスキーをすすって、言葉を継いだ。

「そうしたらとりあえず剣だけでも持って、抜いてみろといわれた。何代か前に藩主から拝領した刀だという。拵《こしら》えは軍刀だったが、抜いてみて、わしは躰の芯がかっと火照《ほて》るのを感じた。妖刀《ようとう》というのは本当にある。わしは一瞬で魅入られてしまった」

それまでにも真剣を手にしたことはあったと八嶋は天井を見上げてつぶやいた。巻き藁《わら》や竹を斬ったこともあったらしい。

「だが、あの刀は今まで見たものとまるで違っていた。そこへ中国人の捕虜が連れてこられてね。それが最初だ」

八嶋は水をひと口飲んだ。小沼だけでなく、辰見も臼井も八嶋を凝視している。グラスを置き、低い声でつづけた。

「刀を手にしたときから斬ってみたくてしようがなかった。相手が人間だとも感じていなかったんじゃないかな。兵隊が捕虜の両腕をつかんで、無理矢理座らせた。正座させて、首を突きだすような格好にした。泣き叫んでいたけど、言葉はわからないし、その前にまわりの音なんか聞こえなくなっていた。青眼から振りあげ、下ろしただけだ。手応えもほとんど感じなかった。捕虜の首が地面に落ちて、胴体の切り口から血が噴きだしたのは憶えている。だが、血が赤かったかどうかすらはっきり記憶していない。乾いた地面が黒くなったことだけ、目に焼きついている」

小沼は呼吸すら忘れて、八嶋を見つめていた。八嶋の口調はどこまでも淡々としていた。もう一度水を飲み、言葉を継ぐ。

「その日のうちに三人斬った。二人目も同じように頭を斬り落としたんだが、三人目が両側の兵隊をはじき飛ばしてね。火事場の馬鹿力というのかな。その男は痩《や》せこけていて、背も低かった。捕虜を押さえる係の兵隊は相撲取り並みとはいかないまでも、そこそこ大柄な奴らだったんだが、二人ともあっさりとひっくり返ってね。それからわしに向かってつかみかかろうとした。とっさに袈裟斬りにした。物打ちは左の首筋に入って、一刀で背骨を両断した……、つまらん昔話だ。すまん」

うっすらと苦笑いを浮かべる八嶋に辰見が声をかけた。

「八嶋さん……」

「辰ちゃん、わしにもそろそろお迎えが来る。あんたには話しておきたかったんだ。それに天山のこともあるし。マキに電話させたのは、そのためだったんだろ」

辰見はグラスを手にすると、中身をひと息に飲み干した。小沼も渇きをおぼえたが、躰がしびれ、指すら動かすことができなかった。

「何も感じないのは、心が死ぬからだろう。人を殺せば、自分の心も死ぬ」

八嶋は静かにいった。

第二章　犬の性《さが》

1

　次の当務日、いつもより三十分早く出勤した小沼は、機動捜査隊浅草分駐所の開け放したドアのところで笠置《かさぎ》班の東田《ひがしだ》とぶつかりそうになった。百九十センチ近い身長に体重は百キロを超え、大学時代まではアメリカンフットボールの選手をしていた。

「おはようございます」

「何だよ、ずいぶん早いじゃないか」

「三十分だけですよ。それより昨日はお疲れでした。どうでした？」

　笠置班は前日が当務で、このあと、午前九時に成瀬班と引き継ぎを行うことになっている。かつて東田が組んでいた男は小柄で、見事なまでのデコボココンビだったが、今は班長の笠置警部補の相勤者をしていた。

　東田がにっと笑みを見せる。

「お前さんとこほど派手なのはなかったよ」

　派手なの、とは天山事件を指す。

「車上荒らしに訳わかんなくなって暴れたのが一件ずつ」

「覚醒剤《しゃぶ》ですか」

「酔っ払い。まこと平和な夜でござんした」

苦笑した小沼がわきに避《よ》けると、東田は手刀を切るような格好をして見せ、洗面所に向かった。張り裂けそうな濃紺のTシャツに同色のカーゴパンツ、首にタオルをかけている。

分駐所に入ると各班ごとに机で島《シマ》が作られている。部屋には笠置しかいなかった。

「おはようございます」

ノートパソコンの画面を見ていた笠置が顔を上げる。まぶたが腫《は》れていて、不機嫌そうな無表情だ。東田がいうほど平和な夜でもなかったらしい。

「何だよ、早いな。何かあるのか」

「いえ……」小沼は首を振った。「とくに何もありませんし、早いといっても三十分だけです」

二度目だな、と思いつつ、自分の席まで行って机の上にコンビニエンスストアのポリ袋を置いた。座らずに壁際のロッカーへ行き、オフホワイトのステンカラーを脱いで中に掛けた。ふたたび自分の席に戻ると椅子を引いて腰を下ろし、ノートパソコンを開いた。電源を入れておいて、机の抽斗《ひきだし》のロックを外す。中から警察手帳を取りだすと紐《ひも》をズボンのベルトに留め、ポケットに押しこんだ。

ノートパソコンのフィンガーパッドに指をあて、まずはメールをチェックする。新着になっているのは、共済会からの新型融資案内だけしかない。メールソフトを閉じ、インターネットに接続しておいて、ポリ袋からあんパンを取りだした。ひと口かじる。口を動かしながらざっとニュースを見ていった。高橋天山事件に関する続報が目についたが、あとで見ることにして、先に検索エンジンを開いた。

ポリ袋から缶コーヒーを取りだし、プルトップを開けた。

「雨の、田力《たぢから》は男……、アメノ、タヂカラ……」

つぶやきながらキーボードを叩く。アメノタヂカラと打ちこんでエンターキーをヒットしただけでアメノタヂカラオと出てきた。早速、クリックし、生ぬるいブラックコーヒーを飲む。あんパンを流すのには砂糖、ミルクが入っていなくてちょうどいいが、原材料がコーヒー豆だけなのに値段が同じという点がちょっと納得できない。

天手力男神もしくは天手力雄神と書くらしく、神話の登場人物とわかる。

アマテラスが天の岩戸を閉ざして姿を隠したとき、女神の一人が岩の上で踊り、周囲で見ていた連中がはやし立て、大騒ぎとなった。何の騒ぎかとアマテラスが岩戸をほんの少し開いてのぞいたとき、力自慢の神が開き、昼間の明るさが戻った。その神話はおぼろげながら憶えていたが、岩戸を開いたのがアメノタヂカラオだと初めて知った。力自慢の神様だけにスポーツに御利益があるらしく、今でも全国各地で祀《まつ》られているとあった。

「へえ」

あんパンをかじり、缶コーヒーを飲みながらさらに読み進めていくうちに注目すべき一点が出てきた。

岩戸をこじ開ける神話は神楽の演目としては有名であるらしく、アメノタヂカラオ役の衣装には黒い長髪のカツラ――黒熊《こぐま》という名称だ――が用いられるとあった。八嶋が長い髪の色について訊ね、辰見が黒と答えたことを思いだす。そのとき、八嶋がアメノタヂカラオといったのだが、ようやく意味がわかった。キーを叩き、くだんのページを印刷する。

次いで古武術について検索をはじめた。ウェブサイトをいくつかのぞいたが、内容が多岐にわたり、件数も多い。ふたたび八嶋との会話を脳裏に描く。

天山の首を刎ねる前の犯人の所作について訊かれ、小沼は柄を握っていた左右の拳をつけるような動きをしたという樋浦の言葉を告げた。

『古武術にそうした技があることは聞いている。テレビでも見たことがある。名前は忘れてしまったが』

八嶋の答えを聞いて、テレビで放映されたのであれば、調べられると答えた。抽斗からイヤフォンを取りだし、ノートパソコンに差そうとしているとき、向かいの席に浅川が座った。

「おはようございます」

「何だよ」浅川が眉を上げる。「早いじゃねぇか。何かあったのか」

「別に」

イヤフォンを押しこみながら小沼は首を振る。

警察官には、おはようといわれて、まともにおはようと返す習慣はないのかと思う。

テレビ、古武術、剣などとキーワードを打ちこみ、検索を重ねているうちにそれらしき人物や流派の名前が出てきた。さらに動画サイトで演武の様子などを見ているうちに一件に瞠目《どうもく》した。ちょうど柄を握る手がアップになり、下方を握っていた左手がすっと上がって右手に寄り添ったのだ。

『過去の文献を調べてみますと、古武術においては柄を握る手は離れていなかったのではないかと思われてきました。このように両手をつけて握ると剣は振りにくいわけです。しかし、振りにくいがゆえに躰全体を使わなければならなくなる』

二人の男が竹刀を手に対峙《たいじ》していた。説明している方が柄を握る手をスライドさせて見せる。

次のシーンに思わず息を嚥んだ。

相手に竹刀を構えさせ、顔の前に立てさせた上で頭を下げさせた。それから正面から水平に打ちこんだのだ。

次の瞬間、竹刀は竹刀をすり抜け、相手の首のあったところを切り払った。

もう一度同じシーンが再生されたが、二度目も竹刀がすり抜けたようにしか見えない。三度目にはスローモーションとなり、右から打ちこまれた竹刀は相手の竹刀に触れる寸前、鋭く返って――もっとも肝心のところはあまりに速すぎて、打ちこんだ竹刀が消えたようにしか見えなかった――、正面から相手の竹刀の内側へと斬りこみ、そこから元の軌道に戻って水平になぎ払われている。

ふと背後に気配を感じて、顔を上げた。痩せて、目のぎょろりとした男が小沼の後ろに立ち、パソコンの画面を見ていた。班長の成瀬警部補だ。

「おはようございます」

小沼はイヤフォンを耳から抜いた。

「おはよう」成瀬は顎でノートパソコンを指した。「何だ、それ?」

「先日の高橋天山の事案でちょっと気になることがあったものですから」

成瀬の目が動き、まっすぐに小沼を見た。首をすくめそうになる。天山事件は、すでに本庁に捜査本部が立ち、浅草機捜隊の手からは完全に離れている。つまり小沼はよけいなことをしているのだ。

成瀬は自分の唇の端を指さした。

「パン屑《くず》がついてるぞ」

そういって自分の席に向かった。小沼は口元を手で拭《ぬぐ》った。

その後、成瀬の相勤者である村川や、浅川と組んでいる伊佐が出勤してきて、最後に辰見がやって来た。となりに座った辰見の前にアメノタヂカラオについて記されたウェブサイトのプリントアウトを置く。

「黒の鬘《かつら》を使うのは、アメノタヂカラオなんですよ」

「神楽の演目、常識だ」

プリントアウトに目もくれようともせず、辰見は大きなあくびを漏らした。


拳銃出納を行って装備を身につけ、笠置班との打ち合わせを終えたところで、辰見から警邏に出るから準備をしろといわれた。バッグを持って交番の裏手にある駐車場に降り、割り当てられた捜査車輛のエンジンを回した。前照灯、ウィンカー、制動灯、赤色灯などがちゃんと点くか、トランクに必要な装備品が入っているかを確かめたあと、車内点検を行う。辰見がやって来たのは、それからしばらくしてエアコンの暖気で車内がすっかり温まった頃だ。

助手席に乗りこんだ辰見はバッグから拳銃、手錠、警棒を付けた帯革を取りだした。

横目で見ながら、いわずにはいられなかった。

「遅いじゃないですか。何やってたんですか」

「大便」

ぼそっと答える辰見を横目で見て、ガキかよと胸のうちで罵《のの》しる。辰見は小沼の内なる声など気にする様子もなく、ダッシュボードに内蔵された保管庫のテンキーを押した。八桁《けた》の数字を打ちこんで分厚い扉を開いた。帯革を丸めて押しこみ、扉を閉じる。

「一応申しあげておきますが、拳銃は二十四時間携行することが義務づけられていますす」

「最近、肩こりがひどくてなぁ。歳は取りたくないもんだ」辰見はシートベルトを引きだし、小沼を見た。「ぼやっとするな。シートベルトをしなきゃ、道路交通法違反でお巡りさんにつかまるぞ」

小沼は首を振り、シートベルトを締めた。

「それで、どこへ行くんですか」

顎をしゃくった辰見が国際通りに面したホテルの名前を告げた。

「そんなところに何の用です？」

「モーニングコーヒーだよ。うまいコーヒーを飲まなきゃ、目が覚めねぇ」

そういうと辰見は腕組みし、目をつぶった。小沼はもう一度首を振ると車を駐車場からゆっくりと出した。交番から一本北側の通りに出て、左折した。日本堤を抜け、竜泉と千束《せんぞく》の間を通って国際通りにぶつかったところで再び左折する。

朝のラッシュの時間帯は過ぎているので五分ほどでホテルの前まで来た。

「着きましたけど」

「駐車場に入れ」

「はい」

信号のある交差点の手前を右折し、ホテルの正面をまわって駐車場に乗り入れた。ホテルへの出入り口にもっとも近い空きスペースに車を停めた。辰見がさっさと降りるのと同時に制服姿の係員が小走りに近づいてくるのを見て、小沼はドアポケットからラミネートされたカードを取りだした。

「ここはねぇ、関係者以外……」

いいかけた係員にカードを見せた。係員の表情が一変する。

「ご苦労様です」

「どうも」

警察関係車輛と印刷されたカードをダッシュボードの上に置くと、ドアをロックして辰見を追いかけた。

中に入った辰見は業務用のエレベーターに乗りこみ、三階のボタンを押す。どうやらホテル内にあるレストランやコーヒーショップに行くわけではないようだ。三階で降りると、正面が受付になっていて、女性社員が二人座っている。立ちあがった一人の前まで行き、辰見が声をかけた。

「保安部長はいるかい」

「失礼ですが、どちら様でしょうか」

「辰見というんだが」

「少々お待ちください」

女性社員が電話をかけ、二言三言話をして受話器を置いた。

「ただいま、迎えの者がまいりますので、こちらでお待ちください」

「ありがとう」

辰見と小沼は受付から離れた。間もなく黒のパンツスーツ姿の女性がやって来て、一礼した。髪をきっちりアップにして、縁なしのメガネをかけている。

「辰見様でいらっしゃいますか」

「そう。突然で申し訳ない。一緒にいるのは小沼で、連れだ」

「かしこまりました。ご案内いたします」

オフィスに入ってすぐ左へ折れ、壁沿いに歩いた。突き当たりまで行き、右に曲がって二番目の部屋のドアを女性がノックする。

「失礼いたします。辰見様がお見えになりました」

中からくぐもった返事が聞こえると、女性がドアを開けて押さえた。

「どうぞ」

「どうも」

辰見が声をかけて、中に入り、小沼も女性に一礼して部屋に入った。毛足の短いカーペットを敷き詰めた広い部屋には窓を背に巨大な両袖机が置かれており、その前に応接セットがあった。ダブルのスーツを着た巨漢が立ちあがる。ネクタイはきちんと締めてあったが、スーツのボタンは留めていなかった。

「久しぶりだな」巨漢が近づきながら辰見に声をかける。「ここへ来るなんて、何があったんだ?」

「コーヒーを飲ませてもらいに来た。表のレストランよりよっぽど上等なのが飲めるからな」

「世の中は不況でなぁ、裏方にはあまり金をかけないってのがビジネス界の常識になったんだ」

巨漢は小沼に名刺を差しだした。受けとるとホテルの名前と保安部長という肩書き、犬塚勝弘《いぬづかかつひろ》とあった。

「小沼といいます」

「辰見の相勤者か」

「はい」

犬塚はスキンヘッドと見まがうばかりに短く髪を刈ってある。分厚い唇が持ちあがり、みょうに長い犬歯がのぞいた。耳が潰《つぶ》れて、カリフラワーのようになっていた。

「元ご同業だよ。辰見とは警察学校の同期でね。つまりは腐れ縁だ」

2

受付に迎えに来たパンツスーツ姿の女性が運んできたコーヒーは、どっしりと濃く、香りが豊かだった。ふだんいかに安いコーヒーしか飲んでいないかを思い知らされる。苦みと酸味は適度に配合され、砂糖を入れなくともほのかな甘みがある。カップは薄手で唇にあたる感触が好もしく、あざやかな小花模様が散っていた。裏方には金をかけなくなったと犬塚はいったが、以前はどんなコーヒーを飲んでいたのか。

犬塚が小沼に顔を向けた。

「辰見とは生徒時代からみょうにウマが合ってな。合い干支《えと》だからじゃないかと思ってるんだ」

「馬鹿いうな。同じ歳、お前もおれも申《さる》じゃないか」

小沼はどちらにともなく訊いた。

「アイエトというのは？」

犬塚が宙に丸を描いて答える。

「十二支で円を描くと対角線に来る干支、つまり半周違いってことだな。おれは戌《いぬ》、こいつは辰だろ」

「くだらねぇ」辰見がカップをソーサーに置いた。「ところで高橋天山だが、ヤクザ者の抗争がらみって話は聞いてるか」

「いや」犬塚は首を振った。「天山はすっかり過去の人だ。おれが現役で暴力団担当《マルボウ》にいた頃でさえ、ほとんど名前は聞かなかった。でも、どうしてあの件に興味を持つ？」

「おれと小沼が最初に臨場したんだ」

正確にいえば、最寄り交番のミニパトカーにつづいて二番目だが、あえて訂正しようとは思わない。

犬塚が前かがみになる。腹が丸く突きでた。

「じゃ、現場を見たのか」

「首をすぱっと落とされてた。一刀両断って奴《やつ》だな」

それから辰見は犯人が二人組で、そのうちの一人が天山と話をしていたこと、犯行のあと、天山の首を遺体の胸に置いて、二人そろって正座し、合掌したことなどを話した。

「やり口が時代劇めいてる。業界関係者が見せしめにしたんじゃないか」

「どうかなぁ」犬塚は渋い表情になった。「ヤクザも地に墜《お》ちたって、幹部連中はぼやいてるよ。最近の若いのは、ろくに部屋住みもできないって。雑巾《ぞうきん》がけをいやがる」

「そんなのはヤクザだけじゃないがね。で、天山は千葉県の組織と関係があったろ」

「顧問格だった。表に出ている中では、あの組がいっとうメジャーだったから知られてただけで、右翼の世界じゃ、古株だったし、顔も利いたはずだ」

「このところ伸長著しい中国《たいりく》との関係も噂《うわさ》になってたようだが。天山は祖国を売ろうとしてるって反感持ってた奴もいるんじゃないのか」

　辰見の問いに犬塚は首をかしげた。

「風潮じゃないのか。領土問題、偽ブランド品、黄砂……、何でもかんでも悪いことは中国のせいだって。考えてもみろよ、あそこはまだ若い国だ。やんちゃ盛りでもあるんだよ」

　中国が若い国？　ぎょっとして犬塚を見た。犬塚の分厚い唇がめくれ、長い犬歯がのぞいた。

「共産中国が誕生したのは、昭和二十四年、太平洋戦争が終わって四年も経ったあとだ。明治維新から見れば、国家としちゃ我が国の半分の年端でしかない」

　するとアメリカは維新後の日本の倍も歳を取っていることになる。アメリカは若い国、中国は四千年の歴史……、いわれてみれば、たしかに単なるイメージでしかなく、実年齢では逆転している。

辰見はタバコを取りだした。

「この部屋は禁煙か」

「建前では」

犬塚は肩をすくめ、テーブルの下から灰皿を取りだすと辰見の前に置いた。タバコをくわえ、火を点けた辰見は犬塚を見やる。

「おれは三年前にやめた。今どき流行らねえんだよ」

犬塚は長い犬歯をにゅっと見せた。辰見が煙とともに吐きだす。

「ついでといっちゃなんだが、小沼に大陸浪人と高橋天山について教えてやってくれないか」

「よせよ」

犬塚は露骨に迷惑そうな顔をした。辰見は小沼に顔を向けた。

「そこらの教師よりこいつの講義の方がよっぽどわかりやすくて為《ため》になる」

小沼は犬塚に向きなおり、膝に両手を置いて頭を下げた。

「お願いします」

「そこらで聞きかじったことばかりだから大したことはないが、明治維新の中核を担ったのが薩長の連中というくらいは知ってるな？」

うなずいた。歴史はあまり得意ではないが、薩長が薩摩、長州を意味するくらいは知っている。

犬塚がつづけた。

「明治新政府では、薩長出身者が政治、官公庁、それに軍隊を牛耳った。そして明治になって早々に廃刀令を発布して、刀を差して歩くことはまかりならんとしたわけだ。政権はよちよち歩きで、脆弱《ぜいじゃく》だった。だから一般市民を武装解除する必要があったのも事実だが、江戸時代までつづいた武士という特権階級を消滅させるって狙いもあった。同時に議会にしろ、役所にしろ、軍隊にしろ、新しく編成された組織のおいしいところは全部自分たちのものにした。薩長にあらずば、人にあらずって具合に、な。だが、武士は全国にいたし、武装している上に明日にも路頭に迷う。危ないだろ」

小沼はうなずいた。

「武装した不満分子がうようよ……、治安をあずかる側としてはたまったもんじゃありませんね」

「そうだ。しかも、そういった連中は武士でなくなったからといって高級官僚にもなれなかった。薩長が独り占めだからな。不満はつのる一方で、実際、明治維新直後にはクーデターやクーデター未遂が頻発してるし、内戦にまで発展した例もある。だが、時流は明治政府に味方した。どんどん体制ができあがっていく中ではみ出し、不満を抱いた連中は狭い日本にゃ住みあいたとばかり中国に渡った」

「それが大陸浪人ということですか」小沼はうなずいたが、すぐに首をかしげた。「でも、明治維新となると、いくらなんでも高橋天山は若すぎますね。確か大正生まれではなかったか、と」

「明治維新直後の不満分子たちは大陸浪人の発祥というだけだ」

いつの間にか犬塚の口調は辛抱強い教師のようになっていた。

「どの時代にも体制に対して不満を抱く連中は存在する。体制側から見れば、テロリストだな。しかし、時代がくだって昭和初期となると日本は国を挙げて中国大陸に進出しようとする。大陸浪人の末裔《まつえい》たちもこぞって移っていったわけだ」

「そのときに高橋天山も？」

「そうだ」犬塚が大きくうなずく。「そして大戦中もずっと大陸で過ごした。日本に帰ってきたのが昭和何年なのかまではわからんが、確か終戦後のはずだ」

「七十年近く前の話ですね」

「ああ。だが、共産中国が急速に経済成長し、国際政治や経済面で大国になってくると話はとたんに今風になるし、生臭くなってくる」

「というと？」

「どんな事業であれ、元手は必要だろう。また、話は昔に戻るが、かつて大陸浪人を標榜《ひょうぼう》してた連中のうちには、戦争中、日本の軍部と結託して巨大資本を動かすようになった者もいる。鉄道や都市の建設といったインフラがらみとなれば、動く金も半端じゃない。わかるだろ？」

「はい」

「敗戦前後の混乱期に金や物資を日本に持ち帰った者もいる。軍が極秘に貯《た》めこんでいた資金や資産となると、かつての所有者が跡形もなく消え失《う》せ、記録類も焼却処分された。だが、金は金だ。名前が書いてあるわけじゃない。それが昭和の御代《みよ》に活躍したフィクサーといわれる連中の原資となったわけだ」

「でも、昭和三十年代とか四十年代までの話じゃないんですか。せいぜい引っ張ってもバブル景気の頃までとか」

「目につく形で運用されなくなっただけで、資産は消えたわけじゃない。バブル崩壊といわれたときには、行方不明になった金が何兆円にものぼるといわれた」

「それじゃ、バブルがはじけたあともそういった連中は資産を増やしこそすれ、損はしてなかったってことですか」

「本当のところは、おれになんかわかるはずがない。だけど、金は寂しがり屋だというからな。仲間が集まるほど、さらに多くの仲間を集めたがるみたいだ」

「それが中国の経済成長に結びついた？」

「まあ、一部だろうがね。上海万博、北京オリンピックと世界中から金が集まった。金融市場では資金がだぶついてたって話じゃないか。昔からいうだろ、人を隠すなら人の中って。出所が後ろ暗い金でも大きな渦に放りこんでしまえば目立たない」

犬塚はコーヒーを飲み干し、唇をひとなめしていった。

「中国人は昔から国家とか、組織とかを信用しないという。共産中国となっても人間は変わってないって話だ」

「それじゃ、何を信じるんです？」

「カリスマだよ。中国人は特定の人物を信奉する。大物では国家主席……、といっても国民の信を集めた国家主席はかぎられるらしいが、小物では地域のボスといったところだ。高橋天山が生きていたように、中国の方にも赤く染まる前の人材や人脈、資産が今も生きながらえていて、うまいこと市場経済へ潜りこんだ。そしてその後の成長を機に頭をもたげてきた」

「そういえば、樋浦運転手は高橋にボディガードが付くようになったのは、一年ほど前っていってました。同じ頃、女の秘書も屋敷に常駐するようになったとか」

「まあ、対中国ってことになると昨今はいろいろ物騒な話もある。ホンテンで樋浦って運転手を待ちかまえていたのは、捜査一課《ソウイチ》だけじゃなく、公安《ハム》もいっしょだったろう」

犬塚はソファの背に躰を預け、辰見に目を向けた。

「まあ、心当たりに二、三訊いてみるのはいいが、お前も探偵ごっこはいい加減にしておいた方がいいんじゃないのか。ハムが相手だと面倒になるぜ」

「機動捜査隊《つかいばしり》の分際はわきまえてるよ。それでも気になるものは気になる」辰見は膝の上に手を置いた。「うまいコーヒーだった。ご馳走《ちそう》さん」

犬塚は嬉しそうに目を細めた。

3

運転席に乗りこんでキーを差した小沼は辰見を見やった。

「どうします？　分駐所に戻りますか」

「いや、せっかく出たんだ。ついでにひと回りしよう」

「どこへ」

「任せる」

小沼はエンジンをかけ、車を出した。駐車場係に向かって小さく一礼し、ダッシュボードに置いたカードをドアポケットに戻す。ホテルから道路に出ると、小沼は左、国際通りを北へ向かった。西浅草三丁目の交差点を左折し、言問《ことと い》通りへと進入する。

「さっき犬塚さんが探偵ごっこといってましたね」

だが、辰見は道路の左側に顔を向けたまま、何も答えなかった。

高橋天山の事件は本庁の捜査一課と公安部が共同で捜査本部を設けた。本来であれば、事件現場が管轄内にある下谷署に捜査本部が置かれるところだが、一度に三人が殺されたこと、殺害方法が特異であること、何より天山という人物の背景が特殊である点が重視されたのだろう。公安部が出てきたということは、テロ事件と見なされたことを意味し、同時に公安案件となれば、外部に漏れる情報が極端に少なくなる。たまに出てきた情報も公安部が意図的に流したものと考えてまず間違いない。

もっとも下谷署をはじめ周辺警察署の刑事たちは総動員され、事件当時の目撃者探しをしている。タクシーの運転手などからその時間帯に見かけた人物や車について複数の情報を得ているようだが、直接犯人に結びつくものはないようだ。

マスコミ報道は連日天山事件を取りあげているが、捜査の進展についてはあまり触れない。そもそも事件を取材しているのが警視庁担当の記者たちで、彼らにとっては猟奇的な事件の報道より警察との良好な関係が重要なのだろう。

ふいに辰見が口を開いた。

「合わないんだ」

「何がですか」

「日本刀でばっさりという手口は、どちらかといえば右翼的だ。だが、殺されたのは天山だった。ヤクザがらみの抗争事件とも違う」

「そうですね」

　ヤクザが使う得物《えもの》は拳銃が多い。刃物にしても昨今はサバイバルナイフ、折りたたみナイフが主流で、匕首が使われることさえ今では珍しく、まして長刀《ながどす》など出てこない。日本刀が組事務所で押収されることもあったが、どちらかというと美術品扱いであり、装飾用の模造刀であるケースも少なくない。

「時代劇風にいうなら、今度の犯人《タマ》は相当の使い手になる。樋浦の話からすると、あっという間に二人のボディガードを斬って、それから天山の首を刎ねた」辰見が小沼に顔を向けた。「いくら剣道がうまくても人は斬れないだろ」

「剣道だけなら、そうですね」

　現代の剣道はスピードを重視し、斬るより打つことを主眼に置く。一口《ひとふり》が四、五キロになる真剣を竹刀のように振りまわすのは不可能だ。真剣で打たれれば、それなりにダメージもあるが、一刀のもとに斬り伏せたり、首を刎ねるとなると次元の違う技が要求される。

「本庁じゃ、居合いや古武道をやっている連中にローラーをかけている」

　ローラーをかけるとは、しらみつぶしにあたっているという意味だ。今朝、インターネットの動画サイトで見た古武道の演武を思いだしながら小沼は口元を歪《ゆが》めた。

「居合いにしろ古武道にしろ実戦的といえばいいのか、本当に人が斬れますかね」

「かつて日本刀で人間を斬ったことがあれば……」

八嶋を指しているのだろう。だが、辰見は首を振った。

「まず、いねぇだろうな」

車は入谷を抜け、昭和通りにぶつかった。小沼は言問通りを直進させたが、辰見は気にする様子も見せない。

「機動捜査隊《きそう》だろうが刑事《デカ》だろうが警察官であることに変わりない」

「真犯人《ほんぼし》を挙げるのが本分……、ということですか」

「そう見得を切りたいところだが、おれは小心《ヘタレ》なんだろうな。気になることがあると、とたんに寝付きが悪くなるんだ。それとも単に犬の性《さが》って奴かな」

事件はとっくに手の届かないところに行ってしまったというのに、非番の夜に八嶋に会い、今日また犬塚を訪ねている。

鶯谷《うぐいすだに》駅下の高架を避けて直進し、次の高架を上がって左へ折れ、ＪＲの線路の上を越えた。上野桜木を過ぎ、谷中にかかろうというとき、辰見が指示した。

「現場の真ん前じゃなく、一本奥、西側の通りへ入れ」

「はい」

　交番の前を通りすぎ、メガネ店の手前で右折して、一方通行の商店街に入る。午前中とあって買い物客の姿はほとんどなく、開店前の店も多かったが、商品を搬入している車——大半が軽トラック——が停まっているため、ゆっくりとしか進めなかった。辰見はドアにもたれかかるようにして、商店街の右側を見ている。現場である寺の方向だ。

「ここらあたりが現場の真裏になるのか」

　ちらりとカーナビのディスプレイを見て、小沼はうなずいた。

「警察犬が臭《にお》いを見失ったのもこの辺か」

　臭いだから嗅ぎ失うじゃないか、と思いつつ、カーナビに視線を走らせる。

「次の路地ですね。一方通行《いっつう》ですからこっちからは進入できませんが」

　前方左にある八百屋の前にブルーの軽トラックが停まっていたので、ルームミラーを見上げ、後続車がないことを確認した上でトラックの後ろに停めた。ちょうど路地の出口の前になる。目をやった。コンクリートの塀が両側に並び、車一台がようやく通れる程度の幅しかない。

「いいよ」辰見は路地に目をやったままいった。「出してくれ」

　軽トラックを避け、ふたたび商店街を走りはじめた。

「あの夜、犯人たちもここを通ったんだろうな」

「そうでしょうね。逆走したり、猛スピードを出したりするような真似《まね》はしなかったようです」

事件を通報してきたのは、通夜の関係者だった。樋浦の話からすると、通報は事件後、三十分ほど経ってからである。小沼たちが臨場したときにはすでに緊急配備がかけられていたが、寺を抜けだし、路地に停めた車で逃走したとすれば、規制網には引っかからなかっただろう。警察犬は現場から、たった今見てきた路地の途中まで一直線に来たものの、そこで動かなくなったと聞いている。

商店街を抜け、不忍《しのばず》通りに出ると右折し、北東に車首を向けた。結局、午前中いっぱい警邏をつづけ、分駐所に戻ったときには昼を過ぎていた。

午後は分駐所で待機となり、溜《た》まっていた書類を片づけたり、樋浦の証言をまとめた自分の報告書を読み返したり、居眠り——一当務中、四時間の休憩が義務づけられている——したりして過ごした。一度だけ北千住方面で発生したひったくり事件で応援要請があったが、警邏に出ていた伊佐、浅川組が駆けつけ、被疑者の身柄も確保されたので出動にはいたらなかった。

北千住のひったくり犯は少年だったが、十七歳の高校生と十六歳の無職なので、少なくとも粟野ではない。少年と聞いただけで粟野の母親の面差しが浮かんだのには少々どぎまぎした。

夕方、成瀬は村川をともなって外出し、分駐所には小沼と辰見しか残っていない。出動がなくても腹は減る。小沼は辰見に声をかけた。

「少し早めですけど、今のうちに飯にしときませんか」

「そうだな」

「コンビニで弁当でも買ってきますが、辰見さんはどうしますか。何だったらいっしょに買ってきますが」

腕組みし、眉を寄せた辰見だったが、首を振った。

「いや、おれはいい。お前が帰ってきたらその辺でそばでも食ってくる」

「わかりました」

小沼は分駐所を出た。

歩いて五分ほどのところにコンビニエンスストアがある。交番勤務の警察官が制服姿で訪れ、弁当などを買っている店だ。昔なら制服姿で買い物などしていれば、税金泥棒と罵られたものだが、コンビニ強盗——襲う対象のコンビニエンスストアと、お手軽な強盗という意味をかけ、ダブルミーニングになっている——が流行ってからは、むしろ歓迎ムードの方が濃くなった。

豚しょうが焼き弁当とペットボトル入りの日本茶を買って、店を出ようとしたとき、雑誌架の端に丸めて差してある夕刊紙が目についた。『高橋天山は粛清された』という大きな見出しが打ってある。憶測を基にした飛ばし記事かも知れない、と思ったが、結局は一部抜いて、レジに戻った。

四、五年前のこと、原油価格が一バレルあたり二、三十ドルだったものが一気に百五、六十ドルまで跳ねあがったことがあった。株式市場が飽和状態となり、投資家たちがもてあました金を原油の先物取引に注ぎこんだのが一因だという。

小沼は夕刊紙を読みながら胸のうちでつぶやいた。

単純化すれば、投資家といわれる連中は原油の先物取引という手法で世界中の消費者からあまねく金を巻きあげ、自分たちの懐に入れていたということか。

投資会社は金融商品として原油先物を売りまくったが、絶対に値上がりする二つの理由を挙げた。一つは、あと二十年もすれば、サウジアラビアの油田が干上がり、原油の供給量が激減して品薄状態になること。もう一つは二〇一四年に中国が必要とする石油の量はアメリカに迫り、そのため金に糸目をつけずに買いまくるようになること。

だが、原油採掘技術が進化してサウジの油田は枯渇しなかったし、中国では二〇〇八年の北京オリンピック、二〇一〇年の上海万博が終了すると大型内需が一段落してしまった。さらに燃料代の高騰は、世界各国の景気を低迷させ、消費者の購買力を殺《そ》いでしまい、いくら中国が世界の部品メーカーをもって任じ、生産能力を高めていっても、自動車にしろ、コンピューターにしろ、金を巻きあげられた消費者は買い控えするしかなかったのである。

夕刊紙によれば、中国が市場開放に向かった当初に活躍した資産家たちこそかつての大陸浪人と結んだ連中だとし、オリンピックや万博で多くの利権を手にした者たちを新興資産家としていた。建設ラッシュは去った中国だったが、ありあまった金の暴走は止まらず、少しでも儲《もう》かりそうなビジネスを求めて、競争が一段と激しさを増していた。せめぎ合いはときに暴力を用いるレベルにまでエスカレートし、そのあおりで高橋天山が殺害されたという。

だからといって粛清といえるか――記事はやはりセンセーショナルな飛ばしのように思えた。

運転手の樋浦は、天山のところに中国人の女性秘書が来て、ボディガードがつくようになったのは去年といっていた。夕刊紙の記事中にある中国国内におけるパイの奪い合いの時期と符合する。

最後にフリーライター牟礼田《むれた》庸三《ようぞう》と署名があった。

分駐所の一角にあるソファでそそくさと弁当を食ったあと、小沼は夕刊紙を読みふけっていた。記事を一通り読みおえ、大きくため息を吐《つ》いた。

「どうした、ため息なんか吐いて」

そういって辰見が向かいに座った。ソファは向かい合わせに二つ置いてあり、間にテーブル、わきにテレビが置いてある。簡単な打ち合わせや来客の応対に使われるほか、隊員たちが休憩する場所でもある。

辰見はテーブルに置いてあったテレビのリモコンを取りあげ、電源を入れた。

「これなんですけどね」

小沼は辰見の前に夕刊紙を置いた。ちらりと見た辰見が眉を上げる。

「粛清だって？　飛ばし記事の典型だな」

「ぼくもそう思ったんですけど、一応納得できるように思うんですが」

チャンネルを次々に変えていた辰見はニュース番組を選ぶと、リモコンを置き、かわりに夕刊紙を手にした。ソファの背に躰をあずけ、読みはじめる。

テレビに目をやった小沼はぎょっとした。ちょうど特集コーナーが放送されており、天山事件を取りあげていた。それだけでなく、ゲストコメンテーターとして映っている男が牟礼田その人なのだ。

肩幅が広く、猪首で四角い顔をしていた。肥満体というより筋肉が詰まっている感じがする。ボストンメガネをかけ、髪を七三に分けていたが、縮れた前髪が広がっていた。パーマをかけたのではなく、もともと癖のある地毛なのだろう。

「こんなことってあるんだ」

思わずつぶやくと、辰見が夕刊紙に目をやったまま、訊きかえした。

「何が？」

「その記事を書いたライターがちょうどテレビに出てるんですよ」

辰見は顔を上げ、目をすぼめてテレビを見た。唇の端からつまようじが飛びでている。

「こんな偶然ってあるんですね」

小沼の問いに辰見はテレビに目をやった。

「偶然じゃない。フリーランスのライターなら、おそらくこのあと週刊誌でも同じネタを書くだろう」

辰見が小沼を見返し、夕刊紙をぽんと叩いた。

「この見方を広めたい奴がいるのかも知れない。自分のところから情報を出すことはしないが、出すときには何らかの意図を持っている……、そんな連中だ」

「誰が……」

いいかけて、ぴんと来た。警視庁公安部だ。

「でも、どうして？」

「中国の利権がらみにしておきたい理由が何かあるのか」だが、辰見は首を振って、夕刊紙をテーブルに置いた。「悪い癖だな。すぐに勘ぐりたくなる。犬の性《さが》か」

ほどなくひったくり事件に臨場していた伊佐と浅川が戻ってきた。浅川はコンビニエンスストアのポリ袋を提げている。

伊佐はソファに座っている辰見を見つけると、顔をしかめてぼやいた。

「最近のガキはどうにもなりませんな。携帯電話の料金を滞納して、親が止めるといったもんだからあわててひったくりだって」

辰見が鼻を鳴らす。

「それで被害者《マルガイ》は？」

「四十過ぎのＯＬです。ショルダーバッグをひったくられそうになって、抵抗した挙げ句、転んだんですよ。救急車で運ばれたんですが、転んだはずみで右腕を骨折して」

伊佐の言葉に首を振り、辰見が立ちあがった。小沼もテーブルの上を片づけた。伊佐と浅川が戻ってきたので警邏に出かけることになる。

いい加減分駐所に引きこもっているのにも飽き飽きしていた。

4

すっかり暗くなった。小沼は荒川《あらかわ》の北側に広がる住宅街を西に向かって車を走らせていた。昼間、伊佐と浅川が臨場したひったくり事件の現場からそれほど遠くない場所であり、昨夜、車上荒らしがあった現場に近づいていることにもなる。

出勤したとき、分駐所の出入り口で出くわした東田がいった。

『お前さんとこほど派手なのはなかった』

実際はそうでもなかったようだ。東田の相勤者でもある班長の笠置は腫れぼったい顔をしていたが、午前九時の引き継ぎをしたときに理由がわかった。明け方まで現場周辺を検索していたのだ。しかも被疑者の確保どころか不審者すら見当たらず、完全な空振り。疲れは倍加しただろう。

車が荒らされているのを発見したのは、たまたま通りかかった自動車警邏隊で、午前二時頃のことだ。事件発生の通報があり、少年という言葉が出るたび、小沼は落ちつかない気分になった。

周囲に目を配っていた辰見が穏やかにいった。

「昨夜《ゆうべ》の車上荒らしだが、現場はこっちの方だったよな?」

「もう少し先……、荒川の向こう側です」

「そうだったか」辰見は腕組みした。「手口が相当荒っぽかったようだが」

「バールのようなもので助手席の窓をぶち割ったって話でした」

「ガキのやり口だ」

辰見のひと言にひやりとする。それでいて首筋にじわりと汗を感じ、ワイシャツのカラーを指で緩めた。

「素人でしょうね。手慣れた奴なら無錠探りをやるでしょうから」

ドアをロックしないまま、駐車している車は結構あるものだ。運転席のドアだけロックしていたり、すべてのドアをロックしながら後部座席の窓が全開のままという間抜けな車も多い。リモコンでドアをロックしても窓までは閉めてくれない。無錠探りとは、駐車場を歩きながら手当たり次第にドアを開けようとしてみることを指す。

「何を盗《と》られたんだっけ」

あんたも引き継ぎに出てたろ、と腹の底でつぶやく。

「小銭を少しばかり。ダッシュボードも開けられたようですが、車検証くらいしか入れてなかったみたいで」

「一件だけだったんだよな」

「被害届が出たのは」

ふむとうなずいた辰見が窓の外に目をやる。しばらくしてから口を開いた。

「やってることが短絡というか、子供じみてるな。昼間、伊佐たちが臨場した事案もガキどもの仕業だろ。欲しければ、盗る。やりきれんな」

「そうですね」

小沼はそっとため息を吐いた。

「それでいて、いざパクってみれば、ごく普通の真面目な子だと来やがる。他人様のものに手をつけるような奴を真面目とはいわない」

「おっしゃる通り」

生活費もなく、空腹に耐えきれなくなって金を盗むというなら少しは理解できる。今では遊ぶ金欲しさという動機がもっとも多い。盗んで一時間もしないうちに遣いきってしまい、次の犯行に取りかかるというケースも珍しくない。自分の周りを財布がぞろぞろ歩いていて、金はその中、だから盗る——まさしく子供じみた論理の飛躍だ。それでいて飲食代といってもせいぜいコンビニエンスストアでスナック菓子とソフトドリンクを買うくらいでしかない。

どこまでも子供じみていて、かえってやりきれない。

「車上荒らしがあった現場は、この間自転車で二人乗り《リャンケツ》してた中学生を捕まえた辺りだろ」

二人乗りしていていた中学生、粟野と鈴木を捕まえた場所とは数百メートルしか離れていない。小沼が気にしていたのもまさにその点なのだ。

「そうです。でも、面白半分に自動車の窓を割ったんなら、一台ってことはないんじゃないですか。現場は高層マンションの駐車場で、ほかにも車があったらしいし」

粟野たちをかばっているような響きがあるのは自覚していた。辰見が小沼の横顔を見つめている。左の頬骨あたりがぴりぴりしていた。

笠置班との引き継ぎで車上荒らしの手口が子供じみているという話になったときも、今日の午後、ひったくり事件で少年二人が確保されたと聞いたときもいやな胸騒ぎがした。そしていずれのときも粟野ではなく、母親の姿が浮かんだ。整った顔立ちだが、とびきり目立つ美人ではない。だが、なぜか気になった。

「お前の考えはわかる」

「はあ？」

どぎまぎしながらも何とかごまかす。

「たしかに面白半分なら二台、三台とやるだろう。時間はそれほどかからない。だが、窃盗目的でも一台だけとはかぎらんだろう」

そのとき、無線が鳴った。

〝第六方面から各移動、千住×丁目において……〟

住宅街を警邏中だったパトカーが路上に停まっている不審車輛を見つけ、職務質問をしようとしたところ、逃走したという。

〝不審車輛にあっては四四九を西、千住新橋に向かって逃走中。不審車輛は黒の軽乗用、ワゴンタイプ。車輛番号は足立区……〟

辰見がカーナビの表示を切り替えると、通信司令室から伝えられている情報がディスプレイに表示された。

〝盗難車であることが判明。なお、乗っているのは男性一名、二十歳から三十歳くらい〟

スピーカーから流れる声に辰見が舌打ちする。

「また、ガキか」

不審車輛が千住新橋をくぐり抜け、川沿いに西に抜けたという情報が入ると辰見はマイクを取りながらいった。

「次のコンビニの前を左へ、西新井橋へ行け。先回りできるかもしれん」

「はい」

小沼はセンターコンソールに手を伸ばし、サイレンと赤色灯のスイッチをはねあげた。天井付近でごとごとと音がして、直後、回転する赤い光が周囲をなめまわしはじめる。同時にサイレンが鳴りわたった。

辰見がマイクに声を吹きこんだ。

「こちら六六〇三、現場に向かう」

盗難車に乗って逃走をはかった男は二十歳から三十歳くらいということだったが、辰見がいうようにガキである可能性もあった。車の運転は免許がなかろうと、中学生だろうとできる。

コンビニエンスストアの前で左に入り、一方通行を走った。サイレンを吹鳴し、赤色灯を回転させているので前方の車は次々道路の左側に寄って、速度を落とすか停車した。わきをすり抜け、やがて尾竹橋通りにぶつかる。ふたたび左折すれば、すぐ先に西新井橋があった。

辰見は携帯電話を耳にあてていた。

「おれたちは間もなく西新井橋にかかる。該当車輛は千住新橋をくぐってこちらに向かっているということだから都道四百四十九《よん・よん・きゅう》号線は外れたはずだ。西に向かっているということだから大川町の手前……、氷川神社の辺りで南に入るだろう。そっちからだと一方通行で来られるのはそこまで……、了解した。そっちはそのまま後ろへ回ってくれ。たぶん、おれたちはそっちから来る一方通行の出口あたりに行く。そう挟み撃ちだ。わかった……、そうしてくれ」

電話を切り、ワイシャツの胸ポケットに入れた辰見がダッシュボードを開けた。

「伊佐たちは日光街道を北上してて、間もなく千住新橋だ」

「挟み撃ち……、間に合いますかね」

「お前の根性次第だな」

そういいながら保管庫の扉についたテンキーで暗証番号を打ちこむ。扉を開けると、中から手錠と警棒だけを引っぱり出した。ちらりと見て、小沼はいった。

「それだけですか」

「ホルスターをつけようとしたらシートベルトを外さなきゃならん。立派な道路交通法違反だ」

辰見は手錠と警棒を上着の左右のポケットに入れ、保管庫の扉とダッシュボードを閉めた。

そういう問題じゃないだろうと思いつつ、小沼は橋の上を突っ走った。無線からはひっきりなしに不審車輛の現在位置が伝えられている。西新井橋南詰めの手前で減速した。正面の信号は赤だ。辰見がマイクを手にした。

「緊急車輛は赤信号を通過する。緊急車輛は赤信号を通過する」

怒鳴り声が響きわたり、右側から交差点に入ろうとしていたタクシーが減速した。その鼻先を通り、交差点を左折すると都道四百四十九号線に入った。荒川の南側を通る道路で、辰見が先ほど電話でいっていたように千住新橋まで東向きの一方通行だ。小沼はアクセルを踏みこみ、速度を八十キロまで上げた。

不審車輛が向かってくる道路は、四百四十九号線の一本南寄りで途中まで西向きの一方通行になっている。周辺は住宅街で狭い通りが縦横に交錯しているうえ、一方通行が多く、しかもどちらに向かうかは一定していないが、道路は隅々まで頭に叩きこんであった。氷川神社の位置もわかる。

辰見がサイレンと赤色灯のスイッチを切った。

無線の様子からすると、黒色の軽乗用車を追尾しているのはパトカーが四台、それに伊佐、浅川組の車だ。正面からは小沼たちが近づいている。合計六台に追いかけられて、なおも逃げようとするのは、まともな神経の持ち主とは思えない。酒を飲んでいるか、覚醒剤か、あるいは外国人か。外国人の場合、日本の警察をなめて、過激な行動に走りやすい。似たようなことは若い者にもいえる。とくに未成年で、無免許となると往々にして無茶をするものだ。

車がないのを幸い、さらに加速し、六百メートルほどを一気に走り抜けた。道路の右側に氷川神社への入口が見えてきた。急ブレーキをかけ、右にハンドルを切った。後輪が滑って悲鳴を上げる。

だが、間一髪のところで左から黒い軽自動車が飛びだしてきた。

「追ってくる方は車間距離を取ってる」辰見が赤色灯とサイレンのスイッチを入れた。

「その前に割りこめ」

「はい」

軽自動車のすぐ後ろにつけ、ナンバープレートを確認した。直後、左からパトカーのライトに照らされた。小沼はライトの上下を素早く切り替え、パッシングし、辰見はマイクを取った。

「前方の黒い軽自動車、止まりなさい」

　道幅が狭くなり、さすがに減速した軽自動車だったが、停止しようとはしなかった。交差点にそのまま突っこみ、右から来た車が車首が沈むほどの急ブレーキをかけた。軽自動車を追い、交差点を突っ切る。右からの一方通行なので反対から車が来る気遣いはないが、歩行者がどこにいるかわからない。

「止まれ」

　辰見が怒鳴り、小沼はさらにパッシングをつづけた。逃げる軽自動車だけでなく、ほかの車や歩行者に対しても警告を発しているのだ。道路は片側一車線ずつ、路肩に緑色のペイントをされた歩道がある。だが、対向車が来ているので右に出て、軽自動車の前に出るわけにはいかない。時速四十キロほどだが、建物が左右に迫っているので四百四十九号線を突っ走っていたときより速く感じた。

「あ、クソッ、馬鹿野郎」

　辰見がののしった。

　軽自動車はウィンカーを出さず、いきなり左折した。辰見が罵倒《ばとう》する理由はわかる。軽自動車が進入したのは小学校の裏側に通じる路地なのだ。夜間なので児童こそいないだろうが、車が突っ走るような道では決してない。

　路地を抜けようとしたとき、軽自動車のブレーキランプが点き、急減速した。小沼も唸《うな》りながらブレーキを踏む。辰見がダッシュボードに手をついて躰を支えた。

軽自動車の前、路地の出口をふさぐようにシルバーグレーのセダンが飛びだした。天井で赤色灯が回っている。伊佐、浅川組の車輌だ。小沼は軽自動車のバンパーすれすれまで捜査車輌を前進させた。軽自動車が諦《あきら》めようとせず、左——伊佐たちの車の後方へ抜けようとする。ブレーキを緩め、じりじり前進させる間に辰見が降り、軽自動車の運転席に近づいた。浅川も降りてきて慎重に軽自動車に近づく。

さらに数人の制服警官が寄ってきて車を囲もうとしたとき、軽自動車がいきなり動きだし、辰見が飛びのいた。

直後、周囲に重い金属音が響きわたる。

辰見の動きは速かった。小沼が捜査車輌から降りようとしている間に軽自動車に近づき、運転席の窓に警棒の底を叩きつけた。二度目で白いひびが入りはじめ、さらにくり返すうちに粉々に割れ、破片が路上にこぼれ落ちた。

軽自動車のエンジンが吠《ほ》え、空転する前輪から真っ白な煙があがる。ゴムの焦げる強烈な臭いが周囲に広がった。

辰見が窓の残骸《ざんがい》を警棒で払いのけると、運転していた男が引き攣《つ》った顔を向けた。容赦なく警棒の尻を鼻に叩きこんだ。その間に浅川が運転席に手を入れ、エンジンを切り、さらにドアロックを外した。

ドアを開いて引きずり出された男は両手で顔を覆っている。顎から胸にかけて血がしたたっていた。

間近に警察官がいるにもかかわらず無理に車を出して逃亡をはかれば、拳銃使用もあり得るところだが、辰見の銃は保管庫に入ったままだ。警官が数人がかりで男を引きずって車から離す。

辰見が怒鳴った。

「小沼、手錠《わっぱ》打て」


うつ伏せにされた男の両手を腰の後ろに持ってきて手錠をかけた小沼はそのまま男の躰に触れた。ジャンパーのポケットから折り畳みナイフと携帯電話、ジーパンのポケットから二つ折りの革財布を抜く。足首まで触れて、ほかに凶器などを隠し持っていないかを確認すると制服警官たちと協力して、男を路上に座らせた。

それほど若くはない。ちりちりにパーマをかけた髪には白いものが混じっている。

「車を調べるぞ」

辰見が声をかけてくる。小沼は男の肩を揺さぶった。

「返事は？　はいだろ、はい」

「ふぁ……」

返事をしようとしたのではないかも知れない。声を出そうとしただけで鼻血がどっと溢《あふ》れ、胸元を濡《ぬ》らす。男が鼻声で弱々しく答える。

車内を検索した結果、運転席と助手席の間に置いてあったセカンドバッグからビニールの小袋に入れた白い結晶が出てきた。男の目の前で簡易試薬を使い、結晶が覚醒剤であることを示して、認めさせる。

男の前にしゃがみこんだ小沼は大声で告げた。

「道路交通法違反、公務執行妨害、覚醒剤所持……」

「それに殺人未遂だ」

背後で辰見が付け加えた。

「殺人未遂」小沼はくり返していった。「現行犯で逮捕する」

すでに手錠は打ってあった。

「大丈夫っすか」

浅川の声にふり返った。辰見の右手を見ている。手の甲がざっくりと切れ、ひどく出血していた。

「ああ」

辰見がうなずき、ハンカチを取りだして傷を押さえた。ちらりと苦笑する。浅川が感心したようにいった。

「それにしてもこの辺りに詳しいんですね」

「毎日回ってるからな。お前さんだって同じようなもんだろう」

「いやいや、氷川神社なんて、とっさには出てきませんよ」

小沼は辰見を見た。周辺の地理に詳しいのは、その昔辰見と縁のあった女が住んでいたからだ。彼女は殺された。

小沼も二度ほどここに来たことがある。

二度目は、被害者の娘が田舎へ引っ越していくのを見送りに来たときだった。

5

目の前に、くたびれた黒い靴が現れ、小沼は顔を上げた。班長の成瀬がぎょろりとした目を向けている。立ちあがった。

「辰見の怪我《けが》は？」

「手の甲に裂傷を負って、今、処置室で手当を受けています」

「被疑者《マルヒ》の方は？」

「鼻の骨を折ってます。今は脳の検査を受けています」

軽乗用車で逃走をはかった男は現場から最寄りの救急病院に搬送されてきた。付き添う格好で来た辰見もそのまま処置室に入れられた。動きようのない小沼は処置室前のベンチで待つことにしたのである。

小沼は盗難車で逃走している被疑者について指令を受けてから現場に向かい、軽自動車を追尾して、伊佐たちとの連携で確保するまでを成瀬に話した。

「パケが出たって？」

「はい。簡易検査をやって、シャブであることは本人にも確認させました。車内を検索して出てきたセカンドバッグにはパケが五十個くらいありました。総量は二、三グラムといったところでしょうか。尿検査の結果も陽性です」

「盗難車での逃走、それにシャブだけでも販売目的の所持、そして使用か」成瀬は処置室の方に目をやった。「マルヒの身元が割れた。暴力団の構成員だったが、何年も前に破門を食らってる。シャブのせいだ。傷害容疑でパクられて、先月出所したばかりだよ」

「傷害ですか」

「同棲《どうせい》してた女を殴って重傷を負わせた。破門になったあとのことだ。どこまでもしまらない野郎だ」

成瀬が小沼に目を向けた。白目の部分が充血している。無理もなかった。すでに午前三時を回っている。

「お前、怪我は？」

「ありません」

「とりあえずそれはよかった。伊佐たちも受傷はない。車はへこんだがな」

そのとき、処置室から辰見が出てきた。右手に包帯を巻き、上着は袖に腕を通さず、肩に羽織っていた。ワイシャツの胸から腹にかけて派手に血がついている。

成瀬が先に声をかけた。

「ご苦労だった。怪我の具合は、どうだ？」

「浅く切っただけです。窓ガラスを割って、破片を取りのけようとしたときに。冴《さ》えないドジを踏んだ」

辰見の胸元に目をやった成瀬が眉間《みけん》に深い皺を刻む。

「結構な出血じゃないか」

「野郎の鼻血ですよ。おれの方は浅く切っただけで、縫いもしなかった。野郎の方は鼻の骨を折ったでしょう。脳に障害がないか調べてるみたいです。警棒を使いましたからね」

「どうせシャブでいかれた脳だ」成瀬はとがった鼻をつまんで引っ張った。「小沼から状況報告は受けた。拳銃使用もやむなしだったぞ」

「伊佐がしっかりブロックしてくれてましたからね。後ろは小沼が押さえてたし。野郎の車は動きようがありませんでしたよ。だから警棒で何とかなると判断したんです」

「よく自動車の窓ガラスが割れたもんだ」

「警棒の底でも、角を打ちつけるんです。何とかひびが入れば、あとは破れます」

「なあ、辰ちゃんよ。肩こりも時と場合によっちゃ命取りになりかねないな」

成瀬は、辰見が拳銃をきちんと身につけていなかったことを見抜いていた。辰見は叱《しか》られた子供みたいに目を伏せ、にやにやするだけで何もいわなかった。成瀬のぎょろ目が小沼に向けられる。

「千住署の生活安全《せいあん》課が来たら、被疑者を引き継いで、あとはまっすぐ分駐所に戻れ。わかったな」

「はい」

背筋を伸ばし、返事をする。成瀬は一瞬辰見に目をやり、くるりと背を向けると大股《おおまた》で玄関に向かった。

千住署生活安全課の銃器薬物対策係から二人の捜査員がやって来たときには、午前四時を回っていた。一人は四十代くらいで工藤と名乗り、もう一人はぐっと若く、二十代前半にしか見えなかった。小沼が被疑者逮捕までの顚末を話す間、メモを取り、質問したのは工藤で、若い方は黙って突っ立っていた。工藤は小太りで、頬から顎にかけて髭が浮いていた。

　一通り話し終えると、若い方は処置室に向かい、工藤は手帳を上着の内ポケットに入れながらあくびをかみ殺した。

「すまん。一昨日から動きっぱなしでね。相方もくたびれてて、愛想がよくない」

　指導が甘いんじゃないか、とは思ったが、もちろん口にはしない。

「ろくに挨拶《あいさつ》もしないで申し訳ないね」

「いえ」

「さて、と……」工藤は頭を掻き、処置室へ目をやった。「いずれ戻ってくるとは思ってたけど、正月までもたなかったとはな」

「前から被疑者《マルヒ》を知ってるんですか」

「そう、お馴染《なじ》みさんだ。塀の内へ落ちたときには、傷害だったんで刑事課の扱いになったけど、その前に二度うちらで落としてる」

「シャブですか」

「そう」

「元暴力団の構成員だったとか」

「準ってところかな。高校を退学したあと、ぶらぶらしてて、その頃つるんでた奴に誘われて……、誘われてというよりほかに行くところもなくて組事務所に出入りするようになった。気が小さい上に根性なしと来てる。ふだんはまともに人の顔も見られないような奴なんだよ。それで兄貴分とか、つるんでた仲間なんかにしょっちゅうボコボコにされてた。早い話、組事務所ん中でイジメに遭ってたようなもんだ」

工藤が小沼を見て、苦笑する。

「実際に面と向かうとわかるんだけど、いつも下向いてぼそぼそいうだけで、何いってるんだか聞き取れない。わからないいんじゃないんだ。聞き取れないんだよ。え？　とか、あ？　とか訊きかえすとますます声が小ちゃくなってさ。イライラしてきて、殴りたくなっちゃう」

まるでイジメに遭う方に原因があるとでもいうような口振りは、高校時代の同級生を思いださせた。中学校の教師をしていたが、以前同窓会で会ったときにいったものだ。

いじめられる奴が悪いんだよ……。

工藤が言葉を継いだ。

「ところが、シャブをづけるとスーパーマンになるんだな。それでできもしないことをああだ、こうだと並べたてる。そういうときだけやたら声がでかい。それもキンキン響くから耳障《みみざわ》りなんだ」

ふだん腹の底に押しこめて厳重に蓋《ふた》をかぶせてある恐怖が薬によって、文字通り解放されるのだろう。

「その上、暴れるわけさ。だけど、躰《ガタイ》が貧弱だし、力もない」

うつ伏せにして押さえつけ、手首に手錠をかませたときを思いだした。たしかに腕は細く、力も弱かった。覚醒剤によって本人の意識がどうなっているかはわからないが、肉体の限界を超えた力は出せなかったようだ。覚醒剤が原因で暴れる者の中には火事場の馬鹿力を発揮する者もあるが、今回の被疑者はひどく貧弱なのか、ろくに食いもしないために体力が落ちているのかも知れない。

「そんなことをくり返しているうちに組を追いだされた。自分が使う分をひねり出したくて、組から預かったシャブにかなり樟脳《しょうのう》を混ぜたんだが、発覚してね」

「破門になったんですよね」

小沼の言葉を、工藤は鼻で笑った。

「盃《さかずき》ももらってない奴だ。破門も糞《くそ》もないよ。ところであいつが乗ってた車のこと、何か聞いてる？」

「盗難車ですよね」

「一応、そういうことになるね。でも、ひどい話でさ。あいつが殴って怪我をさせた女の車なんだよ。あいつが持ち歩いてたシャブも、実はその女から出てる。正確にいえば、その女の男からってことになるけど。いずれ女も、後ろにいる男もパクるつもりだけど」

小沼たちが大捕物の末に確保した男は、組事務所を放りだされたあと、スナックを経営している女に拾われた。同棲したといっているが、実際はスナックの二階にある物置じみた部屋で寝泊まりしていたという。ほかに行き場がなかった。早い話が使い捨ての売人として利用されていただけなのだ。

傷害の罪で服役し、出所したものの相変わらず行く場所はない。結局、女を訪ね、以前と同じ生活に戻るしかなかった。そして三日ほど前、住処《すみか》だったスナックの二階から姿を消した。

「女は即刻車の盗難届を出した。あいつは女に別の男がいることを知らない。女といってもとっくに還暦過ぎた婆《ばば》ぁで、あいつより三十近くも年上だぜ。本人は情夫《まぶ》のつもりだったかも知れないが、本当のところ、おっかさんを求めてたのかもね」

どこにも出口のない、重苦しい気分になった。

工藤がふたたびあくびをする。今度はかみ殺そうともしなかった。目尻の涙を拭う。

「失敬。ところで、辰見さんの相勤者なんだって?」

「そうですが、知ってるんですか」

「昔ね。かれこれ二十年も前になるか、あの頃は機動捜査《きそう》隊で実地教育なんてなかったからいきなり所轄の刑事課に放りこまれた。最初についたのが辰見さんだよ」

二十年前といえば、辰見は三十代半ばか、と思った。

「あの人は口より手の方が早くてね」

「殴られたんですか」

「小突かれたくらいのもんさ。四の五のいわれるより、一発もらった方がすぐに気づく。じくじくいわれるよりはるかにましだ。人に教えるのがなかなかうまいよ」

「その辺にいますよ。会います？」

「いや、あんたたちも疲れてるだろ。おれもこれから処置室をのぞかなきゃ。どうせ奴はシャブが切れてこんこんと眠ってるだろう。しばらくは蹴飛ばしたって起きゃしないだろうが、ここ、救急だろ。移送の手続きとか面倒だよ。辰見さんには、よろしく伝えてくれ」

「はい」

工藤と別れ、院内をあちこち探したが、辰見は見当たらなかった。もしやと思って裏口を出ると、しんしんと冷えているというのに辰見はスタンド式の灰皿の前に立ち、包帯を巻いた右手を見ていた。

「こんなところにいたんですか」

「中は禁煙だからな。一服してたんだ」

「千住署の工藤さんがよろしくといってました」

「そうか」

「辰見さんには刑事のイロハを教わったって。会ってきます?」

「いいよ。男の顔なんか見たって面白くも何ともない」

二人そろって駐車場に出ると、捜査車輌に乗りこんだ。車内はすっかり冷えきっている。

救急病院を出て、ほどなく無線機がわめきだした。

〝至急至急、第六方面から各移動……〟

昨夜と同じように車上荒らしがあったのだが、被疑者らしき男を現場付近で発見したという。マイクに手を伸ばそうとした辰見を小沼は制した。

「班長からまっすぐ分駐所に戻るようにいわれてます」

「馬鹿いうな、現場は目と鼻の先じゃないか」

「怪我してるんですよ。それに帰って、さっきの件について報告書上げなくちゃならないし」

「犬の性だよ」

マイクを取った辰見は右手から左手に移し、小沼を見た。包帯を巻いた右手を掲げてみせる。

「おれは怪我してるからな。報告書の方はよろしくたのむ」

送信スイッチを入れ、辰見は応答した。

小走りに住宅街の交差点まで来た小沼は、立ちどまって左に目をやった。ぼんやりとした光を放っているのは清涼飲料の自動販売機で街灯がぽつりぽつりと立っている通りには人も車も見当たらない。右側に目を転じる。道路は左に湾曲していて、やはり動く影はない。交差点を過ぎ、住宅の駐車場やわきの路地をのぞきながら歩く。

車上荒らしがあったというマンションの駐車場から百メートルほど東へ来ていた。

三十分ほど前に自動車警邏隊のパトカーがマンションの駐車場にいた二人の若い男に声をかけようとしたところ、いきなり逃げだしたということだった。駐車場に停められていた車のうち、一台の窓ガラスにひびが入っていた。昨日の現場から見ると尾久橋通りを挟んで東側になり、数百メートル離れていた。だが、粟野たちが真夜中に自転車の二人乗りをしているのを見つけた場所には近づいたことになる。

逃げた二人はどちらもジャージかスウェットの上下で、一人は黒っぽく、一人はグレーといわれた。自邏隊の隊員ははっきりと顔を見たわけではなかった。車の窓を割ろうとした鉄パイプが捨ててあり、ほかにも遺留品がないか、辰見は現場に残って検索することになり、小沼は付近を徒歩で回るようにいわれた。

清涼飲料の自動販売機を置いた住宅の前を過ぎると、左手に小さな公園があった。遊動円木、水飲み場、丸太で作られた滑り台、隅に公衆便所があった。柵の切れ目から公園に入った小沼は上着のサイドポケットからＬＥＤの小型懐中電灯を取りだした。滑り台の下を照らしてみる。灰色の乾いた地面があるだけで人の姿はない。公園を囲む植え込みにも光をあてたが、誰もいなかった。公衆便所に近づいた。コンクリート製で男性用には扉もなく、中に小便器が二つ並んでいた。踏みこんで隅々まで照らした。次いで女性用を確認したが、こちらはドアが開いていて中に人はいない。念のため、ドアの後ろもチェックする。

公園を出て、懐中電灯のスイッチを切るとさらに東に向かった。道路を挟んで左右に十階建てほどのマンションが建っており、右側のマンションの前には駐車場があり、車が停められていた。車の間を透かし見るが、闇に閉ざされ、何も見えなかった。おそらく左側のマンションも北側に似たような駐車場があるだろう。

まず右側のマンションの駐車場に踏みこんだ。懐中電灯を点け、車の間を照らしながら歩いた。どの車を見ても陰から何者かが飛びだしてきそうな気もしたし、人っ子一人いないようにも思えた。

駐車場を一周して、荒川べりに出るととりあえず堤防に上がってみた。川が湾曲している。水面は黒いばかりで光は一切見えなかった。右を見る。堤防は闇に嚥みこまれていた。左を見る。光景は同じだ。

ふり返った。もう一つのマンションの駐車場をチェックするべきか、堤防を検索するか迷った。堤防を検索するにしても上流と下流のどちらを見るか。

見るなら上流だろう、という自分がいる。上流に向かえば、粟野たちを捕まえた場所に近づく。いや、引き返してマンションの駐車場を見た方がいいんじゃないかとも思う。迷っている間にもどんどん時間が流れていく。

「どうすりゃいいんだ」

独りごちる。もう一度、堤防を見回していると、ワイシャツの胸ポケットで携帯電話が振動した。思わず声を漏らすところだった。取りだす。背面の液晶の窓に辰見と出ていた。開いて、耳にあてた。

「はい、小沼です」

「被疑者が確保された。現場に戻れ」

「わかりました。あの……」

「あいつらじゃない」

電話が切れた。

小沼は大きく息を吐くと、堤防を降りはじめた。

第三章　鬼を見た

1

金属製のドアは艶《つや》のない濃緑色に塗られ、金色の縁取りがされていた。わきにあるインターフォンのボタンを押す。三連のチャイムが鳴るのがドア越しにかすかに聞こえ、すぐに男の声が答えた。

「はい」

「先ほど電話した小沼です」

「ああ、どうも。今、開けますので少々お待ちください」

インターフォンのざらざらした音が途切れた。小沼は左手にぶら下げたポリ袋を見て、胸のうちでつぶやいた。

来ちまったけど、やっぱりまずいだろうな……。

犬の性かと自嘲《じちょう》気味につぶやいた辰見が脳裏をよぎる。自分はどうなのだろうと考えずにいられなかった。手の届かない事件について、あれこれ調べてまわるのは仕事とはいえないどころか、命令に違反している。

一方で警察手帳を携行している間だけ警察官だと割り切っていて、捜査などできるかとも思う。

ドアが開き、樋浦が顔をのぞかせた。

「いらっしゃい」

「突然、失礼しました」

「いえ、かまいませんよ。どうせすることもなく毎日暇を持てあましているんですから」樋浦はドアを開いた。「どうぞ」

ここまで来てしまった以上、ごちゃごちゃ考えてもしようがない。腹をくって一礼した。

「お邪魔します」

一月三日――ほぼ二週間ぶりの休みらしい休みとなった。年末年始に一切手をつけていない掃除、洗濯といろいろ溜《た》まっていることがあった。さて、何をしようと考えたとき、ふと樋浦のことが気になった。

あれから何をしているのか、と。

仕事で事件を調べるのではなく、趣味ならば、と思って電話をかけることにした。そのような屁理屈《へりくつ》が警察に通用するわけがなく、越権行為になるかも知れなかったが、事件の当事者のその後を捜査員が案ずるのは決して不自然ではない。これまた屁理屈に過ぎないことも承知の上である。

電話では、事件当夜最初に話を聞いた刑事のうち、若い方だというとすぐにわかってくれた。大磯の方に行く用があるといって、立ち寄らせてもらいたいというと、天山邸ではなく、大磯駅前のマンションにいるといわれ、場所を教えてくれた。

玄関から廊下を経て案内されたのは、リビングダイニングだ。南向きに大きな窓があり、広さは二十畳ほど、そこだけでも小沼の部屋より広いように思えた。窓の前に置いてあるソファまで行って、樋浦が手で示した。

「どうぞ、こちらに」

「恐れ入ります。これ、東京駅で買ったんですが。つまらないもので、すみません」

ポリ袋のまま、差しだす。受けとった樋浦が中を見てにっこり頬笑《ほほえ》んだ。

「ちょうどよかった。何しろやもめ暮らしで菓子の一つもなかったんですよ。私は甘党だし」

ざっくばらんな応対にとりあえずほっとした。

「ささ、座ってください。今、お茶を入れますから」

「いえ、お構いなく」

「いいんですよ。電話でも申しあげたように暇を持てあましているんですから」

「それでは、失礼します」

樋浦が台所に向かうと、コートを脱いで、ソファに浅く腰かけ、部屋を見回した。向かい合わせのソファと、その間に上面が寄せ木細工になったテーブルが置かれていた。レースのテーブルクロスが敷かれている。隅には大型の液晶テレビ、壁には木製チェストがあったが、チェストの中には本が数冊あるだけでほとんど空っぽである。シンプルともいえたが、殺風景一歩手前ともいえる。

やがて片手に盆を、もう一方の手に最中の箱を持った樋浦が戻ってきた。蓋を取り払った最中の箱をテーブルの中央に置き、小沼の前に茶托《ちゃたく》に載せた茶碗《ちゃわん》を置く。薄緑色の茶が湯気を立ちのぼらせた。自分の前には大ぶりの湯飲みを置いて、樋浦は向かい側に腰を下ろした。

小沼は両手を膝《ひざ》の上に置くと、一礼した。

「最初にお断りしなくてはなりませんが、本日は捜査の進展があってそれを報告に来たのではありません」

「気にしないでください。事件が起こってからずいぶんと訊《き》かれましたが、警察の方からは何も教えてもらってません」

樋浦ははっとしたような顔をし、次いで苦笑した。

「警察の方に申しあげることじゃありませんでしたね。失礼しました」

「とんでもありません。実をいいますと、私は事件現場を管轄する機動捜査隊の一員なんです」

それから機動捜査隊は初動捜査のみを担当し、あとは所轄署の刑事課が継続して事件を捜査すると説明した。公安部がからむと情報がほとんど出てこなくて、とはいえない。それでも樋浦を訪ねたことが越権行為にあたる可能性があることは説明した。

「そんな立場の私が突然やって来たのですからご不審に思われるかも知れませんが、樋浦さんのことは気になっていたんですよ。あの後、風邪などひきませんでしたか」

「ご心配いただいて、ありがとうございます。躰《からだ》だけは丈夫なたちなものですから何ともありませんでした。あ、いけない」

そういうと樋浦はテーブルの下からガラスの灰皿を取りだして小沼の前に置いた。

「気がつきませんで」

「私はタバコを喫《す》いませんので、結構です」

「そうですか」樋浦は灰皿をテーブルの下に戻した。「私も喫わないんですよ。先生がぜんそく持ちでしたからね。十五のときからおそばにおりましたので、おかげで悪癖に染まらずにすみました」

樋浦がテーブルに目をやった。

「あれから三週間ほどですか。つい最近のような気もするし、ずいぶん昔の出来事のようにも感じられる。いまだ現実感はないんですがね」

「寒い夜でしたね。樋浦さんがずっとアスファルトの上に正座されたままだったんで、それが気になってました」

「要らぬお気遣いをさせまして、失礼しました」樋浦が顔を上げる。「茶が冷めないうちにどうぞ。粗茶と申しあげるべきところですが、先生のおかげで茶だけは贅沢《ぜいたく》をさせてもらっています。茶の名産地から先生のところへ送られてくるものですから。これは私のお気に入りで鹿児島の知覧茶《ちらん》なんです」

「知覧というと？」

「有名なのは特攻隊の記念館ですね。私はついぞ行ったことはありませんが。これが実にうまい茶で」

「では、遠慮なくいただきます」

ひとすすりしてみて、唸《うな》った。

「茶の良し悪《あ》しなどわかるほどしゃれた人間じゃありませんが、これは美味《おい》しいです」

「そうですか」樋浦が嬉《うれ》しそうに相好を崩す。「決して高い茶でありませんが、高ければうまいというわけでもないんです。これも先生のおそばにいて学んだことですが」

樋浦は最中を一つ手にした。

「お持たせですが、小沼さんもどうぞ」

「美味しいお茶をいただくと甘い物が欲しくなるんですね。ふだんはあまりお菓子とか食べないんですよ。では、遠慮なくいただきます」

最中をかじる。ひどく甘い餡《あん》はいつもなら顔をしかめるところだが、茶に引き立てられたのか、素直にうまいと感じた。また、茶をすする。それほど大きな最中ではないので、二口で食べきってしまう。

「もう一つ、どうぞ」

「いえ」小沼は苦笑いして首を振った。「遠慮はしませんが、もう少し後でいただくことにします。ただ、よろしければ茶をもう一杯いただけますか」

「はい。お安いご用で」

樋浦は立ちあがり、台所に入った。急須を手にして、ポットから湯を注ぐ。小沼は声をかけた。

「今も高橋先生のお屋敷に通われているんですか」

「去年の末でお役御免になりました。あの車も処分することになったんです。とはいえ、ずいぶん古い車ですから買い手などつくかどうか。一応、知り合いの中古車業者に査定だけしてもらっているところです」

「そうですか。長年大事にされてきたんですから、やっぱり寂しいですよね」

「ええ、まあ」目を伏せた樋浦が苦笑する。「本音をいえば、先生の形見としていただきたかったんですが、遺言にそれはならぬとあったそうで」

「遺言にそんなことまで?」

急須を手に戻ってきた樋浦が苦笑いしながらうなずく。

「ええ。遺言には車は処分すべしとあったそうです。樋浦が欲しがるだろうが、決して与えてはならない、と」

「なぜです?」

「先生のお心遣いですよ」

そういいながら樋浦は小沼の前にあった茶碗を引き寄せ、急須から茶を注いだ。湯気とともに一杯目よりさらに濃厚な香りが立つ。茶碗を前に置かれたので、一礼した。

「ありがとうございます」

「樋浦にあの車を与えれば、毎日磨きつづけるだろう、と。乗るあてのない車を後生大事に磨きつづけるのは無駄以外の何ものでもないとあったそうです。先生は無駄を嫌われた。こんな私にまで気を配ってくださった。お屋敷がなくなれば、私は屋根付きの駐車場でも借りてせっせと磨いていたと思います」

「屋敷がなくなるんですか」

「いずれ。今、先生の秘書が遺言に従って処置を行っています」

「秘書というと、中国人の女ですか」

「いいえ、その前にいた人が戻ってこられまして。実は事件のあと、中国人の女秘書は姿を消しました。警察で行方を追っているらしいのですが、どこへ消えたものか……、いまだにわからないようです」

　小沼は持ちあげた茶碗を止めた。

「ひょっとしたらその女が事件の手引きをしたのかも知れませんね」

「たぶん、それはないと思います」樋浦は伏せた目で床を見つめた。「むしろ先生がいなくなったのでお屋敷にとどまる理由がなくなったのと、自分も身の危険を感じたのかも知れない」

　ボディガード二人は高橋天山とともに殺されている。女が身の危険を感じたとしても無理からぬところだ。

　しばらくの間、二人は黙って茶をすすった。

「先生にたった一つだけ褒められたことがありました。褒められたといっても私じゃなく、私のお袋なんですがね。もうずいぶん前に亡くなりましたが、お袋は大正二年の生まれなんです。私の上に兄と姉とがおりますが、明治生まれの頑固者の親父に仕えて、農家の嫁として苦労しながら私たち三人を育てたんですが……」

　言葉を切った樋浦が小沼を見た。

「こんなやくたいもない昔話ばかりしていてよろしいんですか」

「はい」小沼はうなずき、苦笑して頭を掻《か》いた。「最初に申しあげたように今日は捜査のために来たわけじゃなくて、樋浦さんのお話をうかがいに来ただけですから。事件のことを聞いても私は直接触れられませんので。それでお母様が先生に褒められたというのは？」

「お母様なんて、そんな大層なものじゃありません。田舎の婆《ばあ》さんですがね」

照れくさそうな笑みだったが、嬉しそうでもあった。樋浦は茶をひと口飲み、話をつづけた。

「先生は昔からよくいわれていたんです。子供に死に甲斐《がい》を与えてやれるのは母親だって」

「死に甲斐ですか」

ぎょっとして訊きかえすと、樋浦は大きくうなずいた。

「何度も聞かされましたから間違いはありません。先生は、こういわれたんです。人は飽きっぽいものだからどれほど強い思いでも三日と持ちつづけることはできない。これこそ自分の生き甲斐だなどといくら粋がってみたところで、三日もすれば、馬鹿馬鹿しくなるか、きれいさっぱり忘れてしまう。だけど、死ぬとなれば、一瞬のこと……、命を捨ててかかるとでもいうのでしょうか。死ぬことは終着点ですから、先がない。一点があるのみです。そこに向かって本人は段々と思いを募らせていって、最後は亢奮《こうふん》の極みにあって生死の境を超える。人間にとって最高の快感とは何か、と先生にいわれたのですが、想像つきますか」

「快感ならいくつか思いつきますが、最高といわれると……」小沼は首をひねった。

「難しいですね」

「殉教なんだそうです。宗教心のない私には理解できませんでしたけどね」

宗教心がないという点では、自分も同じだなと小沼は思った。実家には仏壇と神棚があったが、ろくに手を合わせたこともなかった。今のアパートにはどちらもない。

樋浦がつづけた。

「ただお袋は常々いっていたものです。どんな仕事でもお前のような者を雇ってくれるところがあれば、感謝して一生懸命働きなさい、と。私はそれほど勉強ができた方じゃありませんし、運動だって人並み以下でした。駆けっこも遅かった。手先が器用でもなければ、これといって技芸の修業をしたこともない。だから先生のところへ来てからというもの、ただただ真面目に命じられたことを何とかやり遂げようとしました。ずいぶん失敗《しくじり》もしたものですが……。お袋は言葉遣いにはうるさかった。とはいっても教養のない女でしたから難しいことをいうわけじゃありません。おはようございます、ありがとうございます、申し訳ありませんの三つだけは大きな声ではっきりということ、とそれだけです。その三つさえちゃんといえれば、あとは世間様がきっとお前を育ててくれるといっておりました。いつだったか、やっぱりしくじりまして、先生にお詫《わ》びを申しあげた。素直に詫びたことがいいと許されたんですが、そのときにいわれたんです。ありがとう、ごめんなさいとすんなり出てくるのはいいことだと。それで私はお袋に教わりましたと答えました。そうしたらお前のお袋さんは偉いなといわれました。そして死に甲斐の話をされました」

樋浦は茶を一口すすった。

「お母さんが樋浦さんに死に甲斐を与えた、ということですか」

「名を残すのでもなければ、何か大事を為《な》すためでもない……、これはたぶん私にいわれたものでしょう。私には地位も名誉もない。ですが、命が一つという点では、先生も私も変わりないのだといわれました。死に甲斐や死に場所を考えるというのは、生きることを考えるのにほかならない。人は誰しも自分は何のために生まれてきたのか、何をするために生きているのか、生かされているのかと考えるものです。でも、それを明らかに知ることができる人は決して多くない。知ったとして、機を失わずに自分の思い定めたところに殉ずることができる人はもっと少ない。なかなか思う通りにはいかないものだ、と」

そういっていた天山自身は九十三まで生きた。はたして谷中の寺が天山の行きついた死に場所だったのだろうかと思わざるを得なかった。

「死ぬというのは、誰にとっても怖いものです。とくに私のような意気地なしには。その怖さを乗り越え、機を逃さず殉ずること、それこそが死に甲斐だと子供に教えられるのは母親だけでしかないとよくいわれておりました。この世でただ一人、我が身を二つに割いて、自分に命を与えてくれた、この世に生を与えてくれた大恩人であるところの母親にしか、いざというときには命を捨てよと教えられない。所詮《しょせん》、父親などというものは外に出て行って戦をしかけ、命の捨て所を作ることくらいしかできない。最後の一歩を決然と踏みだすのに背を押してやることは、父親にはできないのです」

「天山先生はご長命でしたね」皮肉をこめたつもりはなかったが、ぽろりといってしまった。「失礼しました」

樋浦が苦笑し、うなずく。

「かまいません。先生はいつもご自身に相応《ふさわ》しい命の捨て所に会わなかっただけだとおっしゃってました。恬然《てんぜん》とされていたものでしたよ」

「あの寺は、天山先生にとって相応しい場所だったのでしょうか」

「そうですねぇ」樋浦は宙を見据えた。「通夜に向かう車の中で、先生が故人のことをひと言だけおっしゃっておいででした。亡くなったのは、ずいぶん昔に先生のところに書生として出入りしていた方だったのですが、ご病気……、いや、老衰といった方がいい年回りで病院で息を引き取られたのです」

「それだけご高齢だとすると、大陸で書生をされていたということですか」

問いかけると、樋浦は視線を下げ、まっすぐ小沼の目を見た。

「さようでございます」

やはり十二月十三日という日付に意味があったことになる。向島のスナックで八嶋がいっていたように同じとき、南京にいたうちの一人なのだろう。そして犯人は天山と故人の関係を知っていたことになる。おそらくは公安部もこうした情報をつかんでいるだろう。

「それで天山先生は、故人について何とおっしゃられていたのですか」

「畳の上で天寿が尽きて、さぞ無念だったろう、と。実際には病院のベッドの上でしたが」

それから数時間後、天山自身が凶刃に斃《たお》れた。畳ならぬ石畳の上だったが、死に場所として少しは自分に相応しいと思えたのだろうか。

玄関まで送るというのを固辞して、樋浦のところを出てきた。何の目的もなくやって来たが、少なくとも樋浦が風邪もひかずに年末、年始を過ごせたことはわかった。退職金がどれくらいなのかはわからなかったが、自宅マンションと合わせるとそれなりの資産にはなるだろう。最後にこれからどうするつもりかと訊いたが、樋浦は穏やかに笑みを浮かべてわかりませんと答えただけだった。

エレベーターを降り、正面玄関を出たところで目の前に男が立ちふさがった。すぐわきにもう一人いる。目の前の男が革製のケースを小沼の鼻先にかざして開いた。金色のバッジに身分証明、お馴染みの警察手帳だが、神奈川県警のものだ。名前を読み取る寸前に音を立てて閉じられる。

「ちょっと訊きたいことがあるんだが」

警察の切り出し方は、ぶっきらぼうで、唐突だ。おそらく日本全国どこも変わりがないのだろう。

「何か」

「今、七階から降りてきただろ」

警察手帳を出した方がいった。四十年配くらいだろう。くたびれた顔をして、髪に白いものが混じっている。相勤者はもっとくたびれた顔をしている。

エレベーターを見ていれば、小沼がどの階を訪ねたのか察しがつくに違いない。そして七階の住人で警察がからんでくるとなれば、対象は樋浦だ。

うなずいた。

警察手帳をポケットにしまいながら訊いてきた。

「どちらさんで?」

「警視庁の小沼。今日は非番なので手帳は携行してない」

目の前の男は舌打ちした。

「管轄外だろ」

「事件に臨場した。それで樋浦さんのことが気になっただけだ」

「どんな話をしたか、よかったら聞かせてもらえないか」

「昔話。茶をごちそうになった」

男が相勤者をふり返る。年配の相勤者がうなずいた。男はふたたび小沼に目を向けるとあっさりといった。

「失礼した」

小沼は何も訊かずにマンションを出た。警察は質問するばかりで、説明はしない。この点もおそらく日本全国共通だろう。

それにしても樋浦は張り込まれているのか。

気にはなったが、小沼はふり返ることもなく駅に向かった。おそらく先ほどの二人組が小沼を見送っているはずだ。背中がざわざわ落ちつかないのは、視線を感じているからだろう。

2

商店街は大半の店がシャッターを下ろし、街灯がぽつりぽつりと灯《とも》っているだけで、歩く人の姿もなかった。それでも店の軒先に吊《つ》りさげられた注連《しめ》飾りや斜めになってい
る日章旗に正月を感じさせる。決して華やかさはなかったが、穏やかさが小沼の心を和ませた。

携帯電話を取りだし、電話帳から番号を選ぶと発信ボタンを押して耳にあてた。数回呼び出し音がつづいたあと、受話器を持ちあげる音がする。

「はい、小沼でございます」

「ああ、おれ」

「優哉、珍しいわね。電話をくれるなんて」

「正月だろ。あけましておめでとう」

「そうだね。おめでとう。今年もよろしく。今日も仕事だったのかい？」

「まあね」

「お前の商売は年末年始がかき入れ時だものね」

かき入れ時という言葉に小沼は苦笑する。歩きながら要塞《ようさい》じみた灰色のコンクリート

の建物に目をやった。暴力団組長の自宅兼組事務所だ。建物わきの路地にはぴかぴかに磨きあげたベンツと大型の四輪駆動車が停《と》められている。正月だというのにいつもと変わりない。

あっちの業界もあまり景気はよくなさそうだなと胸のうちでつぶやいた。

「お父さんは新年会に出かけてるんだ。今日は遅いんじゃないかな。何しろ今年で最後だからね」

「ああ、そうか」

父は繊維問屋に勤めていたが、今年満六十歳を迎え、定年となる。大学を卒業後、ずっと同じ会社で働いてきた。終身雇用制の崩壊といわれて久しいが、父はひとつの会社でサラリーマン人生を全うしたことになる。数年前、早期退職の話があった。定年まで勤めあげても退職金の満額支給は難しいといわれ、早期退職であれば、退職金は減額されるが、多少上乗せがあったようだ。だが、父は定年まで勤めることを選択した。

「ちゃんとご飯食べてる？」

「ああ、大丈夫。この正月はちゃんと年越しそばも食ったし、雑煮もあたったよ」

大晦日《おおみそか》から元旦にかけて当務に就いた。深夜、分駐所でカップそばを食べた。当務が明けて帰宅する途中、元旦から営業している駅前の立ち食いそば屋で力うどんを注文し、雑煮とした。気は心なのだ。

豆腐店のシャッターには、いまだ貸店舗という張り紙がしてあった。

「今年は天気がよくて、いいお正月だった。お前の方は？」

「のんびりしたもんだった。平和だよ」

管轄区域には、浅草寺をはじめ、有名な寺や神社がいくつもある。初詣客が押し寄せ、毎年警戒に駆りだされるのだが、たまたま当務にあたっていたため、通常通りのパトロールを行った。アスファルトの上で一晩中足踏みしながら人混みの整理にあたるよりははるかにのんびりといえた。泥酔者の保護が二件、喧嘩《けんか》騒ぎが一件、空き巣——正月で帰省中の家を狙ったもの——の通報で臨場が一件あっただけだ。

道路の右側に黄色の行灯《あんどん》が見えてきた。明かりが灯り、生馬軒の文字が浮かびあがっているのを見て、ほっとする。元日だけ休みとは聞いていたが、三が日は営業時間を短縮するとも聞いた記憶があった。

「それじゃ、また、電話するよ。親父にもおめでとうと伝えておいて」

「わかった。お前も躰に気をつけてね」

「うん。ありがとう」

携帯電話を背広の内ポケットに入れ、ガラス戸を開いた。レジのわきに立っていた中年女性——みつ子が明るい笑顔を見せる。

「いらっしゃいませ。いや、あけましておめでとうございますかしら」

「おめでとうございます。今年もよろしくお願いします」

「こちらこそ」

みつ子が横目で店の奥に目をやる。四人がけのテーブルに辰見が一人でいて、手酌で燗酒《かんざけ》を飲んでいた。かたわらに週刊誌が広げてあった。小沼は辰見の向かい側に腰を下ろし、みつ子に声をかけた。

「とりあえず生ビールと餃子一人前」

「はい」

辰見は割り箸でザーサイをつまんで口に入れ、コップ酒を飲んだ。日本酒のあてにザーサイが合うのか疑問だが、口にはしなかった。辰見がコップを置き、小沼に目を向ける。

「労休の日くらい顔を合わせない方がいいだろう」

「ぼくもここが気に入ってるんですよ」

まず生ビールが運ばれてきた。ジョッキを持ちあげ、辰見を見る。辰見は小さく首を振ったが、それでもコップをちょっと持ちあげた。小沼はひと息にビールを半分ほど飲み、ジョッキを置いた。

「大磯に行ってきました。樋浦さんのところへ。高橋天山の屋敷は処分されるようです。樋浦さんも解雇されたそうです」

「主《あるじ》がいなくなったんだ。当然だろうな」

酒を飲み干し、手酌で注《つ》いだ。

「屋敷の処分については天山が遺言で指示してあったようで、秘書が処理を進めているという話でした」

秘書という言葉に辰見は手を止め、小沼を見た。

「中国人の女秘書ではなく、その前にいた人だといってました。女秘書は事件直後に姿を消したそうで、行方を追っているようですが、つかんでいないとか」

「公安《ハム》のことだ、何をつかんでいて、何がわからないのかも漏らしやしないだろう。それで樋浦は？　変わりなかったか」

「風邪もひかなかったそうです。いろいろ訊かれたらしいですが……」小沼はジョッキに手を伸ばしたが、持ちあげずに言葉を継いだ。「そういえば、あのときの通夜ですが、大陸にいた頃からの書生だそうです」

「書生？」辰見は首をひねった。「天山もその頃は三十前だろ。書生なんぞ囲える身分でもなかったんじゃないのか」

「樋浦さんはそういってました」

はたと思いあたった。樋浦が天山邸に行ったのは、戦後だ。そのときには書生に見えたのかも知れないが、戦争中の関係についてはわからないだろう。誰の通夜だったのか、調べてみた方がいいかも知れない。

焼きたての餃子が運ばれてくる。小沼は前に置かれた小皿に醬油《しょうゆ》とラー油を入れ、酢を垂らした。胃袋がきゅっと絞られる。朝は寝ていて、昼食抜きで最中を二つ食べただけだ。腹が減っていて不思議はなかった。

小沼はレジのかたわらに立つみつ子に声を掛けた。

「すみません。ぼくも燗酒ください。二合で。それとチャーハンの大盛り」

「はい。燗酒二合に大盛りチャーハンね」

みつ子が受ける。

「チャーハンだぁ？」

辰見の表情がまた渋くなる。だが、小沼は平然としていった。

「ザーサイでも似たり寄ったりじゃないですか。それに一度試してみたかったんですよ」

初めて生馬軒に来たとき、テーブルに一人で座っていた老人がチャーハンを肴《さかな》に燗酒を飲んでいた。今では閉店してしまった豆腐店の主である。

「好きにしろ」

酒を呷《あお》り、辰見は徳利を持ちあげた。みつ子に顔を向ける。

「こっちも酒、二合だ」

「辰ちゃんもチャーハン食べる？」

「要るか」

辰見はテーブルに置いてあったタバコを手にすると、一本抜いてくわえ、百円ライターで火を点《つ》けた。

3

チャーハンに混ぜこまれた細切れのチャーシューやタマネギには適度に塩気が利いていて絶好の酒肴《しゅこう》となり、おまけに米の飯で腹までくちくなるはずと一石二鳥を狙ったが、中華油は日本酒に合わなかった。生駒軒を出て、自宅に帰りつく頃から胃袋がしくしく痛みだし、今朝になっても落ちつかなかった。

翌日の当務日、引き継ぎ打ち合わせを終えたあとは出動命令もなく、分駐所で待機となった。昼を過ぎた頃、辰見が出かけるといったときには、救われた気がした。机の前でじっとしているより歩きまわる方が気が紛れる。駐車場から捜査車輛を出すと、辰見は上野警察署に行けといった。

まっすぐ上野署まで行き、駐車場に車を停《と》めて警察関係車輛のカードをダッシュボードに置いた。辰見は何もいわずに車を降り、小沼は後部座席に置いたアノラックを取るとあとを追った。

　追いついたところで声をかける。

「どこ、行くんですか」

「駅ん中をひと回りしてみる。いるかも知れないし、いないかも知れない」

「誰を探すんです？」

「わからん」

　何じゃ、そりゃと思いつつ、辰見と並んで歩いた。

　上野署からJR上野駅までは歩いてもせいぜい五分ほどである。東上野口から入り、辰見は左右に目を配りながら歩いた。構内を三十分ほど検索したが、目指す相手は見つからなかったようだ。そのまま山下口を出て、道路を横断して向かい側にある階段を上り、上野公園に入った。

「誰を探してるんですか」

　小沼がもう一度訊いた。ちらりと天を仰いだ辰見がいう。

「晴れてて、風もないからな。ひょっとしたらベンチの方かも知れない」

　美術館のわきを抜け、野球場を回りこんで、不忍池《しのばずのいけ》の方に向かう。陽《ひ》のあたっているベンチを一つひとつチェックしながら歩きつづけた。上野駅の構内から公園のベンチとなれば、辰見が探しているのがどのような人物か想像はついた。

池の東側を半分ほど来たところで、辰見は左に向きを変え、ふたたび公園に戻った。そして周囲を見回してベンチで日向ぼっこをしている男を見つけると近づいていった。男は薄緑色のコートを着て、プロ野球チームのマークがついた野球帽を被《かぶ》っていた。ベンチの背に躰をあずけ、空を仰いでいる。

近づくにつれ、大きく口を開けて眠りこんでいるのがわかった。足下には紙バッグを積み、ポリ袋を周囲にくくりつけたショッピングカートが置いてある。白髪で、顔の下半分は無精髭《ぶしょうひげ》に覆われ、頭髪同様白くなっていたが、汚れていて得体の知れないゴミがついていた。

目がちかちかするような悪臭が鼻をついたが、辰見は気にする様子もなくとなりに腰を下ろした。

「おい」辰見は声をかけ、眠りこけている男の腕を揺すった。「起きろ」

「ん？」

男は口を閉じた。顔は黒ずんでいて、たっぷりと目やにがついている。両手で顔をこすり、ついでに大あくびをした。指先についた目やにをコートにこすりつけ、辰見を見る。ぼんやりとした目はまるで焦点が合ってない。

「目を覚ませよ、ゲンちゃん」

「何だ、旦那か。おれは悪いことはしてないぜ。生活保護ももらっちゃいねぇ。財政に負担をかけてないんだから表彰してもらいたいくらいのもんだ」

「うん、偉いな。たしかに表彰もんだ。ほら」

そういって辰見はショートホープの箱を差しだす。ゲンは受けとって、さっそく、開く。鼻に皺《しわ》を刻んだ。

「たったの三つか」

「二つだよ。警察もこのところ不景気でな」

「せめて一本はもらいてぇな」

「まだ、何も話しちゃいないだろうが」

「そうだったな」

ゲンはもらったばかりの箱からタバコを一本抜くとコートの内側から取りだしたライターで火を点けた。小沼はゲンをにらみつけて、咳払《せきばら》いをする。公園内は指定場所以外禁煙なのだ。ゲンはそっぽを向いたまま、今度はコートのポケットに手を入れ、携帯用灰皿を取りだした。タバコの灰を落とし、どうだといわんばかりに小沼を見る。携帯用灰皿を使っても禁煙であることに変わりはない。

「谷中の墓地を縄張りにしてる奴《やつ》を知らんか」

「谷中ねぇ」

ゲンは片目で宙を見据え、タバコを持った手でこめかみを掻《か》いた。

「昔は人情のある商店街だったが、観光客が増えてからおれたちみたいのに風当たりが強くなってなぁ。まあ、こんな連中がうろちょろしてたんじゃ見栄えはよくねぇ。商売やってる連中の気持ちもわかるがね」

ゲンは宙を見据えたまま、タバコを吸っては煙を吐いた。フィルターが焦げるまで吸いきると、大きく煙を吐く。フィルターを携帯灰皿に入れ、ポケットに戻した。

「そういえば、カスベエってのがいる。おかしなことをいう奴だった」

「だったって……、死んだのか」

「いや、暮れに入院したよ。可哀想《かわいそう》にろくな物を食ってなかったんで、すっかり躰がまいっちまった。それからうわごとみたいにいってたんだ。鬼を見た、鬼を見たってな」

「鬼？」

「ああ。でも、根っからの嘘《うそ》つきでね。仲間内でも嫌われてんだよ。髪の毛の長い鬼が連れだって走って行ったのを見たなんて。誰が信じるよ」

辰見がちらりと小沼を見る。髪の長い鬼——樋浦の証言では襲撃者は黒熊《こぐま》を被り、おそらくは面頬を着けていた。大きく裂け、笑っているように見える口は元来敵を威嚇するのが目的だ。

辰見がゲンに視線を戻した。

「カスベエってのは本名か」

「まさか。仲間内じゃ、誰も本名なんか気にしないよ。おそらく春日部《かすかべ》あたりから流れてきたんだろう」

「歳《とし》は？」

「はっきりしたことはわからんが、五十前後ってところかな。まあ、おれたちみたいのは傷むのも早いからもうちょっと若いかも知れない」

「入院したのは、年末といったな。どこに？」

「おれたちみたいのを入れてくれるありがたい病院なんて、一つしかないだろ」

「今でもいるのか」

「さてね」

　ゲンが首をひねる。辰見は立ちあがり、もう一つショートホープを取りだすとゲンに差しだした。

「タバコだけでもありがて……」ゲンが眉根《まゆね》を寄せ、受けとった箱を振る。「空だぜ、旦那よ」

「一本だけ入ってる」

　辰見はさっと歩きだし、小沼はあとに従った。

4

おれたちみたいのを入れてくれるありがたい病院というゲンの言葉を聞いて、小沼は千束の一角にある巨大病院まで車を走らせた。

駐車場に乗り入れ、ダッシュボードに警察関係車輛のカードを置く。時折、水戸黄門の印籠《いんろう》みたいだと感じるが、三つ葉葵《あおい》の印籠ほどご威光はない。

正面玄関を入ったところにある総合案内所まで行くと、辰見は警察手帳を開いて、バッジと身分証を示した。

「年末に緊急搬送されてきた男で、保護対象になっていると思うんだが」

「それでしたら四階西病棟のナースステーションでお訊《たず》ねになってください」

事務服姿の若い女性職員は間髪を入れずに答えた。後方を手で示す。

「エレベーターで四階まで行かれて、降りて右手の突き当たりに窓口がございます」

「ありがとう」

警察手帳を閉じた辰見とともにエレベーターに向かう。

今でこそ巨大な総合病院になっているが、元々は明治時代からある警察病院だ。吉原の遊女たちを診察、保護することを目的として建てられている。震災や戦火にも生き残り、戦後、そして売春防止法施行後も吉原界隈《かいわい》で働く女性にとって健康を守る最後の砦《とりで》として機能してきたが、二十一世紀に入って、現在の形となった。それでも公立病院として弱者救済の使命も負っている。

四階で降りると、案内所で教えられた通り、右に向かった。廊下はT字になっていて、右の角にガラス張りのナースステーションがあった。辰見は窓口に警察手帳を出し、近くにいた若い男性看護師に声をかけた。

「ちょっと訊きたいことがあるんだが」

看護師は警察手帳に目を向けた。辰見が片手で開き、バッジと身分証を見せる。

「今、師長に連絡します」

そういうと看護師は壁に取りつけられた電話機に手を伸ばした。受話器を取り、二言、三言話して元に戻す。辰見をふり返った。

「今、来ますので、そちらで少々お待ちください」

「ありがとう」

ほどなく中年の女性看護師が現れた。白衣に白のスラックスという格好で帽子は被っていない。首に携帯電話と身分証をかけていた。顔を見て、小沼ははっとした。深夜、自転車で走りまわっていた中学生、粟野の母親なのだ。控えめではあったが、きっちりと化粧をしていた。

「お待たせいたしました。粟野と申します」

「警察です」辰見は警察手帳をワイシャツの胸ポケットに戻した。「実はある男を捜しておりまして。こちらで保護された可能性があるものですから」

「患者さんのお名前は？」

「カスベエという通称しかわからないんです。春日部出身かも知れないし、違うかも知れない。保護措置がとられたのは先月の下旬、ふだんは谷中周辺でうろうろしてまして」

「うろうろ？」

「特定の住処がないってことです。年齢は四十代から五十代……」

言葉を切った辰見が粟野の母親をじっと見る。いや、看護師長だと小沼は胸のうちで訂正した。辰見は気づいていないのか、まるで態度が変わらない。看護師長は辰見と小沼を交互に見ていていたが、表情は変化しなかった。尾久警察署に駆けこんできたときには、まっすぐ受付に向かったので二人を見ていないのだから当然といえた。

ため息を吐き、わずかにためらったあと辰見はつづけた。

「実は鬼を見たなどといっているようなんですが」

「ああ」看護師長の表情がぱっと明るくなる。「それでしたら……」

言葉を切ると眉根を寄せ、探るように辰見を見る。

「捜査に必要なことなのでしょうか」

辰見は両手を広げて見せた。

「正直に申しあげると、令状はありません。我々が追っている事件について、何か目撃している可能性があるという段階です。ひょっとしたら空振りかも知れない。あくまで参考までに話を聞きたいというだけです」

しばらくの間、看護師長はまっすぐに辰見を見つめていたが、やがて小さくうなずいた。

「わかりました。ご案内します。ただ、お話の最中、私も立ち会わせていただきますが、かまいませんか」

「もちろん」

「それとお時間はあまりとれませんが」

「五分か、十分で結構。あたりがつけば、正式に聴取に応じてもらえるよう要請します」

看護師長はうなずき、こちらへというと、先に立って歩きはじめた。辰見がちらりと小沼に目を向けた。どうやら粟野の母親であることはわかっているようだ。

ナースステーションの角を曲がり、廊下を少し歩くと右手が開け、大きな窓から陽光が差しこんでいた。丸テーブルに四脚ずつ椅子《いす》が置かれ、十セットほど整然と並んでいる。端の一つに男が座っていた。水色のパジャマのような薄い服を着て、素足にスリッパをつっかけていた。無表情に外を眺めている。壁には数台の自動販売機が並んでいるほか、洗い物をするためのシンクが設けられていた。

足を止めた看護師長がふり返った。

「こちらでお待ちください。患者さんは六人部屋におられますので、面会はすべてここを利用していただく規則になっています」

「しかし……」

辰見はいいかけたが、看護師長の凜《りん》とした顔つきは変わらなかった。

「わかりました。よろしくお願いします」

辰見と小沼は通路に近いテーブルを選んで腰を下ろした。二人とも看護師長が歩いて行った方向に躰を向けている。

五分ほどして、看護師長にともなわれた男がやって来た。外を眺めている男と同じ水色のパジャマのようなものを着ている。男はだらだら歩いてきたが、辰見と小沼が立ちあがっても歩調は変えなかった。

看護師長に促され、男はテーブルのところまでやって来た。髪に白いものは混じっていたが、無精髭はなく、風呂上がりのような肌には張りがあった。三十代半ばくらいに見える。

看護師長が男を手で示していった。

「こちらは原田さん」

「どうも」辰見は看護師長の紹介を待たずに切りだした。「十二月十二日の夜、正確には日付が変わって十三日の未明になっていたが、あんたが鬼を見たのはそのときだろう？」

原田の口元がこわばった。

当《ビン》たり《ゴ》。


カスベエこと原田孝次郎は四十六歳で新潟県の出身、北関東にある私立大学へ進み、卒業後は同じ市にある建設機械のリース会社に就職して営業の仕事をしていたという。三十代半ばで勤めていた会社が倒産、退職金も出なかった。

「あのときは、どうしておればかりがこんな目に遭わなきゃならないんだって腹も立ちました。だけど、すぐに取引先だった地元の土木会社の社長が雇ってくれましたから、ほかの連中から見れば、ラッキーでしょう。文系学部の出身ですから技術も資格も何もない。それで事務の仕事をしてました。事務といっても経理は社長の弟さんがしていて、その手伝いをしたり、役所に行ったりってのが仕事で。三年ぐらいした頃、今度は社長の息子が東京の大学を卒業して帰ってきたんですけど、文系でしたから、やれることといえば、おれと同じなんです。半年もすれば、二人も要らないってことがわかりまして、それで自分から辞めたんです。社長には拾ってもらったって恩義も感じてたし」

真面目な仕事ぶりを買ってもらっていたので、次の就職先を紹介してもらえたという。それが春日部にある建設会社で、社長は原口よりも若かった。そこでも事務の仕事をしたが、不況で受注がどんどん減っていた。しかし社長は男気があって、社員を一人も切ろうとせず、自ら熱心に営業に回り、現場にも立った。原口も営業をしてみたが、地元に何のコネもない人間が住宅を売るのは難しかった。そのうち銀行からの融資も断られるようになり、怪しげな金融会社に頼らざるを得なくなってくる。

「社長の人柄に惚《ほ》れたところもあったんですよ。おれは四十を越えてたんで、給与はそれなりに気を遣ってもらっていた。だけど、独身だったんで気楽といえば、気楽でした。だからおれの仕事は社長の奥さんがやるべきだっていって、そこも自ら身を引きました。だって、そうでしょう。社長の奥さんがやれば、おれの給料がまるまる浮くわけだから。冗談じゃない、そんな薄情な真似《まね》ができるかって社長は血相変えたけど、会社にそんな余裕がないことはお互いわかってた。それで一計を案じて、実はもっと待遇のいい会社から誘われてるんだって、わざと不義理な物言いをして、それで飛びだしたんです。あてなんかありませんが、独り身だから何とかなるべえと東京に出てきて……」

コンビニエンスストアやパチンコ店のアルバイトをしながら食いつなぐ日々がつづい

ていたが、同じパチンコ店で働いていた男に誘われて、静岡にある自動車の部品工場の季節工として働くことにした。

原口が紙コップの茶を飲んだとき、辰見が訊いた。

「親は何やってる？　実家に戻ろうとは思わなかったのか」

「親は年金暮らしですよ。そこに弟が同居してる。弟も独身でね。おれも人のことはいえないけど、弟もなかなか仕事がうまくいかなくて警備員のアルバイトをしてるくらいで。おれが帰れば、たちまち食えなくなりますよ。挙げ句に一家心中じゃ、シャレになりませんや」

紙コップを置き、テーブルに視線を落とした原田がうっすらと笑みを浮かべた。

「去年の三月いっぱいで工場の仕事の契約が切れて、更新しないって通告されたんです。社宅という名目になってましたが、会社が借り上げたアパートにもう一人、季節工やってる奴と住んでて、家賃は一切かからなかった。家賃がただってところに惹《ひ》かれて、工場の仕事をする気になったんだけど、給料が安くてね。中には無理して深夜シフトで働いてた奴もいるけど、躰を壊しちゃ何にもならんでしょう。おれの場合、食費と光熱費でほとんど給料は消えてました。何とか食っていけたし、借金もしないで済んだけど、それだけのことですよ。そしていきなり契約を打ち切られた。組合とかにも入っていませんから会社と交渉するなんてありえない。まあ、自動車部品メーカーってもそれほど規模の大きなところじゃなかったから一番上の自動車メーカーが苦しくなれば、とたんに厳しくなっちまう。それで仕方なく東京に戻ってきたんだけど、もう四十五になってましたからね。仕事なんかありませんよ。最初はネットカフェなんかに泊まってましたけど、金はなくなってくるし、そのうち公園で野宿したりするようになって……」

看護師長は最初の十分ほどは同席していたが、原田が語りだして止まらないのを見てとると、辰見に用が済んだら一声かけてくださいといってナースステーションに戻っていった。

「それでゲンと知り合ったのか」

「ああ、ゲンさんね」原田がにやにやした。「最初に会ったとき、おれに何ていったと思います？　おれぁ、上野《ノガミ》のゲンだ、よろしくな、ですよ」

噴きだしそうになり、小沼はあわてて下を向いた。

「まったく古い映画じゃねえっての。笑っちゃいましたけど、おれも古い映画は嫌いじゃないんでゲンさんとは話が合いました。おかげでいろいろ教えてもらった。食い物はいつ、どこで手に入れるとか、寝るときはどこそこがいいとか」

ため息を吐いた原田が空になった紙コップをもてあそびはじめる。小沼は立ちあがり、給水器まで行くと新しい紙コップに水を注いで、テーブルに戻った。紙コップを原田の前に置く。

原田は紙コップを取るとひと息に飲み干した。

しばらくの間、紙コップを見つめていたが、ゆっくりと話しだした。

「おれは時代劇が好きだった。小学生の頃からね。今から考えたらおかしなガキだ。それも古いのがいい。映画でも、テレビのドラマでも古けりゃ古いほど喜んで見てた。チャンバラが好きだったんでしょう。今の若い役者は殺陣《たて》がダメだよね。中にはちゃんとやれる奴もいるんだろうけど、それじゃ、視聴率が上がらないんで使われないんでしょ。アイドルが片手間にやってる殺陣なんて見てられない。ネットカフェに泊まれた頃もね、せっかく暖かいところにいるんだ、ゆっくり寝りゃいいものを動画サイトにつないじゃ、チャンバラばっか見てた。それこそ一晩中ですよ。カツシンの座頭市なんか、最高ですね」

顔を上げた原田は辰見をまっすぐに見た。

「だからチャンバラの神様が見せてくれたんだと思います」

「神様が？」

「あんな見事な殺陣、映画でもお目にかかれない」

「谷中か」

辰見の問いに原田はわずかに顎《あご》を引くようにしてうなずいた。

「殺陣ってのは、約束事でしょ。本当に人が斬《き》れるなんて思っていなかった。ありゃ、ずいぶんやってますよ。殺陣というより剣舞といった方があたってるかな。月の光の下でね、刀が白く光るんですよ。それが輪を描いて……」

小沼はまじろぎもせずに原田を見ていた。

嘘つきだから皆に嫌われているといったゲンの言葉が思いだされた。

第四章　変身《メタモルフォーゼ》

1

鏡の前に正座した清田宣顕《きよたのぶあき》は自分に向かってつぶやいた。

「それでは、今日もよろしく」

浴衣の両袖から懐へ手を入れ、諸肌脱《もろはだ》ぎになる。鏡に映しだされた上体には贅肉《ぜいにく》の一片もなく、子供の頃から不要な日焼けを避けてきたために肌は透き通るように白く、また傷一つなかった。

まず伸縮性のあるネットを頭に被せ、二重にして髪を押さえると、耳にかかったネットは丁寧に持ちあげた。次に鈍い紅色のクリームをまぶたに塗り、指先で左右ともこめかみあたりまで伸ばし、ぼかしていく。より暗色のクリームを鼻梁《びりょう》の両わきに塗り、シャドーとする。影をつけることで顔の彫りを強調するためだが、あくまで下地にすぎない。

それから羽二重を頭頂部に載せ、紐《ひも》をマジックテープで留めてしっかりと固定した。

鏡の前で右を向き、左を向いて、頭髪がはみ出していたり、不格好な凹凸がないかチェックした。

「よし、と」

刷毛《はけ》を手にして、水で溶いた白粉《おしろい》をたっぷりとつけ、ひたい、鼻筋、唇、顎とさっさと塗っていく。ふたたび刷毛を白粉に浸し、顎から右へ伸ばすように分厚く白粉を塗った。次いで左も塗り、どちらも耳たぶまで白くなっているのを鏡で確かめた。さらに刷毛を動かし、下塗りをしたまぶた、鼻梁の両側をも塗りつぶし、顔全体を真っ白にする。

化粧をするようになって十年以上、何も考えずとも手はすべて勝手を知っている。顔から首、胸にかけて刷毛を動かしていく。白粉をまんべんなく塗りおえると、自分が消えていくように感じられた。そこにあるのは、宣顕の顔ではなく、白いキャンバスであり、メイク次第でどのような人物にもなりおおせていく。

鏡に映った、眉もなく、鼻の隆起さえはっきりしない不気味な顔が歯を剝《む》きだしにした。

「さて、今日は何者に変身するのかな」

自分の声帯が震えるのは感じたが、鏡の中の不気味な顔がいったようにしか聞こえなかった。

これでいい——胸の内側で小さくなり、膝を抱えている宣顕がつぶやいた。

祖父は宣顕をつま先から頭のてっぺんまでしげしげと見上げ、つぶやいた。

「身の丈六尺の芸者とはねぇ」

「六尺は大げさだよ」

宣顕の身長は百七十二、三センチといったところで、いくら島田の鬘《かつら》をかぶってみても六尺、百八十センチには届かない。裾《すそ》に鶴《つる》の刺繍《ししゅう》をあしらった黒の小袖に銀糸を横縞《よこじま》におりこんだ白い帯を締めている。手には番傘を持っていた。

「元々は祖父《じい》ちゃんが書いたんじゃないか」

「まあ、そりゃそうだが」

座長にして、役者であり、座付きの戯作者も兼ねる祖父はにやにやしていた。今日は縞の着物にそろいの羽織、半白の鬘を着けている。役どころは、強欲な金貸し、庄右衛《しょうえ》門《もん》である。

芝居のあらすじは、庄右衛門が宣顕演ずるところの芸者お駒《こま》に目をつけ、金にあかせて何とか落籍《ひか》せ、囲い者にしようとしているのだが、お駒は言を左右にして一向に承諾しない。

業を煮やし、可愛《かわい》さ余って憎さ百倍となった庄右衛門は、ある日、ささいなことから難癖をつけ、子飼いのヤクザ者にお駒を襲わせ、顔に傷を付けて、二度と座敷に出られないようにしようと企《たくら》んだ。自分のものにならないなら、せめて陰の世界へ追い落としてやろうというのである。

ところが、お駒はもとを糾《ただ》せば、武家の娘。父の急死にともなってお家断絶の憂き目に遭い、母と二人、路頭に迷った挙げ句、芸者になったという過去を持つ。武門の誉れ高い家に生まれ育っただけでなく、小太刀をとらせれば、免許皆伝の腕前という設定だ。

歌舞伎の長唄舞踊にある演目を祖父が独自に戯曲化した芝居である。そのため主役が芸者のこともあれば、女侠客《きょうかく》、つぶれかかっている紙問屋の若女将《おかみ》とバリエーションがある。もっともストーリーはほぼ同じである。

見せ場は、主人公が女だてらにヤクザ者や男伊達《だて》を次々斬り倒す派手な立ち回りにあり、もちろんクライマックスになっている。

物語のみそは、襲いかかってくるヤクザたちの若い親分とお駒とが密《ひそ》やかな恋心を通わせているところにある。二人、三人と斬り倒し、いよいよ親分との一騎打ちとなるのだが、ついにお駒は斬れず、その場で泣き崩れる。親分はそんなお駒をいじらしく思い、ひざまずいてお駒の肩を抱く。

お駒と親分の様子を見ていた庄右衛門はようやく事情を察し、懐に隠し持っていた匕《あい》首《くち》を抜くと親分の背中を刺そうとする。一瞬早く気がついたお駒が親分を突き飛ばし、代わりに庄右衛門の凶刃に果て、幕となる。

「松枝《まつえ》の当たり役だった」

松枝は祖父にとって一人娘、宣顕の母である。橘《たちばな》静月《せいげつ》という名で舞台に立っていた。

「そうだね」

宣顕がうなずいた。

「今日も松枝が見てるぞ」

祖父の言葉にもう一度うなずく。芝居が始まる直前に交わす、二人だけの合い言葉となっている。

スピーカーから声が流れた。

「皆様、大変長らくお待たせいたしました。それでは、これより『情けが徒花《あだばな》、芸者お駒の恋』の始まりでございます」

宣顕は瞑目《めいもく》し、息を整えた。最後のひと息をふっと吐き、臍下《せいか》丹田《たんでん》に意識を集中する。変身が完璧《かんぺき》なものになったのを感じた。

ゆっくりと目を開く。

ぎらついた照明に白っぽくなった舞台が目の前にあった。踏みだした直後、女の声が飛んだ。決して若くはないが、張りきっている。

「キクちゃん」

光の中に立ちあらわれたのは、橘喜久之丞《きくのじょう》演じる芸者お駒にほかならなかった。

「やいやい、お駒。お前《めえ》だって、ウブなネンネというわけじゃあるめえし、庄右衛門の旦那《だんな》のお心ぐらいお察し申しあげられようってもんだぜ」

声を張ったのは、一座の二枚目、橘喜久也《きくや》である。

宣顕が十二歳になるまでは押しも押されもせぬ一座の看板で、キクちゃんといえば、喜久也を指したものだ。そこへ宣顕の人気が高まり、二枚看板となった。ひいき客とはうまくしたもので、宣顕をキクちゃんと呼ぶようになると、喜久也にはキク様と声をかけるようになった。

喜久也はやや吊り気味の目が大きく、鼻も高かった。口も大きく、男っぽくて、化粧をするといかにも舞台映えがした。惜しむらくは身長が百六十センチそこそこしかないことだ。喜久也と寄り添って芝居をするとき、宣顕は着物の内側で膝を曲げ、調整をしなくてはならなかった。

宣顕はお駒になりきり、喜久也から目を背けて嘯《うそぶ》く。

「これは異な事を仰せられる。金で芸を売るのが芸者の決まり、なれど、心までは売りませぬ」

舞台中央に宣顕と喜久也が立ち、庄右衛門の祖父は喜久也の後ろで明後日《あさって》の方を見上げている。お駒とヤクザの親分の会話が自分とはまるで関係がないといった様子だ。ときどきとぼけた表情をしたり、ハエを追い払う仕草をして客を笑わせたりしている。

宣顕のまわりにはヤクザの子分に扮した役者が三人立っていた。兄貴分格は両手を懐に入れ、右手を襟の間から出して顎を撫《な》でており、あとの二人は腕組みをしていた。三人とも帯に白鞘《しろさや》の長刀《ながどす》を差していた。親分だけは拵《こしら》えをした刀を落とし差しにしている。

「笑わせちゃいけねぇぜ。男をたばかっちゃあ、身上丸ごとひと吞《の》みにしやがる。所詮《しょせん》尻尾《しっぽ》のない狐《きつね》って稼業のお前さんじゃねぇか。今さら利いた風なことをぬかしても、こちとら聞く耳持てねぇな」

お駒はふんとばかりに彼方《かなた》を見やる。

親分のセリフがつづいた。

「油屋の善兵衛《ぜんべえ》を見ねぇ。お前に入れあげた挙げ句、店ぇ潰《つぶ》しちまった。奴さんは首を吊って果て、一家は離散、可哀想に七つになったばかりの娘は吉原に売られてったたっていうじゃねぇか。庄屋の倅《せがれ》の茂蔵《しげぞう》にしろ、飾り職人の銀次《ぎんじ》にしろ、どいつもこいつもお前にたぶらかされて、身を持ち崩し、ある奴ぁたったひとつの命を絶ち、ある奴ぁ郷里《さと》を捨てて、どことあてない風来坊の身の上だ。お前にちっとでも情けがありゃ、あいつらを哀れに思うってもんだろう。え、どうなんだい、お駒」

親分にしたところで、男たちが没落していったのは自業自得であることはわかっている。男たちはお駒を恨んでいるが、それこそ逆恨みというべきでお駒に罪はない。それどころか、親分自身、お駒を憎からず思っているし、お駒も親分に思いを寄せていることもわかっているのである。

しかし、親も知れない自分を育ててくれたのがほかならぬ金貸しの庄右衛門であり、返しきれない恩義がある。義理と人情を秤《はかり》にかけりゃ、義理が重たい男の世界そのものなのだ。

そうしたストーリーが語られつつ、芝居は進行してきて、親分の長ゼリフが喜久也にとって最大の見せ場となる。

親分が怒鳴った。

「わからねぇのか、お駒」

「さあて……」お駒は空を見上げる。「雨も上がったことだし、これからお座敷でござんしてね。ここらで失礼させていただきますよ」

宣顕はあえて作り声をしていない。むしろ不自然に高い声はお駒を壊すと演出家を兼ねる祖父はいうのだ。

かっと目を剝《む》いた親分がさらに声を張る。

「これだけいってもわからねぇなら、仕方ない。身の程を教えてやる。いいか、お駒、おれがやるんじゃねぇ。死んでいった男の恨みがお前に教えるんだ」

ひと呼吸おいて、怒鳴った。

「野郎ども、やっちまえ」

三人の役者はそれぞれ腕を下ろし、ドスを引き抜くと切っ先をお駒に向けてぐるりと取り囲む。

一人目が背後から打ちかかってくると客席ではひっと息を嚥《の》むのが聞こえるが、お駒は後ろも見ずに閉じた番傘で受け、ひらりと躱《かわ》す。

二人目がまたしても後ろから突いてきた。その両腕を右腕にかいこみ、宙で番傘を反転させると柄で三人目のドスを払う。

その間に右腕にかいこんだ二人目の手をひねりあげて、肘《ひじ》打ちを食らわせる。たまらず放りだしたドスを、番傘を捨て宙で受けとめた。

鳩尾《みずおち》に肘を食らった男が倒れたところへ、最初の一人が斬りかかってくる。これまたすらりと躱して、胴を払いつつ、通り抜け、のけぞった相手の背へひと太刀浴びせた。

体勢を立て直した二人目が背後から襲いかかってくる。片膝ついたお駒は頭上に刀を上げて、受けた。

緋色《ひいろ》の襦袢《じゅばん》からふくらはぎがのぞき、客席がどよめく。

それからお駒は左へ身を寄せ、打ちこんできた二人目の男がつんのめってたたらを踏んだところを容赦なく斬りすてた。

二人が斬られ、一人は倒れこんだまま動かないのを見て取ると、親分はゆっくりと大刀を抜く。

青眼に構えた親分と、逆手に持ったドスを右肩に担ぎあげ、切っ先を相手に向けたお駒とが対峙《たいじ》しながら舞台前方へと出てくる。この間に倒れていた三人は躰を低くしたまま、舞台袖に引っこんでいった。

「よっ、キクちゃん」

「キク様」

声がかかる。

二人は二度、三度と切り結び、躰を入れ替えて、もう一度対峙する。親分が打ちかかる。逃げるお駒。また、躰を入れ替えて向かい合い、またしても親分が打ちかかる。ここでもお駒が逃げる。

お駒としては親分を斬りたくない。親分にしてもお駒には怪我すらさせたくない。そうした二人の心情を立ち回りで表現するのである。

「ええい、何をしとるか」

地団駄踏んだ庄右衛門がついに叫ぶ。

お駒は柄を握る両手をすっと寄せた。親分の顔が強ばり、顎のちょうつがい辺りが蠢《うごめ》いた。生唾《なまつば》を嚥んだ。いや、生唾を嚥んだのは親分ではなく、喜久也だ。どうにも抑えられない生理的恐怖を唾とともに嚥みくだそうとしているのだ。

それが合図であるかのようにお駒と親分は真っ向から打ちあった。刃が衝突すると見えた刹那《せつな》、お駒の一刀は親分の大刀をすり抜け、客席からは悲鳴が上がった。
だが、喉頸《のどくび》と紙一重でお駒の刀は止まり、親分は両手で正面から打ちこんだ格好のま
ま、凍りついたように動かなくなる。
やがてお駒の手からドスが落ち、膝から崩れ落ちると両手で顔を覆って号泣した。
大刀を振り捨てた親分がお駒の肩に手をかける。
「日本一」
客席から声がかかると、唸《うな》り声を上げた庄右衛門が懐《ふところ》から匕首を抜き、親分の背中を
突こうとした。一瞬早く気づいたお駒が親分を突き飛ばし、膝立ちになって庄右衛門の
匕首を胸に受ける。
客席が溢《あふ》れんばかりの拍手に満ちた。

「のんちゃん」

声をかけられ、宣顕は目を開けた。にっこり頬笑んだ喜久也が手を差しだしている。

すでに幕は降りていたが、拍手と嬌声《きょうせい》がつづいていた。

喜久也の手を握った宣顕が起きあがった。

「絶対に大丈夫だとわかってはいてもあの迫力には恐れ入るね」

喜久也の笑みが苦笑じみたものに変わった。

「万が一入っても大丈夫なように手は打ってるでしょう」

宣顕の言葉に喜久也は首に手をやった。包帯が分厚く巻かれ、その上からドーランがたっぷり塗ってあった。包帯の下には薄い金属板が入っている。

「それに竹光だしね」

「わかっちゃいるんだが」

喜久也は頭を掻いた。

「ほら」祖父が庄右衛門の扮装のまま、声を張りあげた。「ぐずぐずするな。カーテンコールだぞ」


鬘を外し、頭を締めつけていた羽二重を取ると、頭皮にさっと血が通っていくのを感じる。宣顕は鏡に映る顔をしげしげと眺めた。ひたいの生え際から一センチほど下に白塗りと地肌との境界線がくっきり入っている。

境界線から下は、汗の気振りもない芸者お駒の顔があった。石膏《せっこう》のように乾ききった白地に紅と藍《あい》とで毒々しいまでに彩色された顔の中、赤く潤んだ瞳《ひとみ》と唇からのぞく歯だけが生々しい。左右のえらに指をあて、ゆっくり前に押しだすだけでお駒の面がこっぽり外れてしまいそうに思えてしまう。

すでに衣裳《いしょう》を脱ぎ、浴衣に着替えていた。

ショーは一日に二度、午後三時からと午後六時から行われた。一度が二時間弱になる。演歌に合わせた舞踊、喜久也がマイクを握る歌謡ショー、芸者お駒の立ち回りが見せ場となる芝居という構成で、喜久也が歌っている間も宣顕はほかの役者たちと日舞によるバックダンサーをつとめるため、ほとんど舞台に出ずっぱりになっている。最後に大立ち回りがあり、芝居が大団円を迎えたところでいったん幕が降りた。その後、役者全員が一列になったところで幕が上がり、観客の歓呼に応えるカーテンコールがあって、ふたたび幕が降りたところで一回のショーが終わる。

「のんちゃんはやっぱり生まれついての役者だねぇ」

となりであぐらをかき、顔一面にコールドクリームを塗りたくっていた喜久也が手を止め、しみじみといった。鏡越しに目が合うと、宣顕はにっこり頬笑んだ。

舞台を終え、化粧落としをしているときに喜久也は毎回同じことを口にする。今日一日をつつがなく終え、次の舞台も成功するようにとの思いをこめた、いわば、験担《げんかつ》ぎのような言葉なのだ。

生まれついての役者というのには、二つの意味があった。一つは、首から下は衣裳がぐしょぐしょになってしまうほど大汗をかいても顔だけは一向涼しげな宣顕の体質を指し、今一つは、生まれたときから一座といっしょに旅をつづけていることをいっている。それゆえ楽屋内においては、誰もが幼い頃と変わりなくのんちゃんと呼んだ。

劇団は祖父が主宰し、母が看板女優をしていた。母は、宣顕が五歳のとき、乳癌《にゅうがん》がもとで死んでいる。父親については母はひと言も口にしなかったし、祖父や一座の誰も教えてはくれなかった。祖父が父代わりであり、多少の出入りはあってもつねに二十名前後はいる一座の誰もが家族同然だったので寂しさを感じたことはなかった。幼心にも父についてはは触れてはいけないと感じていたし、ほとんど意識にのぼることさえなかった。

すっかり化粧を落とし、大判のタオルで顔を拭《ぬぐ》うと喜久也はさっさと立ちあがった。

「それじゃ、お先」

「お疲れ様でした」

「じゃあ、次は東京で」

「はい」

公演は二十日間にわたって行われてきた。前半と後半に分け、演目を変えている。今日が二十日目、千秋楽である。次の東京公演が始まるまで、三日間の休暇があった。

東京に妻子を残している喜久也は、劇場を出るとまっすぐ駅に向かい、家族のもとへと帰って行く。数日遅れの年越しをするためだ。風呂は自宅に帰ってからゆっくりと浸《つ》かるのだろう。喜久也は一昨年三度目の結婚をしており、去年の秋、男の子が生まれている。先の二度の結婚でもそれぞれ二人ずつ子供があるが、赤ん坊は格別なのだといっていた。風呂上がりに我が子を抱いて飲むビールを何よりの楽しみにしていた。

喜久也の代わりに祖父がとなりへ来て、あぐらをかく。鬘と羽二重を取り、浴衣に着替えてはいたが、顔は庄右衛門のままだ。宣顕はコールドクリームの大瓶を手にすると、三本の指にたっぷりと取り、ひたいに塗りはじめた。祖父は被っていたネットを取り去ると、両手で髪を掻きむしった。両手を下ろし、大きく息を吐く。惚《ほう》けたように鏡に映る自分の顔を見ていた。白地の上に皺《しわ》が描きこんである。

「不便なもんだ」

祖父のつぶやきに宣顕は手を止めた。

「え？」

「化粧を落としても皺だらけの爺《じじ》ぃ面だ。一々化粧なんかしなくてもそのまま舞台に出りゃことは足りると思うがな」

目尻をにゅっと下げ、祖父が笑みを見せた。

宣顕も目を細めた。

「一度、試してみる？」

「そうだな」

祖父は顎に手をやると、顔を左右に向け、鏡を見ていた。何度か確かめたあと、手を下ろし、首を振る。

「やめとこう。こっちが役者の顔って奴だ。平々凡々な爺ぃの面に金を払ってくれる酔狂な客はない」

宣顕はうなずき、ティッシュペーパーを抜くと丹念にコールドクリームを拭いとりはじめた。

のろのろとした動作でコールドクリームの瓶を取った祖父は低い声でいった。

「今夜だ。日付が変わる前にスタンバイする。前回ほど夜が深くなることはないだろう」

目を伏せたまま、宣顕を見ようとはしない。周囲から見れば、うつむいてぶつぶつ独り言をいっているようだろう。

「はい」

答えた宣顕は、化粧落としをつづけた。

2

正月三が日が過ぎ、世間が平常に戻ると警察としては年末年始の特別警戒が解除され、ぴりぴりした緊張感からようやく解放される。出動命令もなく、浅草分駐所は長閑《のどか》な夜を迎えていた。

成瀬班がそろって分駐所にいるおかげで、テレビ前のソファは、長々と伸びていびきをかいている伊佐と浅川に占領されている。コンビニエンスストアの弁当で夕食を済ませた辰見が立ちあがった。

「仮眠室で横になってる」

弁当とカップうどんの空容器をゴミ箱に放りこみ、小沼も席を立った。

「じゃあ、ぼくも」

仮眠室は北側にあった。ドアを開け、中にある幅一メートルほどの三和土《たたき》で靴を脱いだ。

六畳ほどの和室で隅には布団が重ねてある。当務中は四時間ずつ二度にわたって休憩、仮眠が義務づけられているが、捜査本部が置かれるような重大事案が発生し、泊まり込みがつづくときでもなければ、誰もわざわざ布団を敷こうとはしない。もっとも泊まり込みがつづくときは部屋いっぱいに布団が敷き詰められて、少しでも時間があると空いている布団にもぐりこんでわずかの間まどろむだけでしかなかった。

辰見は背広をハンガーにかけ、枕元《まくらもと》に拳銃を差したままのホルスターや手錠、警棒をひとまとめにしていた。座布団を二つ折りにして頭の下にあてがい、らくだ色の毛布をかぶった。小沼もならう。厳密にいえば、拳銃は鍵のかかる保管庫に入れておかなければならないのだが、いつ緊急出動が命じられるかわからないので、装備はつねに手元に置いて……、というのは建前に過ぎず要は面倒くさいだけだ。

積み重ねてある布団の上から毛布と座布団を取ってくると、まずは上着を脱いでハンガーにかけた。次いでショルダーホルスターを外して畳の上に置き、警棒と手錠のケースを並べる。それだけで躰が軽くなるし、商売道具を身につけている間は、やはり緊張を強いられていることにあらためて気づく。

座布団を枕にして、畳の上に横になり、毛布を被る。午後八時を回ったくらいで、まだ宵の口といってもいい時間帯だが、腹がふくれるとまぶたが重くなるのは生理だ。

「ゲンって人は、原田のことを嘘吐《つ》きだといってましたね」

「そうだな」

「どう思います？　原田は本当に殺しの現場を目撃したんでしょうか」

「話の辻褄《つじつま》は合っていた」辰見は小沼に背を向けたまま、ぼそぼそといった。「嘘吐きってのは意外にプライドが高いもんだ。プライドが高いからついつい嘘を吐く。あいつの話では、退職は全部自分から申し出たことになってるが、実際のところはどうなんだろう。クビ切りにあったか、クビ切りを察して先手を打ったかじゃないか」

「それじゃ谷中の件を目撃したってのは？」

「本当に見たんだろ。だから喋《しゃべ》りたくてしょうがない。いい格好をしたいというか、注目を浴びたいタイプだな」

「よくいますね、そういうのって。でも、所轄が総出で目撃者探しをしてたでしょ。そっちに引っかからなかったんですかね」

「例の三十分だよ。事件発生から三十分間は樋浦が黙って見過ごしていた。その間に逃げだしたんだろう。目の前で三人斬り殺されたんだからな。恐怖を感じたのは間違いない」

喋りたいのなら警察に通報すればよさそうなものだが、それも怖かったのか。それでも二週間もすると恐怖心が薄れ、喋りたくなってたまらず、仲間内で鬼を見たなどと語りはじめたのか。

わずかの間、思いを巡らしている間に辰見のいびきが聞こえはじめた。小沼も目を閉じた。全身に気だるさが広がっていく。

子供の頃は食事のあと、すぐに寝れば、牛になるといわれたものだが、今は体重の方が気になる。食事直後の睡眠は、相撲取りが太るためにもっとも効果があるといわれていた。三十を過ぎ、腹筋に緩みを感じるようになった。一日中分駐所で過ごすこともあれば、当務の間、走りまわっていることもある。時間は不規則で、食事もいつとれるかわからない。食った直後に寝入ってしまえば、中年太り一直線といった感じがする。

だが、毛布の中が温まってくると、どうしようもなく眠気が近づいてくる。

大きく息を吐いた小沼は、逆らうことなく、温かな眠りの世界へと落ちていった。

どんという衝撃に目を開いた。

地震？

不規則な気泡が散らばる白い化粧パネルを見上げている。仰向けで寝ているのだが、床は揺れていない。一瞬、どこにいるのかわからなかった。

「起きろ。呼集だ」

声のした方に目をやると辰見が立ちあがってハンガーにかけた上着を取ろうとしている。何があったか訊くより先に小沼ははね起き、枕元のショルダーホルスターに手を伸ばした。ほんの仮眠のつもりが、思ったより深く眠っていたようだ。

辰見が部屋を出て行く。立ちあがった小沼はハンガーから上着を外して羽織り、三和土に置いた靴に足をつっこんだ。ドアノブに手をかけ、舌打ちする。

「ええい、ちくしょう」

靴を脱いで、横になっていたところへ戻るとケースに入っている警棒、手錠を取りあげ、靴をつっかけて仮眠室を出た。とりあえず手錠と警棒は背広のポケットに突っこみ、歩きながら何度かつま先を廊下に打ちつけて靴を履き、小走りに分駐所へ向かった。

部屋に入ったとたん、緊迫した無線の声が耳を打った。

〝……にあっては、240《にー・よん・まる》の……〟

背筋を戦慄《せんりつ》が駆けぬける。

２４０の符丁が指すのは、刑法二百四十条、強盗殺人もしくは強盗傷人罪である。すでに班長の成瀬を村川、伊佐、浅川、辰見が囲んでいた。小沼は足早に近づき、辰見の後ろに立った。分駐所の中の空気は息苦しさをおぼえるほどに張りつめている。

ノートを手にした村川が説明している。

「……現場《ゲンジョウ》は白鬚橋《しらひげばし》西詰めの南側になります」

小沼は思わず村川を凝視した。浅草分駐所からは至近だ。

「通報があったのは午後十時十六分。すでに橋場《はしば》、南千住駅間の二つの交番から二名ずつ、それに自動車警邏隊《じらたい》から一台臨場している」

壁の時計に目をやった。十時十九分――通報から三分が経過している。

「被害者《マルガイ》は現場周辺に住む女性、須藤竹子、七十八歳。築地《つきじ》にいる息子夫婦を訪ねたあと、タクシーで帰宅、自宅アパートの前でひったくりに遭った模様。マルガイと同じアパートの住人が悲鳴を聞いて、窓を開け、外を見たときに自転車に二人乗りした若い男が走り去っていくのを目撃している」

自転車……、二人乗り……、粟野たちを保護したときの状況や、白い顔と顎のわきにあったほくろがフラッシュバックする。保護した現場からは離れているが、自転車なら十分もかからずに移動できる。

何、考えてるんだ――小沼はおのれを叱った。予断は禁物である。

「マルガイはバッグを奪われた際に電柱に頭をぶつけたようで、すでに救急車で搬送されたが、意識不明の重体」

もし、被害者が死亡すれば、同じ刑法二百四十条でも強盗殺人罪になる。

「なお、自動車警邏隊、浅草と南千住の刑事課、機動鑑識《きかん》も現場へ急行中との連絡が入っている。我々も現場に向かい、初動および周辺検索にあたる。被疑者《マルヒ》の特徴等についてはわかり次第、追って無線ないし携帯電話で知らせる」

成瀬があとを引き取った。

「支度ができ次第、出動。おれと村川は残って後詰めをする。時間との勝負だが、くれぐれも受傷事故のないように。よし、以上だ」

いったん席に戻ると小沼は背広のポケットから警棒と手錠のケースを取りだして、腰のベルトに着けた。次いで机の上の黒いソフトアタッシェを開いて、ノート、覚醒剤の試薬キット、受令機、懐中電灯等を確認してファスナーを閉じた。バッグをぶら下げてロッカーの前まで行き、紺色のアノラックを取りだすと扉を閉めた。用意ができた辰見とともに分駐所を出て、駐車場で割り当てられたシルバーのフォードアセダンに乗りこんだ。エンジンをかけ、シートベルトを締める。

マンモス交番の駐車場を出ようとしたところで辰見がいった。

「泪橋《なみだばし》をまわって、現場に向かう」

「はい」

辰見はセンターコンソールに手を伸ばして赤色灯とサイレンのスイッチを入れた。電子サイレンが響きわたり、天井付近で鈍い音して、周囲を赤い光がなめはじめる。

無線機のスピーカーから声が流れた。

〝第六本部より各移動〟

車は泪橋交差点を左折し、白鬚橋方面に向かっていた。赤色灯とサイレンは作動させていて、目の前の信号は青だったが、それでも減速し、左右をチェックする。

〝進行中の240に関して現在の状況を知らせる。目撃者によれば、二人連れのマルヒはいずれも男性、年齢は二十歳前後、少年の可能性もある。濃い色の青ないし紫のジャージ上下を着用し、婦人用自転車を使用〟

今度こそ心臓を冷たい手で握られた気がした。知らず知らずのうちに唇をなめているのに気づいて、はっとする。粟野ともう一人の中学生が真夜中に自転車に乗っていたときには付近の第十中学校指定の紫色のジャージを着ていた。彼らが乗っていたのは、防犯登録証のついていない婦人用自転車、いわゆるママチャリだ。

「高橋天山の事件があった夜だったな」

辰見が窓の外に目をやったまま、ぼそりといった。

天山の事案で谷中の寺に臨場し、樋浦の話を聞いたあと、現場から追いだされるようにして離れた。主任務であるところの初動捜査からも外された格好だ。その後、警邏《けいら》をつづけ、北上したところで自転車に二人乗りしている中学生を止めた。

「はい」

「確か名前は……」

「粟野と鈴木です。フルネームまでは憶《おぼ》えてませんが」

「おれは名字も思い出せなかったよ。中学生で、ジャージを着ていたことしか」

「今回の現場とは至近にあります」

「予断は禁物だ」

また、無線機から声が流れた。

〝……で発生した240にあっては不審者一名を確保。第十中学校二年生、スズキセイヤ、聖《ひじり》に也《なり》で聖也。紫色の学校指定のジャージを着用。ほかに一名の仲間がいる模様〟

クソッ、本当《マジ》かよ――小沼は胸のうちで罵《ののし》った。ハンドルを叩きそうになったが、何とかこらえる。

「鈴木か」

辰見がつぶやき、舌打ちする。

現場が近づいたので辰見はサイレンを切った。さらに西へ進み、白鬚橋西詰め交差点の手前で右に入った。

現場はすぐにわかった。パトカーが三台、覆面の捜査車輛が四台、機動鑑識のワゴン車が停められ、赤色灯を回しているのだ。いやでも目に付く。

車を停め、運転席のドアを開けた小沼の耳に亢奮《こうふん》した声が届いた。

「被疑者確保、被疑者を確保したぞ」

私服警官が叫んでいた。

パトカーの後部座席で両側を制服警官に挟まれているのは、あの鈴木に違いなかった。胸に校名の刺繍が入った紫のジャージを着ていた。両手を膝の上に置いていたが、手錠は打たれてなかった。脱色した赤みがかった金色の髪は襟足が背に届きそうになっており、目にかかりそうな前髪がうっとうしい。細い目と薄い唇に見覚えがあった。

天山事件があった夜。尻を蹴上げるように両足を回転させていた粟野に何とか追いつき、突きたおして転ばしたあと、確保した。その後、車まで戻ってきたところで先に辰見が確保した鈴木が膝を抱えるようにして歩道に座らされていた。となりに粟野を座らせた情景がまざまざと浮かんでくる。

間違いない、と小沼は胸のうちでつぶやき、顔を上げた。

現場は騒然としていた。道路には黄色のテープが張られ、規制線とされていた。その向こうには野次馬が数人立っている。

バッグを奪われそうになった被害者が頭をぶつけたという電信柱を中心にカメラを持った鑑識員が写真を撮り、白い光を放つ大型のライトを手にした別の鑑識員が道路に這《は》いつくばって遺留物を探している。

小沼はパトカーから離れた。少し離れたところで携帯電話を耳にあてている辰見は尻までの長さしかないグレーのコートを着ていた。コートも背広もボタンを留めておらず、ベルトに機捜と書かれた臙脂《えんじ》色の腕章を引っかけている。

電話を終えた辰見に近づいた。小沼は肩越しにパトカーを親指で示した。

「あいつに間違いないですね」

辰見がうなずき、手にした携帯電話を顔のわきで小さく振った。

「今、班長と話をした。鈴木はまだ何も喋っていない。だが……」

「栗野とつるんでた可能性はありますね」

伊佐と浅川が寄ってくる。伊佐が辰見に告げた。

「鈴木聖也は女物の財布を持っていたということです。中に病院の診察券があって、マルガイのものと確認されました」

うなずいた辰見は顔を上げた。

「おれたちは徒歩で周辺の不審者検索にあたる。実は十二月十三日の未明だが、おれと小沼が登録証のない自転車を二人乗りしている中学生二人を捕まえた。一人は鈴木だ。

もう一人は粟野という」

それから辰見は、十三日の未明には鈴木、粟野とも学校名入りの紫色のジャージを着ていたこと、粟野の髪型、人相について話した。

「それであごの……」

辰見が小沼を見た。小沼は顎の左側に人差し指をあてた。

「そこのところに小豆粒くらいのほくろがある。ただし……」

辰見は伊佐に目を向けた。伊佐がうなずく。

「財布についてですが、鈴木は拾ったといっています。ただ、どこで拾ったかとなると供述が曖昧《あいまい》なんで」

「わかった」辰見があとを引き取った。「鈴木はそんな案配だ。財布は拾ったものだといってるし、連れが粟野だといっているわけでもない」

「前回のときのことなんですが」浅川が口を挟んだ。「あいつらを保護したあとは、どうしたんすか」

「尾久《おぐ》警察署の少年係に引き継いだ」

「それじゃ、自宅《やさ》は……」

「尾久の方でわかってる。班長によれば、粟野の自宅にはおれたちからあいつらを引き継いだ少年係が張りついている」

「了解」

辰見が伊佐、浅川、小沼をさっと見る。

「一応、粟野の件は頭に入れておいてくれ。まずは挙動不審者の発見に努める。それから職務質問《しょくしつ》、任意同行《にんどう》だ。おれと小沼は野次馬連中を見てから検索に入る」

「わかりました」伊佐がうなずいた。「おれと浅川は北を回ります」

「了解。それじゃ、おれと小沼は南を歩く。何かあったら携帯で連絡を取り合う。ほかに何かあるか」

伊佐と浅川は首を振り、離れていった。

小沼は辰見と二手に分かれ、野次馬の顔をチェックしていった。いつの間にか人数が増えているが、それでも二十人ほどに過ぎない。さすがに夜も更けて気温が下がってきたので、ダウンジャケットやコートを着用している者が多い。中にはパジャマの上にざっくりしたカーディガンを羽織っている者もいたが、紫色のジャージは見当たらなかった。

ひったくり事件が起こった周辺にはパトカーが集結し、野次馬が集まっている。鈴木の身柄が確保されている以上、もし、粟野が共犯なら一人でいるはずだ。不安に駆られ、現場に戻ってくることは充分に考えられる。

辰見は野次馬から離れたところで携帯電話を使っていた。

「はい……、そうですか。わかりました。それじゃ、何かありましたらこちらからも電話します」

電話を切った辰見に近づく。

「野次馬の中に粟野は見当たりませんね」

「おれの方もだ」

辰見は携帯電話を折りたたみ、ワイシャツの胸ポケットに戻した。受令機はコートの内ポケットに入れてあり、カールカードを首の後ろに回してイヤフォンを左耳に差している。

「班長からだ。マルガイの死亡が確認された」

２４０でも強盗殺人の方になった。

3

闇に溶けこむ深い藍に染められた刺し子の筒袖と裁付袴《たっつけばかま》に身を固めた宣顕は、板間に立つ燭台《しょくだい》にぽつんと灯る百目ろうそくに向かって端座していた。

揺らぎもみせず立ちのぼる炎の中心を見つめ、静かに息を吸い、ゆっくりと吐いた。

宿舎として使っていた寺に残っているのは、宣顕のほか、祖父と赤城という男だけで、森閑としている。

宣顕は大刀を両手で捧《ささ》げもった。

粗末な拵えの一口《ひとふり》ではある。柄頭《つかがしら》や、鍔《つば》には錆《さび》が浮き、黒鞘は傷だらけ、柄糸は色褪《あ》せていた。実際、小道具箱の中で使い古した竹光とともに荒縄でくくられ、使用不可と赤のフェルトペンで記されたタグがついているうちの一本である。だが、目の利く人間が見れば、なりはみすぼらしくともしっかりとした造りであることがわかるはずだ。

目の高さまで差しあげると、左手で鞘、右手で柄を握った。左手の親指で鍔をわずかに押しだし、鯉口《こいぐち》を切る。息を整え、ゆっくりと抜きはなつ。鞘《さや》を左わきに置き、刀身を目の前に立てた。

刃が灯明の放つ光を宿していた。切っ先から物打ち、鍔元へ視線を移動していく。二尺三寸、約七十センチの刀身の反りは切っ先に近い方がややきつくなっている。刃こぼれ一つなく、沸《にえ》はゆるやかな波を打っていた。

姿こそ優美だったが、身幅は広く、厚い。

『樋《ひ》は入っておらん』

昨秋、祖父から手渡され、初めて抜き放って刀身を眺めたときにいわれた。樋とは、鎬《しのぎ》と峰の間に掘られる溝で、斬った相手の血を流す機能があるといわれる。

『実際には、刀身を軽くするために入れられることが多かった。刀も細く、薄くなっていた上に、だ。太平な世の中であれば、持ち歩くだけで滅多に抜かないし、人を斬るなどあり得ない。ならば、少しでも軽くしたいのが人情というわけだ』

言葉を切り、宣顕を見つめた祖父が言葉を継いだ。

『だが、弱い』

嫌悪の情を隠そうともせず吐き捨てた。

次いで祖父は、幕末の刀工だと前置きして水心子《すいしんし》正秀《まさひで》の名を挙げた。出羽国山形藩お抱えの刀工として、江戸浜町、現在の日本橋浜町に在住して半世紀近く作刀に励んだという。晩年に近づくにつれ、当時の風潮であった優美にして、華奢《きゃしゃ》な作風を嫌った。

『樋の入った刀など飾り物だとこきおろして、自らは実戦的古刀の復権を唱え、豪剣を打った』

刀を手にした宣顕は祖父に目をやった。目に期待が現れていたのだろう。祖父はにやりとして首を振った。

『残念ながらそいつは無銘だ。だが、水心子は古刀造りを実践したが、一方で理論家でもあった。実に多くの弟子を育てた。その刀をおれにくださった方から聞いた話からすると、水心子の弟子で……、いや、くだんの人物にしても口伝えを記憶しているだけだといっていたか。だが、水心子正秀の技と思想を受け継いでいることはものを見ればわかる』

祖父の言葉を思いだしながら刀身に見入った。

『話は少しばかりわきへそれるが、勝海舟の愛刀が水心子正秀だったといわれる。幕末の超有名人が使ったことに引っ張られて、水心子の名も知れ渡るようになった。実際にいい刀が多いし、当然ながら値も張る。さて、この海舟を福澤諭吉が批判している』

宣顕がにやにやすると、祖父は口の両端を下げたが、かまわずつづけた。

『やせ我慢の説と題された一文だ。まず、福澤は明治維新を徳川政権下の二、三の大名の反乱と見なしている。御一新だなどと大げさにいうが、要は跳ねっ返りがたまたま親玉を食っちまっただけだ、とな』

まだ宣顕は口元に笑みを浮かべていた。祖父の話を聞いていると、佐幕派の生き残りではないかと思えてくるのがおかしい。

『まず、江戸城を無血開城したことにやせ我慢が足りないという。勝が時勢に明るく、また、将軍が朝敵になることを何より恐れたからといって、むざむざ城を明け渡すのはいかがなものかというわけだ。駿河《するが》武士の伝統を受け継ぐ心意気あれば、城を枕に討ち死にを決めこんでもおかしくないだろう。たとえいっとき内戦状態に陥ろうと、武士の心意気を守ったことが後々の世にどれだけ好もしい伝統を残したことかというわけだ』

宣顕がもぞもぞすると、祖父は大きくうなずいた。

『もちろん福澤にしても勝にしても、あの当時のイギリス、フランス、アメリカ、ロシアの狙いがわからんわけではない。イギリスは中国……、当時は清だが、かの国にアヘン戦争をしかけて植民地とした。その勢いに乗って、さらに東進して、次は日本だ。一方、極東の植民地争いで一歩遅れているアメリカにしてみれば、今度こそとばかり失地回復を狙っている。欧米列強といわれた連中の狙いは、日本国内に内戦を起こさせ、二つに分けたところで、それぞれ統治することだった。だから勝はいたずらに国力を殺《そ》がないために争わず城を明け渡した。薩長連合にしても諸外国の狙いはわかっているから勝の提案に乗り、とりあえず徳川の名前だけは残すことにした。そのあと、すったもんだはあったわけだが』

　祖父は絶対に新政府軍とはいわず、どこまでも薩長連合なのだ。

『その点は福澤も勝の人物を評価しているわけだが、最後の最後にやせ我慢が足りなかったと攻撃する。勝は明治時代も生き延び、貴族院のご意見番になる。生き残った者勝ちだ。死ぬまでぱあぱあ好きなことをいっていた。福澤が攻撃するのは、そこだ。勝負は時の運、戦に敗れることがあっても仕方ない。勝負に敗れたことは責めないが、敗者は敗者らしくおとなしく控えておけ、というんだ。勝には勝の言い分がある。薩長のいいようにばかりはさせないぞ、と。だが、その後の明治、大正、昭和……、太平洋戦争の負けをはさんで今に至るも薩長のいいようにされてきた』

　祖父は言葉を切り、宣顕をじっと見つめた。身じろぎもせず、祖父を見つめ返す。

『同じ文章のなかで、福澤は国家とは所詮私《わたくし》だといい切っている。国民の生活が第一だの、国家のためなどと口走る輩《やから》は信用できんというわけだ。国家論というものも煎《せん》じ詰めれば、所詮は私論、妄言に過ぎない。だが、それが時流をとらえ、闘争に勝利することがあるわけだ。もちろん逆もある。私の妄想で国を暴走させ、挙げ句に滅亡させてしまえば、少なくとも妄想を抱かせた張本人は何らかの処罰を受けるか、少なくとも自裁すべきだ。ところが、国民だの国家だのとやたら口にする連中は責任を取らない。失政に失政を重ねた挙げ句、何といって開き直るか。責任は私にあるのではない、私を選んだ国民にあるのだ、とな。薩長がやってきたことというのは、とどのつまりがそういうことだ。政治家不在にした。責任を取らないであやふやにごまかすことを許す体制としてきた。だが、それでは行き詰まる。いや、すでに誰もが窒息しかかっている』

祖父の声はだんだんと低くなっていき、もはやつぶやきといってもいいほどになっていた。

『わしの行動をテロと呼ぶ者はいるだろう。だが、アメリカがテロリストと呼んでいる連中を見てみろ。亭主や子供を殺された中年女がコートの下に爆弾を巻いて地下鉄に乗っているだけの話だ。親を失い、ろくに食べるものもない子供たちが自動小銃を振りまわしているだけだ。たしかに扇動した者はおる。悪知恵をつけた奴がおる。武器や弾薬をそろえた奴も、な。だが、その前に亭主や子供を殺されたのは間違いないし、殺したのは誰か、というのが問題だ。それも市場開放だの自由解放だのとお題目を唱え、真綿で首を絞めるような方法で殺した。自由という言葉は、今や商業主義最優先の免罪符でしかない。民主主義は多数決ファシズムの言い換えだ。すべては数字、もっと平たくいえば、売上高だ。皆がてんでばらばらな言葉で、自由闊達《かったつ》に喋り合うような状況で、もっとも有利なのは数字、売上高を口にする人間だ。そこには思考はない。思想もない』

ふうっと息を吐いた祖父は宙を凝視した。

『八方ふさがりだが、一人の人間によって変えられる。それなりの立場には責任がつきまとうことを忘れない人間が一人いれば、世の中が変わっていくことは可能だ』

祖父は宣顕をまっすぐに見つめ、しばらくの間、口をつぐんだ。宣顕は黙って祖父の目を見返していた。

次の言葉はわかっていた。子供の頃からくり返し聞かされてきたことだし、宣顕の血肉となっている。

『やせ我慢と福澤はいうが、要は勝海舟は長生きしすぎたんだよ。死に場所を失ったんだ。長生きするのは悪いこととはいわない。だが、およそ何ごとかをなそうという男が死に場所を逃せば、惨めの一語に尽きる』

ぼくは自分の命を使いきる、と宣顕は胸のうちでつぶやいた。

だらだらと無駄な生き方はしない。

祖父が目を細めた。

『惜しむらくはわしには責任ある立場を全うするだけの機会も能力もない。しかし、立場には責任がともなうことを思いださせてやることはできるだろう。昨今いわれるテロは窮鼠《きゅうそ》猫を嚙《か》むだが、わしのやろうとしていることはシステムの立て直しだ。責任の何たるかを腹に据えた人間の登場こそ、体制確立のための第一歩であり、そのことに気づかせるための人間もまた必要だ』

ただ呼吸するために、昨日と同じ今日をくり返すためだけに生きながらえているだけの連中を覚醒させるために一命を投げだす……。

死にたいとは思わないが、だらだらと生きているだけならいやだ。

刀身を鞘に収め、右わきに置くと、宣顕はふたたびまぶたを閉じた。

地球から百二十五億光年離れた星が観測され、そこが宇宙の果てだと推定されたとき、宇宙とて無限ではないことがわかり、同じく宇宙が開闢《かいびゃく》して以来、どれほどの時間が経過しているのかも知れてしまった以上、永遠もまた存在しないとわかった。

だが、と宣顕は思う。

こうして目を閉じているだけで現れる闇には無限の広がりがあり、一瞬を記憶にとどめて凍りつかせることで久遠の存在となる。おのれが失われてしまえば、空《むな》しくなる無限と久遠には違いなかったが、おのれが空しくなってしまえば、宇宙もまた認識されなくなり、存在しないのと同じことだ。

存在を厳密にいうなら、時間と空間の交点である自分、そして今という瞬間だけがすべてとなる。

あのとき――。

寒さがつのる夜気の中にあって、宣顗は背中に祖父の大きな手と、素足で触れる土に確かな温もりを感じられた。

祖父の手がわずかに動き、合図となった。

だが、合図より前に気配は感じていた。気配は次第に確かなものとなり、左にある石畳を踏む足音となった。足音は三つ。先頭の一つは草履、すぐ後ろに革靴のかかとがかすかに立てるこつこつという音も聞き分けられた。革靴の足音からは、どちらも巨漢であることが容易に知れた。

規則正しい足音は、左後ろから真横、そして左前へと移動していく。

闇の底で背を丸め、うずくまっている躰のどこにも力は入っていなかった。面頰のうちにこもる呼吸も穏やかだ。

足音に耳を澄ませる。

間合い、一間。

目を上げ、月下に三つの人影をみとめた。黒いスーツに包まれた大きな背中が二つ、その間から一段低く銀髪がのぞく。身をかがめたまま、わずかに左へ出ると、土を蹴った。気合いもなく、息すら吐かない。

二歩目を石畳について跳びつつ、腰の剣を抜きはなつ。左目のすぐわきを刃に宿った月が通りすぎていく。

右にいた巨漢の方が先にふり返った。一切音を立てなかったものの、首筋で空気の動きを感じたのはさすがだといえよう。だが、遅かった。

短く刈った金髪、ブルーの瞳はすぼめられ、何ごとか叫んでいたが、意味はわからなかった。

跳躍の頂点で、頭上に構えた刀の柄を両手で握っていた。ブルーの瞳には諦観《ていかん》があったが、それでも腰の辺りから拳銃を抜き、銃口を向けようとしていた。

振り落とす。

切っ先は首の右側に入り、一瞬にして鎖骨を両断、さらに肋骨《ろっこつ》ごと肺を切り裂き、拳銃を握った右の前腕を斬り飛ばして抜けた。

切っ先を下げたまま、左へ跳ぶ。

もう一人の巨漢はアジア系、ひょっとしたら日本人かも知れない。

ボディガードという役目柄仕方がなかったのだろうが、銀髪の年寄りを突き飛ばす前に拳銃を発射すべきだった。照準はでたらめでかまわない。銃弾が飛び、少なくとも銃声を発する。

だが、ほんの一瞬、年寄りの背に目をやってしまった。

絶対にしてはならないのは、刺客から視線を切ることだ。どうしても隙《すき》が生じる。

躰を低くして反転させる際、左手を振り、袖口から飛びだした小さな拳銃を握るのが見えたが、相棒同様、またしても遅きに失していた。そのときには、地を摺《す》るように切りあげた切っ先が左肘の少し上に入っていた。

拳銃を握ったまま、腕が飛ぶ。

巨漢は目を剝《む》いた。眼球が飛びだしそうだった。

返す一刀を右肩に叩きこみ、引きながら腹を裂き、左下へと抜く。膝がくずおれる寸前、飛びだしたはらわたが湿った音を立てて地面にこぼれ落ちた。湯気がふくれあがり、異臭が鼻をつく。

半歩退く。

二人目の巨漢が前のめりに倒れてくる。

そのときには切っ先を銀髪の年寄りに向けていた。ようやく溜めていた息を吐いた。

ひと呼吸で振るえるのは、三太刀までだ。

紋付きの羽織に袴で威儀を正した銀髪の年寄りは手にした杖《つえ》を躰の後ろに引き、わずかに上体を前傾させていたが、その目はすぐ後ろに立つ祖父に向けられていた。

相手は昔からの馴染《なじ》みでな、と祖父がいっていたので、二人が言葉を交わしたことに驚きはしなかった。張り詰めた中で、二人のやりとりは場違いなほど、のんびりとしているように聞こえたが、何を話しているかには関心がなかった。

意識は年寄りが躰の後ろへ引いた杖に吸い寄せられている。

冷たい闇の中に身を沈めていたときに聞いた足音をふたたび脳裏に蘇《よみがえ》らせる。記憶の中で三人の足音に混じる杖の音に耳を傾けた。鈍く、そして重かった。

ただの杖ではなさそうだ。

刃でも潜ませているのか。

だが、どれほど鍛えた刃でも触れさせなければ、何の脅威にもならない。柄を握る右手に左手を寄り添わせ、鼻から息を吸った。

『では』

祖父の声に合わせ、呼吸を止めた。瞬時にして身のうちに静寂が満ちる。上段に取り、地を蹴った。見かけとはまるで違う速い動きで杖がくり出される。右から撃ち込みをかけるよう切っ先を躍らせた。

誘い。

受けに回った杖の左へ撃ちこみ、年寄りの首を刎《は》ねた。

いつの間にか背後に男が這いつくばっている。気配を感じたのはたった今だが、しばらく前から床に両手をつき、ひたいをすりつけていたに違いない。

赤城とは、そのような現れ方をする。

「時間か」

宣顕は訊ねた。赤城は這いつくばったまま、答えた。

「はい」

「わかった」

大きく息を吐いた宣顕はゆっくりと目を開いた。

目の前に黒い面頬が置いてある。耳まで裂けた口元は呪詛《じゅそ》を吐き散らしているようにも嘲笑《ちょうしょう》しているようにも見える。

幼い頃から不思議な表情だと感じていた。

その思いは、今も変わりはない。

4

〝五六〇二から本部……〟

受令機につないだイヤフォンから流れだした声に小沼の足が止まった。五六〇二は第六方面に所属する自動車警邏隊の呼び出し符丁である。強盗殺人事件となれば、第六方面の総力が結集されても不思議ではない。

少し先を歩いていた辰見も足を止め、右耳に差したイヤフォンに手をあてている。私服警官が携行している受令機は小型で受信専用、制服警官が携行しているのは、やや大振りになるが、小型のマイクがついていて送信もできる無線機である。

〝……丁目の現場に到着。これより車を離れる〟

〝本部、了解〟

自動車警邏隊に所属する一台が臨場したという連絡だ。おそらく現場指揮を執る刑事と打ち合わせを行い、車に戻って周辺検索にあたるだろう。

強ばった肩の力を抜き、低く吐き捨てた。

「クソッ、脅かすなっての」

耳にあてていた手を下ろした辰見が歩きだし、小沼も路地の検索に戻った。

事件現場から南側に広がる住宅街を二人は歩いていた。小沼は懐中電灯を握っていたが、スイッチは入れていなかった。暗がりをのぞきこむときに短く点灯するだけである。いたずらに被疑者を刺激し、逃走させたくなかった。

住宅街といってもぽつり、ぽつりと小さな町工場もあったが、とっくに操業時間を終えているのでシャッターを下ろし、しんと静まりかえっているばかりだった。工場とはいえ、大きさは二階屋の住宅と変わらないところが多い。そうした一軒の角で辰見が立ちどまった。小沼を見ると、工場の角を南へ行けというように顎を振る。自分は東へ向かうようだ。

了解という合図代わりに右手を振り、辰見と分かれて狭い一方通行に入る。少し先で左に曲がっていた。

イヤフォンからは途切れ途切れに声が流れたが、強盗殺人に関わる内容はなかった。一一〇番通報は酔っ払い、喧嘩騒ぎ、交通事故とさまざまで、重大事件が発生していようと内容、件数ともにふだんと変わらなかった。

家々の間をのぞきこんではゆっくりと歩を進めながら、小沼は自分が中学二年生のときに起こした事故を思いだしていた。

夏のことだ。剣道部の練習が終わったあと、同級生の一人が持参してきた木刀を見せびらかした。なかなかの高級品らしく、黒光りしていて、重かった。

事故の原因は、木刀が二本あったことにある。

最初は素振りをするだけだったが、やがて打ち合いたくなるのが人情というものだろう。剣道部の練習が終わったあとで稽古《けいこ》着のままだったし、ごつい木刀を青眼に構えると、気分はいっぱしの剣豪だ。そのうち小沼はもう一人の同級生と向かい合い、互いに青眼に構えた。

気合いをかけて撃ちこみ、木刀が衝突した瞬間、悲鳴が上がった。

木刀を持ってきた生徒である。傷をつけたら親父《おやじ》に叱《しか》られると半べそをかきはじめた。ごめん、ごめんと口では謝りながら、小沼と相方はまたしても打ち合った。堅い木刀同士がぶつかることで響く重い音が何とも格好よく、握る手に伝わってくる衝撃がまた心地よかった。何より半べそをかいている同級生を見ているのが面白くて、つい夢中になった。

汗で濡れた手の中で木刀が滑り、切っ先が左に流れたところまでは覚えている。直後、ひたいの右上に相方の木刀が入り、まるで照明のスイッチでも切ったように辺りが真っ暗になった。

気がついたときはベッドに寝かされていた。救急病院の処置室にいて、運びこまれてから六時間も経過していたと知ったのはあとのことである。かたわらに母が座って、小沼の顔をのぞきこんでいた。

『頭、痛い』

小沼は顔をしかめて声を圧《お》しだした。自分の声とも思えないほどかすれていて、喉《のど》がひりひり痛んだ。

『樫《かし》だもの、当たり前だ』

母にいわれて木刀の素材が樫であることを初めて知った。頭はずきずき痛んだが、たんこぶができているだけで骨にも脳にも異常がないと教えられた。

『友達に意地悪なんかするから罰が当たったんだ』

剣道部の顧問や部員たちから顛末《てんまつ》を聞いた母は、小沼が何を考えていたか——高級な木刀を持ってきた友達の泣き顔を面白がっていたこと——を正確に見抜いていた。

『ちゃんと鶴町《つるまち》君に謝っておくんだよ』

鶴町というのが木刀を持ってきた同級生である。

『わかった』

『それにしても石頭だねぇ』

これもあとでわかったことだが、たまたま幸運だったに過ぎなかった。木刀の打ちこみがそれほど強くなかったこととひたいの右側から外へ流れたために衝撃がやわらいでいたのだ。

『ごめん』

『謝ることはない。痛い思いをしたのは優哉なんだから。私が産んだには違いないけど、今は優哉の躰だからね。自分が思う通りの道へ進んだらいい。それに今回は大した怪我じゃなかったんだからいい勉強だよ』

『父ちゃんは？』

『まだ、会社にいる。連絡はしたけど、生き死にの瀬戸際でもないし、二人そろって雁《がん》首《くび》並べたって怪我がよくなるわけでもないし』

自分の決めた道ならば、思うように進めばいいというのが幼い頃から母にいわれてきたことだ。警察官になりたいといったときにもとりわけ反対はされなかった。

中学二年の夏の事故からなぜか剣道が上達した。理由は今もってわからない。高校でも剣道部に入り、県大会でも上位に食いこむようになったし、三年のときにはインターハイに出場、卒業までに三段に昇級していた。

警察官になったあと、剣道を諦め、刑事になるといったときも母は反対しなかった。親として心配してはいただろうが、何より小沼の意思を優先してくれた。

両親とも健在で、母はいまだスーパーで働いているし、父は間もなく定年退職する。電車で二時間ほどで実家に帰れるのだが、ここ何年か行っていない。機動捜査隊という職務の性格上、盆、暮れ、正月こそ忙しく、ふだんは両親が働いているからだ。

ふいに中学二年の夏の事故を思いだしたのは、おそらく粟野が同じ中学二年生だからだろう。

お前が世界中を敵に回すことになっても私だけはお前の味方だよ、というのが母の言いぐさであった。粟野の母にも似た匂《にお》いを感じていた。

だが、強盗殺人の犯人ともなれば……。

していた。

「止まれ」

辰見の怒鳴り声に思いを断ち切られたときには、今来た道を後戻りするように走りだしていた。

辰見と分かれた町工場の角まで戻ると、右側からスニーカー特有のぺたぺたという足音がした。両腕を振りまわし、若い男が急停止する。

「やっべ」

粟野だ。

小沼は突進した。

ちらりと後ろをふり返った粟野は辰見が追ってくるのを見て、左に入った。小沼は住宅の角を曲がって粟野を追う。だが、その先は路地ではなく、車が数台停められる駐車スペースになっており、つきあたりはコンクリートの塀でふさがれていた。

「行き止まりだ、粟野」

小沼は怒鳴った。

だが、粟野はスピードを緩めることなく、コンクリート塀に飛びつくと両手を塀の上端にかけ、よじ登ろうとする。小沼は粟野の腰に両手を回し、腹の前でがっちりと組んだ。手をコンクリートにこすられる。

「離せ、危ねえだろ」

「離すか、馬鹿野郎」

「だから危ないって……」

栗野が塀をつかんでいた手をいきなり離した。体重を預けられる格好となった小沼が後じさったが、間に合わずそのまま尻餅《しりもち》をつく格好となった。もがく栗野がのしかかってきて、アスファルトに背を打ち、さらに後頭部を強打する。

目の前を星が飛びかう中、栗野が漏らしたくぐもった悲鳴を聞いた。足音が近づいてくる。

「おい」

辰見が声をかけてくる。

石頭だからねぇ――暗闇に落ちこみながら笑いを含んだ母の声を聞いたような気がした。

5

エンジンを切ったミニバンの車内は冷えていたが、刺し子の筒袖、裁付袴の上から裾の長いダウンジャケットを着て、首までファスナーを上げてあるので寒さは感じなかった。

運転席には三十分ほど前に宣顕を迎えに来た赤城――一座の中では小道具係をつとめているが、ふだんは祖父に影のように付き従っている――が座り、中列に祖父、最後列に宣顕がいた。

「そろそろ支度をしておこう」

祖父が静かにいった。

「はい」

宣顕は返事をするとダウンジャケットのファスナーを引き下ろし、前を開いた。かたわらにおいた風呂敷包みをほどく。室内灯は消してあったが、黒のシートを貼《は》った窓から射《さ》す街灯のわずかな明かりで祖父や赤城のシルエットは見て取れた。

風呂敷包みの中から面頬を取りあげる。鉄製の本物であれば、ずしりと重いのだろうが、舞台用の小道具でプラスチック製なので軽い。左右の頬の上下から組紐《くみひも》が伸びていた。かすかな光を浴びた面の口元は耳まで裂けた両端が持ちあがり、黒く染められた歯がのぞいている。

相変わらず憤怒の形相にも、人を小馬鹿にした笑みのようにも見えた。

面頬をひっくり返し、口元に着けた。上段、左右の紐は耳の上を通し、後頭部で結ぶ。下の紐は耳の前を経て頭頂部に持っていって結わえた。黒く、長い髭が植えこんである面頬の顎に手をやり、がたつきがないかを確かめる。しっかり装着できたことに満足し、黒熊《こぐま》を取った。頭にすっぽり被せると、鉢巻き状の紐をぼんのくぼの下に合わせてきつく締め、手早く結んだ。ついで鬘から垂れている紐を顎の下で結ぶ。頭頂部に手をあて、不用意に動かないか確かめた。

風呂敷を折り畳んだ。

ダウンジャケットの袖から腕を抜き、尻をちょっと持ちあげて肩にかけるようにした。無銘の大刀を引き寄せ、股間《こかん》に立てる。

目を上げた。

祖父も支度を終えていた。黒熊を被ったシルエットは端の方が闇に溶けているように見えた。

「もう少し待つようだ」

「はい」

返事をした宣顕は目を閉じた。黒熊を被り、面頬を着けるのは、下地を作って白粉を塗り、鬘を被るのに似ていると思った。清田宣顕が消え、別の誰かになるのだ。ただし、芸者お駒といった名前のない、何者かである。

息を整えて待つうちに、携帯電話の振動音がかすかに聞こえ、赤城が身じろぎする。

やがて声が聞こえた。

「はい……、はい」

目を開く。携帯電話をそっと閉じた赤城が前を向いたまま告げた。

「間もなくです」

祖父がうなずく。

宣顕はスニーカーのかかとをすりあわせて脱ぎ、裸足《はだし》になると前に身を乗りだしてスライディングドアを開けた。夜気がどっと流れこんでくる。冷えこんでいるとはいえ、車内にこもっていた空気の暖かさを改めて知らされた。

祖父が前を向いたまま、ぼそりといった。

「松枝が見ているぞ」

「はい」

やがて前方三十メートルほどのところに白いタクシーが停まり、ライトをスモールに切り替えるとハザードランプを点灯させた。

祖父が音もなく降りていく。

宣顕は祖父のあとに従って車を降り、冷たいアスファルトを裸足で踏んだ。芝居が始まる。

タクシーから二人降りてきたが、街灯の光を背にしているのでシルエットしか見えなかった。タクシーが走り去った直後、二つの影が一つとなり、もぞもぞと動いていた。

素足で踏みしめるアスファルトの凍りつくような冷たさが骨を通じて伝わってくる。宣顕は奥歯を食いしばり、歯が鳴らないようにしていた。宣顕は片膝をつき、すぐ後ろで中腰となった祖父が肩越しに影を見つめている。

「女の方を先にやれ。男の方は、お駒のときと同じに」

「はい」

一分か、二分ほども経《た》ったろうか。溶けあっていた影がふたたび二つに分かれ、祖父と宣顕に向かって歩いてきた。街灯の光から離れると、かえって頭上から降りそそぐ月光によって姿が見分けられた。二人とも背丈は同じくらいだが、男の方はでっぷりと太っている。月の光を浴びてさえ、毛足の短い黒いコートがつややかに光っているのがわかった。右手をコートのポケットに入れ、左手を女の腰に回している。女は灰色っぽいトレンチコートを着ていた。

宣顕と祖父は民家の塀から飛びだしている木の枝がつくる影の中にうずくまっている。月光が明るい分、影は濃い。宣顕は目を伏せ、近づいてくる二人のつま先に視線を向けていた。

やがて男の声が聞こえてきた。

「結果がどのような形で出ようとも、結局はその結果に対して責任は取らなければならないという点は変わりないんだ」

「私もそう思います。やっぱりのらりくらりと責任逃れをしているのは卑怯《ひきょう》だと思うんですよ」

二人はさらに近づいてくる。宣顕の間合い一間——一・八メートルまであと二歩となった。

「とにかく一番の卑怯者といえば……」

男がいい、女が得意げにあとを受ける。

「総理の……」

躰を起こしつつ、前へ踏みだした宣顕は無銘の一刀を抜きはなち、女の喉を突いた。首筋に抜けた切っ先が月光を反射する。

太った男は何が起こったのかもわからないまま、腫《は》れぼったいまぶたを精一杯持ちあげている。

素早く剣を抜き、切っ先を下げると一歩踏みこんで男の首めがけて水平に打ちこむ。

男が喉を鳴らして息を吸った。

刃は男の首筋にかすかに触れたところでぴたりと止まっている。直後、女がその場にくずおれた。

背後から間をおいた拍手が聞こえる。

太った男は声も出せずに立ち尽くしていた。

「おっしゃる通り。さすがは党随一の切れ者といわれるだけのことはある。立場のある者には責任がともなう。どのような形であれ、責任を受け入れなくちゃならない。先生のいわれることは正しい」

太った男はかすかに口を動かそうとした。間髪を容れず祖父がいう。

「そのままじっとなさっている方がよろしい。先生の喉に触れている刃を感じるでしょう。カミソリのように切れる上、洋物のナイフなんぞとは比べものにならないほどタフだ。わずかでも動けば、首と胴がところを異にする」

夜目にもはっきりわかるほど男の顔が白くなった。唇まで色を失っている。柄越しに分厚い耳たぶが震えているのがわかった。湯気が立ちのぼり、異臭が鼻をついた。男は失禁していた。だが、臭《にお》いはもっと生臭い。おそらく肛門《こうもん》まで緩んだのだろう。

祖父が穏やかにいった。

「責任あるポストに就く者にはそれなりの覚悟をしていただかなくてはならない。余得もあるようだが……」

太った男の途切れがちの息づかいが月光をはじく白い刃をわずかに曇らせていた。刃には女の血が玉となって載っている。

「評判の美人先生と密会ですか。うまいこと護衛をまいたつもりかも知れないが、それが徒《あだ》となりましたな」

太った男の歯がカタカタ鳴りはじめる。麻痺《まひ》した神経が息を吹きかえし、ようやく恐怖を伝えたのだろう。面頬の内側で宣顕は静かに呼吸し、一刀を水平に構えていた。

「もうそろそろイジメという言葉を使うのはやめないかね」

祖父は淡々といった。

太った男は宣顕に刀をつきつけられたまま、小さな目をいっぱいに見開いている。震えは止まらず、歯の鳴る乾いた音がつづいていた。

「暴行、傷害、恐喝といくらでも罪名がつくだろう。それと悪質なイタズラというのも使用禁止にすべきだろう。学校の窓ガラスを割れば器物損壊だし、線路への置き石だって往来危険罪だろう。それに心神耗弱なら人を殺しても無罪になることがある。だがな、学校という特殊な空間であれ、殴られたり蹴られたりすれば、怪我をするし、まして殺された人間は二度と帰ってこない。死ねば、人権を失うのか」

祖父が舌打ちし、低声《こごえ》でいった。

「おかしいとは思わんかね」

もっとも太った男は喉に刃が触れている以上うなずくことも、声を出すこともできなかった。

「なかなか就職先がない中で何とか働き口を見つけても賃金は恐ろしく安い。働くより何もしないで生活保護を受けている方が実入りがいいっていうんだから、労働意欲は殺がれる一方だ。それに生活保護を受けていれば、医療費も全額免除っていうんだろ。眠れないと訴えれば、どこの病院でもすぐに導眠剤だの睡眠薬だの処方してくれて、何カ所からもらおうと全部タダだ。道端で売れば、結構な小遣いになるっていうじゃない。その金で焼酎でも買って、酔っ払って、いい心持ちでぐっすり眠る。睡眠薬は要らんわな」

太った男が何度も瞬《まばた》きし、祖父を見つめている。

「おや？　自分の職掌範囲にあらずという面持ちをされているな。わしのいっていることが理不尽だといいたいわけか」

また太った男がひとしきり瞬きをくり返す。喉に刃があたっていなければ、たるんだ頬が震えるほど首を振っていたかも知れない。

「どうも政治家先生たちの頭の中には、次の選挙のことしかないらしい。知恵を絞るのはパフォーマンスか、いかに人に嫌われないかだ。政策が失敗だったからといって責任を取る奴がいるかね。失敗だと追及されれば、言い逃れ、言い逃れ、言い逃れ……、挙げ句の果てに自分は投票の結果、選ばれて政治家になった、私が悪いというなら選んだ人間にこそ責任があると居直る」

わずかの間、祖父は沈黙し、ふたたびつづけた。

「もっと小さなことでもいい。失言が原因で大臣を辞職する。だが、そこまでだ。国会議員を辞めるわけではない。中には国会議員を辞めるのもいるが、政治家時代にどれほどあくどいことをやっていようと、引退後は悠々自適じゃないか。政治家年金ってのがあるからね。だが、国民はいらだつんだよ。どうしようもないほどいらだつ。せめて大臣になった人間は責任を取るべきだろう。腹を切るべきだろう。たとえじゃなく、本当に腹を切ることをいってるんだ」

太った男は目尻が裂けそうなほどに目を見開いている。

「あんたにその覚悟があるか」

またしても湯気が立ちのぼってきた。膀胱《ぼうこう》はすっかり空になっていなかったのか。悪臭に宣顕は眉を寄せた。

「ダメ、だな」

刀を引いて、振るだけのスペースを作る必要はなかった。

柄を押しだし、物打ちを首へ食いこませながら一気に引ききる。

太った男はようやくうなずくことができた。

どこまでも深く……。

頭が落ち、鈍い音がする。切り口から紫色の霧が噴出した。

第五章　停職

1

殺害されたのは、国土交通大臣小鶴居五十吉《こつるいいそきち》と衆議院議員の片倉美也《かたくらみや》の二人だった。

五十吉とは少々古めかしい名前だが、まだ四十代半ばである。父親が地元出身の著名な軍人にあやかってつけたといわれていた。殺害の現場は新潟市の郊外で、小鶴居の支援者の一人が所有する別邸の目前であった。殺害方法は高橋天山のときと同様、首を一刀両断にされており、凶器は日本刀と見られていた。

一年半ほど前、新幹線が昭和三十九年の運転開始以来初めてという重大な脱線事故――死者二十名、負傷者は数百名に達した――を起こしたとき、小鶴居は不可抗力かつ深刻な事態が生じていたとして政府およびJRの責任を回避する答弁を行ったが、その後、事故の直前、小規模な事故が頻発していたことが発覚し、対策がなおざりにされていたとマスコミにすっぱ抜かれた。一斉に攻撃を受けたものの、調査の結果、JR側が事故を隠蔽《いんぺい》していたとして平然と記者会見を行ったが、インターネットの掲示板やツイッター上では早速、コツルイイソキチならぬコズルイウソツキという異名で呼ばれるようになり、テレビ、週刊誌でもその異名が定着した。

一方の片倉美也は、十代の終わりにミッシェルという芸名でアダルトビデオでデビューし、清楚《せいそ》な雰囲気のある顔立ちながらグラマラスな肉体による大胆な演技というギャップが受けて一躍人気者となった。その後、テレビタレントに転身、相手がどれほどの大物でも物怖《ものお》じしない話し方がマスコミ受けして、人気者となった。さらに小説を発表し、百万部を超えるベストセラーになった上、映画化され、三十歳を過ぎる頃にはすっかり文化人で、風俗やフェミニズムについての女性論客としてテレビのバラエティ番組では欠かせない存在となっていた。それが四十歳を目の前にして、政府与党の誘いを受け、新潟県から立候補、選挙区では落選したものの比例代表によって衆議院議員となったのである。

二人が新潟市に来ていたのは、片倉の後援会が主催する新年交礼会のゲストとして小鶴居が招かれたためである。選挙区がとなり合っているだけでなく、小鶴居は県を代表する大物政治家と目されていた。四十代半ばながら政権与党内では重職を歴任し、大臣となったのも二度目で、次の次あたりには総理という声もちらほらと出ていた。

小鶴居の十八番《オハコ》は異名に恥じず真顔で平然と嘘《うそ》を吐《つ》けることだ。もっとも現職の大臣である以上、本人を目の前にして異名を口にできる者はなかった。生来の汗かきでテレビのライトを浴びたとたん、顔がぐしゃぐしゃに濡れるのに加え、つぶらな瞳の童顔ゆえ、誠実そうに見えた。顔が一番の嘘というのが揶揄《やゆ》の定番になっている。

事件当夜の二人の行動、とくに小鶴居の行動について詳細は発表されていない。現職の大臣である以上、二十四時間、警護警官《SP》がついているはずで単独行動はできないことになっていたからだ。

SPをまくのにどんな手を使ったのか——ベッドに横たわり、天井を見上げた小沼は胸のうちでつぶやいた。

一撃で首を刎《は》ねるという手口からして天山と同一犯である可能性は警察も否定しなかったし、マスコミも報じていた。だが、現場が東京と新潟の二カ所に分かれたことや、天山と小鶴居を結ぶ線がはっきりしないなど謎も多かった。もっとも天山事件に関して三週間が経過した今も捜査状況についてはほとんど明らかにされていない。

低く唸《うな》り、小沼は寝返りを打った。無精髭が枕にこすれ、ざらざらと音を立てた。三日間髭を剃《そ》っていないし、顔すらろくに洗っていない。

小鶴居と片倉が殺害された夜、第六方面本部の管区内で老女がひったくりに遭った。バッグを奪われた際、被害者は電信柱に頭を強打して死亡、強盗殺人事件となった。現場は白鬚橋西詰めの南側に広がる住宅街で、被疑者として確保されたのが天山事件が起こった夜に自転車を二人乗りしているところを補導した中学生の一人、鈴木だ。

鈴木は被害者の財布を所持しており、粟野が共犯である可能性が高かった。臨場した小沼は、辰見とともに付近を徒歩で検索している最中に粟野を見つけ、身柄の確保にかかった。駐車場に逃げこんだ粟野がコンクリート塀を越えようとし、後ろから組みついた小沼もろとも落ちた。後頭部を強打した小沼は軽い脳震盪《のうしんとう》を起こしたものの大きなこぶができただけで済んだが、粟野は右腕を骨折した。

鈴木は財布はあくまでも拾ったと頑として譲らず、粟野とはいっしょではなかったといい張った。さらに粟野も犯行時刻にはコンビニエンスストアでマンガの立ち読みをしており、防犯カメラの映像で確認されている。いまだひったくり犯は逮捕されていないが、少なくとも粟野のアリバイは成立した。

逃走しようとした粟野の身柄を確保するためとはいえ、中学生に怪我《けが》をさせたことによって小沼の懲戒処分は免れないものと見られている。まだ、正式な処分は決定していないが、成瀬に自宅謹慎を命じられた。停職となれば、自宅謹慎中の日数は停職期間に算入されることになっている。

テーブルに置いた携帯電話が振動し、小沼は起きあがった。電話が鳴ったのは、この三日間で初めてになる。画面には浅草警察署と出ていた。

「はい、小沼です」

「浅草署生活安全課の田森《たもり》と申しますが」

女の声だった。

「はい」

「至急、こちらにいらっしゃっていただきたいのですが」

「至急って……、何があったんですか」

「それはこちらに来てからお話しします。ちょっと混みいってまして」

「すでにご存じかも知れませんが、現在自分は自宅謹慎中の身なんですよ。詳しいことは機動捜査隊《きそう》の浅草分駐所に訊いてもらえばわかると思いますけど」

「浅草分駐に問い合わせしましたが、直接小沼巡査に連絡するようにいわれまして。何か不都合はございますか」

面倒くさいと喉元《のどもと》まで出かかった。

「了解しました」

電話を切って立ちあがった小沼は頬から顎にかけて撫《な》でまわした。ざらざらとした感触があるし、顔も脂っぽく、べたついていた。

「至急ってことだよな」

独りごちるととりあえずパジャマ代わりのスウェット上下をスーツに着替え、コートを羽織って部屋を出た。

自宅を出て、三十分ほどで浅草警察署に着くとまっすぐ二階にある生活安全課に行き、声をかけた。

「すみません。小沼ですが、田森さん、いらっしゃいますか」

「はい、お待ちしてました」

立ちあがったのは、メガネをかけた中年女性だ。彼女の頭上には少年係と記されたプレートが下がっており、何となくいやな予感がした。田森は紺色のパンツスーツ姿で白いブラウスの襟を出している。女性捜査員というのは、どうして誰もが同じ格好をするのかといつも思う。

「どうぞ、こちらです」

田森は何も説明することなく、先に立って歩きだした。小沼は小さく首を振り、田森に従う。生活安全課に面して設けられている応接室のドアをノックして、田森が声をかけた。

「失礼します」

返事があったのか小沼には聞こえなかったが、田森はドアを開けた。

「小沼がまいりました」

「失礼します」

声をかけて応接室に入る。待っていた二人の顔を見て、顔をしかめそうになる。予感は的中し、ソファに腰かけていた栗野母子が立ちあがった。

母親はグレーのスーツを着て、息子は学生服を羽織っていた。左腕は袖に通していたが、右腕はギプスを巻いて肩から吊《つ》っている。何より目についたのは、頭を青々とした丸刈りにしていることだ。

息子に大怪我をさせたとして苦情の申し立てに来たのかと思った。それなら警務課が対応すべきで、少なくとも当事者を呼び出し、直接会わせることはないだろう。かっと頭に血が上るのを感じて、田森をふり返った。

「それでは」

ドアノブに手をかけたまま、田森は平然といい、ドアを閉めてしまった。

小沼は改めて母子に向かい合った。最初に詫びるべきかと思ったが、不用意に謝罪すると後々面倒な事態に発展する恐れもある。

先に頭を下げたのは母親の方だった。

「このたびは息子がご面倒をおかけしまして、申し訳ございません」

「あ、いや……」小沼は面食らった。「こちらも捜査中のこととはいえ、いろいろと……」

こちらもといいつつ、語尾は濁してしまう。

母親は顔を上げ、小沼をまっすぐに見た。

「この間、病院にいらした方ですね」

「はい。原田さんの件でうかがいました。その節はありがとうございました」

「いえ」母親はふたたび頭を下げた。「本日は息子のことでお詫びとお礼にまいりました」

「お礼？」

「はい」

小沼はソファを手で示した。

「とりあえず座りましょう。私の方も事情がよくのみこめないままここに来たもので」

粟野母子が腰かけ、小沼もソファに座った。

「お礼って、どういうことですか」

「実はあの日も私は夜勤に就いておりまして、そこへ力弥が……、息子が搬送されてきたんです。毎日のように救急搬送されてくる患者さんがいますからすっかり慣れているつもりではおりましたけど、自分の息子が運ばれてくると動顚《どうてん》してしまいました。お恥ずかしい話ですが」

「無理もないと思います」

「恐れ入ります」母親はうつむいたまま、うなずいた。「これもお恥ずかしい話なのですが、力弥が夜な夜な出歩いていることは知っておりました。私が夜勤で家を空けていることが多いものですから、あまり強いこともいえずにおりまして」

母親が言葉に詰まると、息子があとを引き継ぐように話しはじめた。

「あの日、おれ、呼び出されてたんだ」

「誰に？」

「先輩」

それから母と子が互いに補いながら話すのを聞いた。先輩というのは、中学校の二年上級生で現在はアルバイトをしているという。一度、高校に進学したのだが、半年ほどで中退した。その後は建設現場などを転々としているが、職業不詳といったところだ。

「先輩の弟が同じクラスで、仕切ってるんだ」

「仕切ってるというのは、クラスのボスみたいな存在ってことか」

「いやぁ、あいつはヘタレだし、頭悪いから無理。だけど、兄ちゃんがバックにいるし、兄ちゃんはヤクザとも付き合いがあるっていうから」

「それで、あの夜その先輩に呼び出されたってのは、なぜなんだ？」

「それは……」

息子がいいよどむと、母親が顔を上げ、横顔をにらみつけた。小沼から見てもなかなか迫力のある眼光ではある。

「力弥」

「わかってるって」粟野は目を伏せ、ぼそぼそといった。「コンビニから食い物とか持ってこいっていわれてたんだ」

買ってこいではなく、持ってこいかと思ったが、小沼は黙って栗野の坊主頭を見つめていた。

「だけど、あの日は店員が多くてずっと棚の整理とかやってるんで、仕方なくマンガを読んでたんだ」

「鈴木も呼び出されてたのか」

「うん。聖也も別のコンビニで食い物を調達することになってた。先輩の部屋で宴会やるからって」

「鈴木は、その先輩の部屋へ行ったのか」

「わからない」栗野は首を振った。「おれ、あんた……、小沼さんに捕まったから」

「事件があったのは知ってるな？」

小沼の問いかけに栗野はうなずいた。

「バッグをひったくられたお婆さんは倒れたときに頭を強く打って亡くなった。そのことも？」

栗野がまたうなずく。テーブルの一点を凝視している。涙をこぼすまいと必死にこらえているようにも見えた。

小沼は唇をなめ、ゆっくりと言葉を圧しだした。

「あの夜、お前たちは自転車を盗んだか」

栗野の眉根がぎゅっと寄った。母親は不安そうな顔をして息子の横顔を見つめていたが、何もいわなかった。

しばらく沈黙したあと、栗野がぼそぼそと喋《しゃべ》りはじめた。

「コンビニに入る前に聖也から電話が来た。あいつ、食い物をうまく調達できなかったんだ。だけど、自転車はパクってた。食い物の代わりに自転車を先輩に取りあげられたっていってた」

「それから鈴木はどうしたんだ？」

「別のコンビニに行くようにいわれたんだけど、逃げたいっていってた」

「お前、何といった？」

「逃げらんないよって。先輩も弟もおれや聖也のうちを知ってるし」

「鈴木は？」

「やべえなぁっていってた」

「それだけか」

また、栗野はうなずく。その後、鈴木は先輩の部屋に行ったのか。そこで財布を押しつけられ、拾ったことにしろといい含められたのだろうか。身代わりにするために。だが、財布など捨ててしまえば、済む話だ。もっとも栗野の二級上ということは十六歳、去年の春に中学校を卒業したばかりだし、実年齢より幼い発想でひき起こされる事件も多い。

小沼はずばりと切りだした。

「先輩の名前は？」

栗野は苦しそうに顔をしかめた。

浅草警察署の玄関まで小沼は栗野母子に付き添った。

「このたびは本当にご迷惑をおかけしました」

母親が頭を下げ、息子も従う。

「ごめんなさい」

「いえ、こちらも行き過ぎがあったことをお詫びします」

「ありがとうございます。息子をすんでのところで救っていただきました」

強盗殺人の罪を着せられていたかも知れないが、いずれにせよ子供の犯行であり、全《ぜん》貌《ぼう》は明らかになるだろう。小沼は名刺入れを取りだした。一枚抜いて、母親に差しだす。

警視庁巡査とあって、名前だけが印刷されており、手書きで携帯電話の番号が入れてあった。

「何かありましたら電話ください。私でお役に立てることがあれば、相談にのります」

「何から何までありがとうございます」

母親は名刺を押しいただき、小沼の方が恐縮してしまうほど深々と頭を下げた。となりで粟野が唇をとがらせている。小沼は名刺をもう一枚抜き、渡した。とたんににこにこし始める。所詮《しょせん》、子供なのだ。粟野は目を真ん中に寄せて、訊いた。

「巡査って偉いの？」

「一番だ」

「へえ」にやりとした粟野が付け加える。「下から？」

すかさず母親が手のひらで粟野の後頭部をひっぱたく。小気味いいほどの一撃ではあった。

「痛っ」

「痛いように叩いたんだもの、当たり前でしょ。失礼なことばっかりして……」母親は息子の頭を押さえ、無理矢理下げさせた。「お詫びして、お礼をいいなさい」

「どうもすみませんでした。ありがとうございます」

手を離されるとすぐに頭を上げ、母親を見る。

「もういい？」

母親はひと睨《にら》みしたが、何もいわず、小沼に向かってもう一度頭を下げると息子の手を引いて玄関を出て行った。

後ろから声をかけられた。小沼たちにつづいて田森が生活安全課から出てくるのは見えていた。

ふり返る。

「あの子、自白《ゲロ》った?」

うなずいた。

「先輩という奴の名前と住所は聞いた」

「ご苦労さん。実は尾久署からも照会があったのよ。あなた、あの少年をパクるのは今回が二度目なんだって?」

「どうも鈴木って子もあの子もイジメに遭ってるみたいなんだけど、例によって学校は何の調査にも応じようとしないのよ。学校の先生って、自分のことしか考えないのかな。昔は違ったように思うんだけど」

「そんな教師ばかりでもないだろう」

「まあ、事なかれは学校ばかりじゃないけどね」

小沼は粟野から聞きだした先輩という男の氏名、住所を田森に告げた。弁解録取書を書かなければならないところだが、とりあえずは自宅謹慎の身であることに変わりはない。小沼は浅草警察署を出ると、地下鉄浅草駅に向かって歩きだした。

携帯電話を取りだし、辰見にかける。発信音が五回鳴ったあと、メッセージが流れた。

「ただいま電話に出ることができません……」

留守電に吹きこむ気にもなれず、電話を切った。

辰見から折り返し電話が入ったときには、浅草寺のわきを通りすぎ、地下鉄駅に向かう通りに入っていた。

「はい」

「浅草署に行ったのか」

「今さっき出てきたところです」

「おれにも連絡があったんだが、お前の方が暇そうだから電話してくれといっておいたんだ。それで？」

小沼は道路の端に寄り、粟野母子に会って聞いた話を辰見に伝えはじめた。

そのときに気づいた。少し先の電柱の陰に男が立っている。背は低く、やたら肩幅が広い。猪首《いくび》でボストンメガネをかけている。どこかで見たような気がする。

男の視線をたどると、劇場があった。大きな看板に刀を構えた男女が描かれている。橘喜久也一座という幟《のぼり》がわずかな風にたなびいていた。

ボストンメガネの男をどこで見たか思いだした。

高橋天山についてテレビのニュース番組で解説していたフリーライターだ。名前は……。

「もしもし、それで？」

辰見の声が耳を打ち、我に返った。

「田森という少年係に先輩の名前と住所を伝えました」

「わかった。ほかには？」

「いえ、それだけです」

「わかった。何かあったらまた連絡する」

「自分は自宅謹慎中の身ですよ」

「刑事であることに変わりない」

辰見が電話を切った。小沼は携帯電話を折りたたむと、ボストンメガネの男に近づいていった。

「失礼ですが、あなたはフリーライターの……」

まだ、名前を思いだせない。ボストンメガネの男は怪訝《けげん》そうに小沼を見返す。右手でオーケーマークを作ると、ひたいにあてて見せた。制帽の旭日章《きょくじつしょう》は警察官の証、古くさい仕草だが、警察手帳を携行していない以上、仕方ない。身分証の提示を求められたら、あんたのファンで話を聞きたかったとでも答えることにしよう。

ところが、男はあっさりうなずいた。

「ああ、ハムの人ですか」

コマーシャルじゃねえってのと胸のうちでつぶやきながら、曖昧に頰笑む。公安捜査員だと勘違いしたようだ。

ボストンメガネの男は背広の内ポケットに手を入れた。

「失礼しました」

よれよれになった革製の名刺入れを取りだした。角がすり切れていて、かなり年季が入っている。名刺を抜き、差しだした。

牟礼田庸三とある。名刺をワイシャツのポケットに入れ、牟礼田の顔を見た。にっこり頰笑んでみせる。

牟礼田がため息を吐いた。

「まあ、あなたの名刺を期待しているわけじゃありませんが、名前くらいかまわないでしょう。話もしにくいし」

「小沼」

「わかりました。本名じゃないでしょうが、よしとしましょう。所詮、名前なんて呼び出し符丁みたいなもんですから。それで何のご用ですか」

「こんなところで何をなさってるのかと思って」

「何って、別に……」

牟礼田の目が落ちつかなく左右を見る。

どうせ自宅に戻ってもベッドの上でごろごろしているのが落ちだ。時間は有り余っている。

「ちょっとそこらでお茶でもどうかな。お互いに有益な情報を交換できると思うが」

「そうですな」牟礼田は腕時計を見た。「三十分くらいでしたら」

二人は並んで歩きだした。

2

ちょっとお茶でもと誘ったものの適当な店が見当たらなかったので、結局、犬塚が保安部長をしているホテル一階にあるティラウンジに来た。ラウンジの入口で牟礼田は客のいない隅の一角を指した。

「あちらでいかがです？」

「結構」

四人掛けの席にテーブルを挟んで座る。近づいてきたウェイトレスに牟礼田はホットコーヒーを注文し、小沼も同じものを、と告げた。

牟礼田について知っていることといえば、夕刊紙の記事を読んだだけで、たまたま同じときにテレビのニュース番組に出演して天山事件について解説をしているところを見たに過ぎない。どこまではったりが通用するかわからなかったが、一つだけ気楽なのは小沼は身分を詐称していないという点だ。ジェスチャーで警官だと告げはしたが、勝手に公安要員だと思いこんだのは牟礼田の方である。

「夕刊紙であんたが書いた記事を読んだよ」

「拙稿にご注目いただけるとは恐縮です」

牟礼田はにこにこしながらいった。

「商売柄、いろいろな情報に目を通しておく必要があるからね」

「私の見立てについて、小沼さんはどう思われました?」

「どうって……」

牟礼田の記事を読んだ直後の情景が脳裏をよぎる。分駐所のテレビの前でコンビニエンスストアの弁当を食べ終えたとき、辰見が戻ってきて小沼の前に座った。夕刊紙は見出しにあった天山粛清の文字をちらりと見ただけで読もうとはせず、テレビのスイッチを入れた。ちょうど夕方のニュース番組の時間で、そこに牟礼田が出ていたのだ。小沼は偶然にしてはできすぎだと驚いたが、辰見は首をかしげていった。

『フリーランスのライターなら、おそらくこのあと週刊誌でも同じネタを書くだろう』

週刊誌にも記事を載せていたのかも知れないが、小沼は読んでいない。さらに辰見はいった。

『この見方を広めたい奴がいるのかも知れない。自分のところから情報を出すことはしないが、出すときには何らかの意図を持っている……、そんな連中だ』

辰見のいう見方とは、北京オリンピックが終わってバブル景気崩壊の兆しが見えてきた中国ではなりふり構わぬ利権確保と争奪戦が起こっており、そうした一連の動きの中で天山が殺害されたというものだ。たしかに天山の周辺には一年ほど前から中国人らしき女性秘書が登場し、ボディガードが身辺警護にあたるようになったも同時期である。

辰見は明言しなかったが、そんな連中というのが公安部を指すことは容易に察することができた。

「出所が同じなんだ。あんたの見解については異論はないよ」

「出所って……」牟礼田の笑いが苦笑っぽくなる。「こう見えてもジャーナリストの端くれ、ニュースソースの秘匿は基本中の基本です」

回りくどかったが、肯定と受けとった。辰見が見た通り、天山事件の背景に関して情報を流していたのは公安部なのだろう。

コーヒーが運ばれてきて、話がしばし中断する。牟礼田はソーサーに載っていた砂糖とミルクを入れるとスプーンでかき混ぜ、コーヒーをひと口飲んだ。カップを置き、今度は水を飲む。どのように切りだそうか考えている様子だ。

やがて牟礼田が顔を上げた。

「二件目ですね。人数にすると三人と二人、計五人だが、狙いはそれぞれ一人ずつでしょう。小沼さんは、どのように見てますか」

小沼は肩をすくめた。ニュースで見た以上のことは何も知らない。だが、わかりますとでもいうようにうなずいた牟礼田が言葉を継いだ。

「まあ、谷中案件と新潟案件は私の見立てと申しますか、妄想に近い想像で申しあげると、あの国を媒介にして何らかのつながりがあるのではないかと。小沼さんにも読んでいただいた記事にしても……、仮にSさんといたしましょうか」

一瞬、皮肉かと思った。公安部が情報源として利用する人間を指す隠語がSなのだ。

「Sさんから教えていただいた話を私なりの妄想でふくらませた部分があります。一応の筋読みはしているので、それほどとんちんかんではないと思いますが」

何気なくうなずくと、牟礼田の視線がきつくなった。なるほどと思っただけで、肯定したわけではないのだが、これまた牟礼田に勝手に思いこませることにする。

「新潟案件の被害者《ガイシャ》について、調べてみようと考えているんですよ。歳が若いわりに金を持ってるような印象です。資金源はすっかり公開しているように見せかけていますが、何せコズルイウソツキですからね」

天山がからんでいた巨額資金といえば、中国の利権争いと牟礼田はいいたいのだろう。小鶴居の資金源にも中国人がいるということか。

そういえば、と小沼は思った。

中国では新幹線導入にあたって日本やヨーロッパ各国から技術を導入しようとしたが、途中ですべての共同プロジェクトを打ち切り、独自開発に踏みきった。少なくとも表向きは、そのように発表しているが、実際に運行を開始した新幹線は各国の技術の模倣、技術を盗んだデッドコピー版といわれている。その頃、小鶴居は国土交通大臣をしていた。新幹線の大事故について、小鶴居が隠蔽《いんぺい》に動いたのも当時は中国への導入計画が背景にあったと見られていた。

あるいは天山が第二次大戦中から中国で動き回っていたことを考えると、小鶴居の背後にも同様の歴史的背景をもった人脈、金脈があったということか。

いずれにせよ一機動捜査隊員の手にはあまる事案であることに変わりはない。

話の矛先を変えた。

「さっき劇場を見ていたようだが」

「ああ、もく……」

言葉を切った牟礼田が小沼の肩越しに目をやった。ふり返ろうとするより早く、となりの椅子《いす》に巨漢が腰を下ろした。

犬塚だ。

「久しぶりだな、牟礼田」犬塚は小沼を無視して声をかけた。「お前がこんなところをうろちょろしてるなんて珍しいじゃないか」

「あ、いや」牟礼田の顔にたちまち汗が噴きだした。「犬塚さんこそ、急にどうされたんですか」

「お前さんに挨拶状を送らないで失礼したが、おれは退職してね。今じゃ、このホテルのしがない警備員をやってるんだよ」

「そうだったんですか」

コップを持ちあげ、水を飲み干す牟礼田から目をそらし、犬塚が小沼を見た。

「こいつと知り合いなのか」

「いえ、ついさっき見かけまして。声をかけたんです。前にテレビに出ているのを見ていて、顔を知っていたものですから」

犬塚が目をすぼめ、値踏みでもするように小沼を見た。

「機動捜査隊《きそう》は初動が主任務だろ」

犬塚の言葉に牟礼田がはじかれたように顔を上げ、まじまじと小沼を見る。突き刺さるような視線を感じたが、無視した。

「臭《にお》いがすれば、追いかけるんです。性《さが》ですね」

「辰見みたいな物言いをしやがる」

犬塚が苦笑する。

牟礼田がおずおずと口を挟む。

「初動担当のキソウということは、小沼さんは機動捜査隊の方で？」

「はい」

「そんなぁ」牟礼田が顔をしかめる。「私ゃ、てっきり……」

小沼と犬塚がそろって牟礼田を睨む。

「機動捜査隊の方かと思いましたよ」

表情を消した牟礼田はコーヒーカップをつかむと残りを一気に飲み干した。

「牟礼田はなぁ、裏稼業にはなかなか通じてる男だ。何にでも食いつくところはライターの性なんだろうけど、早とちりすることも多い」

にやにやしている犬塚の横顔に目を向けた。

「それにしてもよく我々がここにいるとわかりましたね」

「おいおい、ここはおれの縄張りだぜ。隅から隅までよく見てるよ」

小沼は天井を見渡した。監視カメラの数は一台や二台ではない。

それにしても犬塚はなぜわざわざ出てきたのだろう。保安部長席でモニターを監視していれば、客の出入りはチェックできるし、気になる人物が来れば、監視カメラの向きを変え、ズームアップして観察できるだろう。

牟礼田は気になる存在なのだろうか。組織暴力担当だった頃から顔見知りのようだが、牟礼田は犬塚が退職した原因に関わっているか、何かを知っているのかも知れない。それとも自分を……、と思いかけて、すぐに否定した。辰見とともに一度訪ねただけで、ろくに言葉も交わしていない。

だが、もう少し牟礼田の話を聞きたかったとは思う。天山事件に関して何かをつかんでいるかも知れない。

そして、なぜ、劇場を見張っていたのかを訊きたかった。

気になれば、行ってみるのが手っ取り早いと思った。粟野に怪我をさせたことについて——たとえ母親といっしょに謝罪と礼をいいに来てはいても——、何らかの処分がくだされるだろう。だが、今は自主的休暇という格好になっている。演劇鑑賞くらいなら問題ない。あくまでも自主的な解釈だったが。

チケット売り場には、中年の女性がいた。

「いらっしゃいませ。お客様、お一人様ですか」

「はい」

「お席はどちらがよろしいでしょうか」そういって彼女はプラスチックでラミネートした座席表を指さした。「ご希望は？」

「特にありません」

「前の方ですと、Cの十六が空いてますけど」

座席表で見ると、前から三列目で舞台を正面に見て右端になる。舞台の上での演劇など、高校時代に文化祭で演劇部の発表を見たのが最後で、劇場に入ったことすらない。どの席がいいのか、まるでわからなかった。つまりどこでもいい。小沼は尻ポケットから財布を取りだしながら答えた。

「そちらをお願いします」

「はい、千五百円になります」

千円札二枚を出して、釣り銭とチケット、それにチラシを受け取った。チケット売り場の女性に教えられた入口を入る。場内はすべて椅子席で中央を横切るように手すりがあり、前部と後部が分かれている。前後部とも五列ずつ席が並んでいて、通路で仕切られていた。ウィークデイの昼下がりだというのに八割方埋まっているのには少々驚かされた。

ひと渡り見回してみたが、牟礼田の姿はなかった。牟礼田の方からティラウンジを出ようと声をかけてきて、小沼も立ちあがったのだが、犬塚が牟礼田だけを引き留めた。伝票は犬塚が取り、上着のポケットに入れた。ごちそうさまでしたといって出てきたのだが、まだ、犬塚と話をしているのかはわからない。

小沼の席は前から三番目、右端だ。左どなりには二つ席があって、七十年配くらいの女性二人が座っていた。座面を下ろして、座る。場内は明るく、ざわついていて、舞台は緑、赤、黒が縞となった幕で閉ざされている。

とりあえずチラシを見た。今後のスケジュールが記載されているが、劇団にも役者にも見知った名前はない。

「これ、どう?」

いきなり目の前にせんべいの袋を差しだされた。左どなりの老女が差しだしている。

「浅草名物のおせんべ。結構、イケるわよ」

「はあ、ありがとうございます」

小沼は一礼して一枚取った。

「お兄さん、お若いのにこんなお芝居に興味あるの?」

老女が身を乗りだして訊くと、連れの老女が袖を引いた。二人ともざっくりとしたセーターを着ている。小沼に声をかけてきた方は紫、もう一人は目の覚めるような赤だ。

「姉さん、あんまり図々《ずうずう》しくするもんじゃないよ」

せんべいの老女が連れをふり返る。

「図々しくってことがあるかい。袖すり合うも他生の縁っていうじゃないか」

「まったく若い男と見ると見境ないんだから」

「うるさいね」吐き捨てると老女はふたたび小沼に顔を向けた。「あたしたちは姉妹《きょうだい》なんだけどさ、どっちも連れ合いを亡くしちゃってるから、こうやって好きに芝居見物ができるのよ」

「そうなんですか。よくこちらには来られるんですか」

「そうしょっちゅうってわけじゃないけど、この間はうちの近所でやってたから毎日通ったけどね」

「ご近所？」

「埼玉……、っていっても草加《そうか》だからほとんど東京みたいなもんだけどね」

「立派な埼玉だって」

となりの老女がぼそりというと、そちらに顔を向けて鋭くいった。

「お黙り。あんたこそ、竹の塚だろ。埼玉みたいなもんじゃない」

「あたしゃ、東京都民ですよ」

「ふん」鼻を鳴らした老女がふたたび小沼に向きなおる。「まあ、とにかくキクちゃんが出るときは欠かさずに見てるのさ。浅草ってもうちから電車で一本だからね。庭みたいなもんだ。今風にいえば、追っかけって奴かな」

「キクちゃんって、座長の？」

入口わきの幟に橘喜久也一座とあったのを思いだしながら訊きかえした。

「そっちはキク様、あたしがいってるキクちゃんは橘喜久之丞の方。まだ、十六か七なんだけど、これがいいのよ」

「だから姉さんは若い男が……」

連れの妹がぶつぶついっていたが、姉は完璧《かんぺき》に無視した。

「女形《おんながた》やるときがね、とくにいいの。若いって、本当にきれい。でもね、あたしがキクちゃんを買ってるのは殺陣《たて》なんだ。そりゃ、見事なものよ。あのね……」

姉は妹をふり返った。

「何たっけ、芸者ンなって出てくる奴で恋の相手に斬りかかる奴」

「情けが徒花《あだばな》、芸者お駒の恋だろ。惚《ぼ》けてきたのかい。何遍も見てるんだからいい加減覚えたらどうなんだい」

「よけいなお世話ってんだよ」姉はふたたび小沼を見る。「斬り合いをやる相手っての が実は惚《ほ》れた相手でさ。斬るに斬れずに首のところでぴたっと刀を止めるのさ。そのときのキクちゃんの刀さばきはそりゃ見事なもんだよ。相手の刀をすり抜けたようにしか見えない。あれ、どうやるんだろうねぇ」

開演のブザーが鳴り響いた。


もし、芝居を真剣に見たかったとしたら老女姉の解説はうるさすぎただろう。役者が一人舞台に出てくるごとに芸名の変遷からそれぞれの由来、今までどんな芝居に出てきたか、見所はどこかまでことごとく教えてくれるのだが、お喋りが止まらないのでところどころセリフが聞き取れない。老女妹が何度かたしなめたが、一向にやめようとしなかった。ついには諦めたのか、妹は何もいわなくなった。

もっとも小沼は橘喜久之丞という役者が登場してからは、ずっと彼の動きだけを追っていたのでさして気にはならなかった。

襲われたとき、高橋天山は相手が真っ向から打ち下ろしてくる一刀を鉄芯《てっしん》入りの杖《つえ》で受け止めようとしたと樋浦はいっていた。だが、襲撃者の刀は杖をすり抜け、天山の首を刎ねたというのだ。実際にその場を見たわけではないが、代わりにインターネットの動画サイトで古武道の演武を見ている。

純白の着流しで登場した橘喜久也が演歌を歌う間、喜久之丞は黒い着物の芸者姿で踊っていた。よく見ると喜久之丞の方が喜久也より十センチほども背が高い。しかも髷《まげ》を高く結った鬘《かつら》を被っているのでさらに背丈の違いが際だった。たしかに整った顔立ちの芸者には見えたが、顔から首にかけて真っ白に塗り、その上から目鼻を描きこんでいる。考えてみれば、アニメの登場人物のようなものだ。素顔を想像しようとしたが、うまくいかないほどきっちり舞台化粧を施している。

歌や踊りのコーナーが終わり、いよいよメインの芝居に入った。喜久之丞の役どころは紙問屋の女将《おかみ》だという。元は度胸と腕っ節で鳴らした女侠客《きょうかく》で……、というのは老女姉が解説してくれた。もっとも芝居自体が難しいものではなく、女将との関係から二人がぶつかり合うことになった経緯まで、すべて相手方のボス——喜久也が演じる——がいってくれる。

「お前も昔ぁ、ちっとは鳴らしたお姐《あね》ぇさんだったが、今じゃしがねえ問屋の女将……、悪いことはいわねえ、ここは大人しく引っこんでな」

なるほどわかりやすい。

だが、喜久之丞演じる女将にも引くに引けない事情があり、ついには喜久也が手下どもに向かって、やっちまえと怒鳴り、殺陣となる。

照明が変わり、舞台が透明な紫色に染まったとき、小沼は戦慄《せんりつ》した。天山が襲われたときは月が出ていて、寺の参道が青く見えるほどだった。新潟で小鶴居が襲われたときの天候までは知らなかったが、少なくとも谷中の現場を想像させる情景ではあった。

殺陣が始まったとたん、小沼は落胆した。

演劇である以上、舞台上で振りまわしているのは竹光には違いない。いくら素早い動きをしてみせようと、竹光はせいぜい数百グラムで、五、六キロになる真剣とはまるで動きが違う。それに殺陣は段取りが決められ、幾度も練習を重ねているのだろう。それでも喜久之丞が斬るより早く相手方の役者がのけぞってしまうところがあった。

それでも喜久之丞の流麗な動きは、鬼を見たというカスベエこと原田の言葉を思いださせた。

『殺陣というより剣舞といった方があたってるかな。月の光の下でね、刀が白く光るんですよ。それが輪を描いて……』

舞台照明を受け、喜久之丞がボスを斬った刀が見事な円を描く。

3

今住んでいるアパートに引っ越ししてくる頃、ちょうど地上デジタル放送が始まろうとしていた。引っ越し業者が無償で旧式のアナログテレビを引き取ってくれるというので処分してもらい、落ちついたら新しいテレビを買うつもりでいた。とりあえずは携帯電話でもテレビ放送が見られることだし……、このとりあえずが思いのほか長くつづいている。

小沼は、眉を寄せ、充電器に差した携帯電話の画面を睨んでいた。缶ビール一本を飲みながらコンビニエンスストアで買ってきた弁当を食べ終えたところで、ちょうどニュース番組の時間帯となっていた。

「……大田黒《おおたぐろ》元総理は、昨夜遅く体調不良を訴え、都内の病院で診察を受けましたが、そのまま入院することになったものです」

液晶画面には病院を背景にした女性記者がカメラを見て喋っている。

「今日の午後、病院側は会見を行いましたが、病状についてはとりあえず安定しているとのみ発表しただけで……」

こっちもとりあえずか――小沼は思わず苦笑した。

携帯電話のイヤフォン差し込み口に小型スピーカーをつないでいるので音声は明瞭《めいりょう》に聞こえた。スピーカーもとりあえず買ったものだ。せっかく家電量販店に行ったのだからスピーカーではなく、テレビを買ってしまえばよかったのだが、配送してもらおうにも自宅で待つのが面倒だったし、持ち帰るには大荷物に思えて、とりあえず断念した。もっとも今回のように急な休みでもないかぎり自宅でゆっくりテレビを見ることはない。液晶画面に映しだされるテロップを読むこともできたし、さほど不便とは思わなかったが、さすがに一時間以上も見つめていると目が疲れてきた。

明日はテレビでも買いに行くかと思っていると、スピーカーから電子ベルの音が流れ、画面が自動的に切り替わって辰見の名前を映しだした。

スピーカーのジャックを抜き、携帯電話を取りあげると耳に当てた。

「はい、小沼です」

「今日、牟礼田といっしょに犬塚のところへ行ったんだって?」

「犬塚さんを訪ねたわけじゃなく、ちょっと話をしたかったのでホテルのティラウンジに行っただけです。牟礼田をご存じなんですか」

「ああ、昔からな。お前、牟礼田を知ってるのか」

「いえ、テレビで見たことがあるだけです。いつだったか、分駐所で飯食ってるときに辰見さんがテレビを点けたら牟礼田が映ってたじゃないですか。あのときは知り合いだといいませんでしたよね」

「忘れてたよ」

本当かよ、と胸のうちでつぶやく。

それにしても牟礼田という男は犬塚だけでなく、辰見とも顔見知りだったことには少しばかり驚いた。

「フリーライターということですが」

「元々はテレビ局の記者をしてた。警視庁の記者クラブにいたこともある。経費の使いすぎというか、使い込みが発覚して依願退職だ。それからフリーに転じたが、際どいところを取材して回ってる」

高橋天山というのも際どいところであるには違いない。

「それにしても何だって牟礼田なんかと犬塚のところへ行ったんだ？」

「元はといえば、辰見さんがぼくに押しつけたからじゃないですか」

辰見との電話のあと、帰宅途中で劇場の前を通りかかったときに牟礼田を見かけて声をかけたことを話した。

「そうしたら奴がぼくを公安《ハム》と勘違いしたんで、少し話が聞けるかなと思って」

「それで？」

「とくにこれといった話もしないうちに犬塚さんが現れて、ぼくが機捜だってばらしちゃったんです」

「トンビに油揚《あぶらげ》ってところか。だが、牟礼田はああ見えてなかなか食えない奴だ。あいつからお前さんが何か引きだせたか疑問だがね」

頭に血が上り、こめかみがふくらむのを感じた。

「犬塚さんが何か訊きだしたんですか」

さすがに辰見ならという部分は嚥《の》みこんだ。

辰見はさらりと躱した。

「今、何やってる？」

「テレビでニュースを見て……」

携帯電話でテレビ番組を見ることの不都合に気がついた。テレビを見ながら電話をすることができない。

「ました」

「大田黒の件、見たか」

「ちょうどそのニュースをやってました。昨日の夜、病院に行って、そのまま入院することになったんですね」

「体調を崩したのは四日前の夜だ」

「テレビでは昨夜っていってましたよ」

「政治家にしろ、警察《うちら》にしろ、マスコミに全部正直に発表するわけがないだろう。大田黒は四日前の夜から自宅を一歩も出ていない」

はっとした。

「小鶴居の件ですか」

「ああ、事件発生後、すぐ大田黒のところに連絡が入った。体調が悪くなったのは、その直後からだ」

「どうして三日も放っておいたんですか」

「あれでも元総理だからな。それなりに身辺警護の必要がある。それに本人がひどく怯《おび》えて、秘書から警視庁《ホンテン》警備部に直接電話が入ったということだ。ようやく態勢が整って入院となった」

元総理は現職の衆議院議員でもある。理由もなく、いつまでも自宅にこもっているわけにはいかないだろう。病気というなら治療をしないのはおかしい。自宅に医者を呼ぶという方法もあるだろうが、一歩も外に出られないほどの重病というならば設備の整った病院に入るのが自然だ。あるいは家族の安全を……。

「何があるんですか」

「わからん。犬塚も牟礼田からはっきり訊きだせたわけじゃないそうだ。もしかすると牟礼田も自分の思い込みだけで動いているのかも知れん。お前をハムと間違える程度のおっちょこちょいだからな」

「高橋天山と、小鶴居や大田黒とが何らかの線で結びつくということですか」

自分で何らかの線といっておきながら、中国の利権に関わるのではないかと思った。大金が背後で動いているということか。

「犬塚は、そういう印象を持ったようだ。そこへ来て、大田黒の入院だろ」

「動きがあったわけですね」

「それで牟礼田は劇場の前で何をやってたんだ?」

「そこを訊きだそうと思ったんですが、その前に犬塚さんが来たわけです。芝居は見てきましたけど」

「優雅なもんだ」

辰見のつぶやきを無視して、橘喜久也一座、とくに喜久之丞という若い役者について話した。

「となりにいた婆さんが教えてくれたんですが、喜久之丞の立ち回りで相手の刀をすり抜けるように見せる技があるということでした。でも、期待外れですね。振りまわしているのは竹光ですし、殺陣といっても約束事の上に成り立っているものでしたから」

「そうか」

電話の向こうで辰見がため息を吐いた。わずかに間をおいてから告げた。

「電話したのは、班長からの伝言があるからだ。お前の処分が決まったよ」

停職は一週間になった。

4

ドアノブを握り、そっと回した。鍵はかかっていない。宣顕はゆっくりとドアを引き開けた。真っ暗な玄関に入ってドアを閉め、ロックする。ほっと息を漏らしたとき、天井に埋めこまれた白熱灯が灯った。

壁際に女が立っている。ざっくりとしたピンクのパジャマを着ていた。三十をとっくに越えているはずだが、丸顔でつぶらな瞳という組み合わせには幼さがあった。

宣顕はぎこちなく照れ笑いを浮かべた。

「ただいま」

「おかしいよ」女はにこりともしないでいった。「出かけてもいないいんだから」

「そうだね」

宣顕は笑みを浮かべた。女も優しい笑みを返してくる。

「先にシャワーを浴びた方がいいみたいだね」

「そうする」

スニーカーを脱いで廊下に上がった。入ってすぐ左手が浴室になっている。洗濯機を置いた狭い脱衣所で黒いスウェットの上下を脱ぎ、足下に置いた。ワゴン車の中で着替え、下着も着けず、素っ裸の上にスウェットを着ていた。視線を下げ、唇を歪《ゆが》める。両手とも肘《ひじ》の辺りまで乾いた血がこびりついている。怪我をしたわけではなく、返り血を浴びたのだ。

浴室に入った。左に洋式便器、正面に洗面台があり、鏡が張ってあって、右はバスタブになっている。鏡の前に立った。面頬と黒熊のおかげで顔には血がついていない。まず髪を押さえつけているネットを外して洗面台の縁に置き、髪を掻きむしった。髪の間から汗が飛沫《しぶき》となって散る。

ふいにおかしくなって、笑みを浮かべた。ダークスーツに黒熊の長髪、面頬を着けた姿は奇っ怪というより滑稽《こっけい》だったろうと思ったからだ。

ハンドソープを片手に受け、まずは両手を洗った。たっぷりと泡を立て、肘まで塗りたくってから丁寧にこすった。白い泡がうっすらとピンク色に染まっていく。指先、手の甲、手首、前腕と血をこそぎ落としていくうち、宣顕の目の前で正座し、うなだれていた男の後頭部が浮かんできた。真夜中だというのに整髪料でオールバックにした髪はゆるやかにウェーブがかかり、光沢をたたえていた。

細い首を斬りおとすのは造作もなかった。江戸から明治へ時代が変わってもしばらくの間は斬首刑が行われていたという。首打ち役人が引きだされた罪人の首を斬りおとした。頸椎《けいつい》を一刀両断にすることだけを宣顕は願っていた。首打ち役人も同じことを胸のうちで唱えていただろう、と思った。

ありがたい経文を唱えていたのではない。ひたすら動くな、動くなと念じていた。喉をひと突きしていたので——返り血はそのときに浴びた——、声を出される心配はなかったが、ふいに動かれて物打ちが肩か後頭部に入れば、悶絶《もんぜつ》のあまり暴れる恐れはあった。

息を整え、無銘の豪刀を振りおろした。深くうなずくように頭が前のめりに倒れ、膝の上に落ちる、いわゆる抱え首が理想と祖父から聞いていた。だが、頭は床に落ち、鈍い音を響かせた。

蛇口から流しっぱなしにした温かな湯で両手の泡を洗いながす。湯を止め、バスタブに足を踏みいれるとベージュのシャワーカーテンを引いた。頭上のフックにシャワーノズルがかかっている。コックをひねる。冷水が噴きだして、頭と背中を打つ。奥歯を食いしばり、天井を見上げた。

「うっ」

短い呻《うめ》きが漏れた。

両腕を曲げて、躰に密着させたまま、水の温度が上がってくるのを待った。温かな湯になったところで両腕をだらりと下げ、うつむいて首筋で水流を受けた。

祖父は赤城とともにワゴン車で待機することになっていた。一人で行動することに不安はなかったが、大刀と面頬、黒熊を入れた細長い段ボール箱を持ち、病院の裏玄関から入ったときには素顔をさらしていることに落ちつかない気持ちになった。手引きをしてくれる男——宣顕と似たようなダークスーツを着て、上着の前ボタンを外していた——に顔を見られることは何とも思わなかったが、化粧も面頬もないと素っ裸で歩いているような気分になった。

カーテンを開く音がしたが、目を閉じたまま、温かな水流に打たれていた。

「洗ったげるから、シャワーを止めて」

目を開き、コックをひねった。水流が止まると、躰を這うように立ちのぼってくる湯気を感じる。やがて背中に柔らかなものが押し当てられるのを感じる。たっぷり泡をつけたスポンジだ。

宣顕はふたたび目を閉じ、背中から肩、腰へとスポンジが移動していくのを感じていた。

「こっち向いて」

女にいわれるまま、宣顕は狭いバスタブの中で躰を反転させた。女は全裸で、髪を頭の後ろでまとめていた。背は百五十センチそこそこしかない。

「手を出して」

右手を差しだす。指先から丁寧にスポンジでこすってくれる女を見た。乳房は小ぶりだ。左の乳暈《にゅううん》の端にほくろがある。丸顔だが、躰はほっそりとしていた。幼さの残る顔に似合わず陰毛は猛々《たけだけ》しいほどに密生し、広がっている。

右腕、左腕、胸、腹とこすっていき、両足もたっぷりの泡で洗われた。女はスポンジを絞って、片手に泡を受けるとスポンジを捨て、両手で宣顕の股間を洗いはじめた。すでに充血し、息苦しいほど固く屹立《きつりつ》している。

「ふふ」

女は低く笑った。

「ノズル、ちょうだい」

ふり仰いでフックからシャワーノズルを外し、女に渡す。コックをひねって湯を出した。女は立ちあがって、宣顕の全身を流しはじめた。宣顕の躰に両手を回し、抱きつくようにして背中を洗う。女の扁平《へんぺい》だが、やわらかな腹に屹立した部分が突きあたる。

「裕美《ゆみ》ちゃん」

宣顕はたまらず女の小さな躰に両手を回した。物心ついたときからちゃん付けで呼んでいる。小道具係にして、祖父の世話係でもある赤城の娘である。もっとも血のつながりはなく、数年前、劇団の女優をしている裕美の母親と結婚しただけのことだ。

「まだ、ダメ」

かすれた声でいいつつ裕美は躰をあずけ、顔を上向かせる。目の前にわずかに開かれた唇があった。

浴室に充満する水音を聞きながら宣顕は裕美のやわらかな舌を吸った。頭の芯が溶解し、かえって自分がいかに張りつめていたかを知った。


熱く、とろける裕美にすっぽり包まれ、宣顕は夢中で動いていた。十歳のとき、初めて女の躰を教えてくれたのも裕美なら、公演初日をひかえて張りつめた宣顕を受けいれ、緊張を解きほぐしてくれるのも裕美だった。裕美以外に女を知らなかったし、知りたいと思ったこともない。

突きあげるほどに裕美は溢《あふ》れた。次から次へ、くり返し溢れでてくる。温かな泉に宣顕は耽溺《たんでき》した。

両腕を広げ、仰向けになって宣顕を受けいれる裕美が躰を揺さぶりながら圧《お》し殺した声を漏らしている。声に切なさがつのり、歓喜が宣顕にも伝わってくる。

裕美が宣顕の首に両腕を巻きつけ、胸と胸とを密着させた。食いしばった歯の間から途切れがちに漏れる熱い息が宣顕の耳朶《みみたぶ》に触れる。

裕美がかすれた声でいった。

「今日は大丈夫……、このまま、ちょうだい」

さらに加速した宣顕は頂点に向かって、一気に突きあげていった。

5

ベッドわきのテーブルで携帯電話が振動する。片目を開けた。カーテンで閉ざした窓は明るくなっていたが、まだ早朝といえる時間帯だろう。

鈍い頭痛に小沼は眉を寄せた。昨夜は缶ビールを一本飲んだあと、寝酒に芋焼酎をオン・ザ・ロックで二杯やっただけで、二日酔いのはずはない。

そのときに思いあたった。寝る前、夜半まで携帯電話でテレビ番組を見つづけていた。大田黒や小鶴居についての続報が気になったからだが、ほかにすることもなかったからだ。液晶画面に長時間目を凝らしていれば、頭痛もするだろう。今日こそテレビを買おうと心に決めつつ、まだ、目を閉じていた。電話の振動は止まらない。

「誰だよ、まったく」

ぶつぶついいながら手探りで携帯電話を充電器から抜いた。コードでつながったままのスピーカーが転がり、舌打ちする。ジャックを抜いて耳にあてた。

「はい、もしもし」

「ニュース、見たか」

辰見だ。

小沼は両目を見開き、すぐにテーブルに目をやった。携帯電話は耳にあてている。

「いえ……、何があったんですか」

「大田黒だ。病院で殺された」辰見はわずかの間、沈黙し、付け加えた。「首を刎ねられて」

息を嚥んだ。

辰見がさらにつづけた。

「牟礼田の追っかけていた線だが、もし、大陸がらみだとするならたった一人、その線の全貌を知りうる人間がいる」

脳裏に古ぼけ、薄汚れたスナックの店内が浮かんだ。小沼は声を圧しだした。

「八嶋さん……、ですね。でも、ぼくは停職中だし」

「爺さんだがな。入院してる」

「どこか悪いんですか」

「あの年齢だからな。いつ、どうなってもおかしくない。時々マキが来て、付き添いをしてるらしいが……」

辰見がわざとらしく大きな息を吐いた。耳ざわりだ。

「停職中ってことなら無理か」


肩にかかるすれすれで水平にカットされたボブヘアは落ちついた栗色《くりいろ》、焦げ茶色のメタルフレームのメガネをかけ、化粧をしていなかったが、肌には張りがある。人妻であり、母となったマキはすっかり変わっていた。

初めて会ったときは、輝くばかりの金髪を、アニメの主人公のように四方八方にとがらせ、髪とコーディネートさせた金色に輝くカラーコンタクトを入れ、きっちり化粧をしていたのである。あの頃は鋲《びょう》を並べた革のジャンパーだったが、今は明るい黄緑色のニットアンサンブルを着ている。

「わざわざありがとう」

落ちついた笑顔が少々まぶしい。小沼はぼそぼそといった。

「いや、辰見さんにいわれて……」

八嶋が入院しているのは、東武線東向島駅から西へ少し行ったところにある総合病院で場所はすぐにわかった。

『一応、病室は五一二だ。世間的には四階だが、病院なので五階になってる。オールドファッションだがね。まあ、停職中のお前が見舞いってわけにはいかないが』

詐病で病院に逃げこんだ被疑者の身柄《ガラ》を取りに行ったことはあるが、入院患者の見舞いなどしたことがない。手ぶらでというわけにもいかず、とりあえず東向島の駅ビルに入っていた生花店でこぢんまりとした花束を買った。

「あの、これ。ケーキみたいなものの方がよかったのかも知れないけど、病状とかよくわからなかったんで」

花束を差しだした。

「あら、きれいね。ありがとう」

マキが顔を輝かせ、花束を受けとった。匂いを嗅《か》ぎ、小沼を見上げる。

「お祖父ちゃんに見せてからお母さんのうちに飾らせてもらう。病院って、生花は置いとけないのよ」

「知らなかった。やっぱりケーキの方がよかったかな」

「そうだね。ケーキにしてもお母さんとあたしがいただくことになるけどね。お祖父ちゃんは点滴で何とか生き延びてるだけだから」

「そんなに悪いんですか」

「九十越えてるからねぇ。それに長い間、ろくな物食ってないし」

入院のきっかけは住処《すみか》の近所を歩いていて、飛びだしてきた猫を避けようとしたときに足がもつれて尻餅をついたことだという。年齢相応に骨がもろくなっていて、第四腰《よう》椎《つい》を圧迫骨折してしまった。しばらくは湿布を貼っていたが、そのうち歩くのも困難になって、娘が病院に連れてきた。娘とは、マキの母親である。

「今は医療も進んでいて、腰の後ろをちょっと切って、腰椎にセメントを流すんだって。セメントといっても医療用で、しばらくすると骨になるらしいんだけど。手術自体は大したことがないんだけど、血液検査をしたら貧血なんだって」

マキは眉を曇らせ、微苦笑を浮かべた。

「そっちがね、かなりヤバいんだ。今はまだ検査中だけど血液の病気か、骨髄性の病気の可能性がある」

血液の病気といわれて、反射的に浮かんだのは白血病だが、おいそれと口にするわけにはいかない。

「気が抜けちゃったのかなぁ。入院したとたん、すっかり病人になっちゃって……、でも、歳が歳だから仕方ないかな。検査の結果が悪い方に出たとしても積極的な治療は無理だって」

マキは肩をすくめた。

「まあ、早死にってわけじゃないけどね」

小沼はちらりと病室をのぞいた。ベッドは一つしか入っていない。白いカバーに包まれた毛布をかけた足下だけが見えていて、顔はカーテンの陰になっていた。

「今は？」

「眠ってる。病院に入ってからほとんど一日中とろとろ居眠りしてる。祖父ちゃんも寝てると案外平和そうな顔をしてるんだなと思って」

「そうですか」小沼はマキに視線を戻した。「そういえば、お子さんが生まれたんですよね。おめでとうございます」

「ありがとう。でも、赤ん坊って大変ねぇ。今は落ちついたけど、生まれたばっかりの頃って二時間おきとかにおっぱいやらなきゃならないのよ。おかげで、ほら」

マキがぐいと胸を突きだして見せる。躰にフィットしたニットアンサンブルのせいで、もともと大きな乳房がさらに強調されているようだ。小沼は何とか視線を剝《は》がしてマキを見た。

「母乳が溢れて、すごいの」

あけすけだが、ごく自然な物言いに小沼は苦笑した。マキはすっかり変わっていたが、その変身ぶりはむしろ好もしかった。母親になれば、母乳が溢れることをすんなり口にするのは当たり前だろう。だが、かつて恋した相手だと祝福すべきと思いつつも、嫉妬《しっと》も消せない。

マキが小沼の背後に視線を向け、笑顔を見せた。

「お久しぶり」

「よう、元気そうだな」辰見が近づいてきた。「赤ん坊は？」

「母さんに預けてある。あたしがこっちへ来るときは、母さんが面倒見てくれてるんだ」

「そうだったのか。マキの最高の恋人に会えると思って楽しみにしてたんだがな」

「何、それ？」

「女にとって長男は理想的で最高の恋人だって聞いたことがある」

「長女なら？」

「最高の友達だそうだ」

辰見が小沼を見て、にやりとした。小さく会釈する。辰見は病室をのぞきこんだ。

「爺さんの容態は？」

「変わりないっていいたいところだけど、少しずつ悪くなってる感じかな」マキが力なく頬笑む。「さあ、どうぞ」

マキ、辰見につづいて病室に入った。窓から射しこむ陽光のせいでスーツを着ていると汗ばみそうなほどに暖かい。辰見と並んでベッドのそばまで行き、八嶋を見た。前に会ったのは、天山事件の翌日だから一カ月と経っていない。

だが、枕に沈んだ顔は縮んでしまったようで、蠟細工《ろうざいく》のように見える肌が黄色みがかっている。黄疸《おうだん》を発症しているように見えた。ベッドわきにスタンドが置かれ、点滴の袋が下がっている。チューブが伸び、毛布の下に消えていた。

〈ポイズン〉というスナックのカウンターで八嶋は淡々といった。

『辰ちゃん、わしにもそろそろお迎えが来る。あんたには話しておきたかったんだ』

マキが八嶋に顔を近づけ、そっと声をかけた。

「お祖父ちゃん」

だが、八嶋はぽっかり口を開いたまま、まるで反応しなかった。入れ歯を外しているのだろう。頬がへこみ、口元に皺が寄っている。胸元の上下動はよく注意してみないとわからないほどかすかであった。

「お祖父ちゃん」

ふたたびマキが声をかける。八嶋に変化は見られなかった。辰見が穏やかにいった。

「もう、いいよ」

結局、八嶋の声は聞かれないまま、病室を出た。マキは玄関まで見送りに来た。分駐所に戻るという辰見と別れ、小沼は歩きだした。

晴れていて、やわらかな風が吹いている。隅田川を渡れば、浅草は目と鼻の先だが、歩いて行くにはそこそこ距離がある。

「別にすることもないし」

小沼は独りごちた。

6

安っぽいベッドに横たわった宣顕は、ブラインド越しのやわらかな陽の光を受けて乱れたシーツが織りなす淡い影をぼんやりと眺めていた。薄っぺらな引き戸一枚を通して、裕美が台所で立てる音がはっきり聞こえている。魚を焼く匂いが鼻腔《びこう》を満たしていた。いったい、何があったんだろう、と胸のうちで問いかける。

『今日は大丈夫……、このまま、ちょうだい』

裕美が耳元でささやいたひと言に火を点けられ、宣顕は一気に突っ走った。ふだん裕美は病的ともいえるほど避妊に気を遣っている。それなのに昨夜は激しく宣顕を求めてやまなかった。

まるでこれきり会えなくなるといっているような、どこか不吉で切羽詰まった様子がうかがえた。

そのとき、近づいてくる足音が聞こえ、引き戸が開かれる寸前、宣顕は目をつぶった。

「いつまで寝てるの。そろそろ起きなさい。ご飯食べないと劇場入りに遅れるよ」

わざと返事をせず、宣顕は目をつぶったまま、動かなかった。

「狸《たぬき》寝入りしたって、ダメだよ」

ベッドのそばに近づいた裕美が掛け布団をはぎ取ろうとする。宣顕は手を伸ばし、裕美の腕をつかんで引いた。悲鳴を上げた裕美がベッドに倒れこんでくる。躰を入れ替え、裕美をベッドに寝かせると宣顕は馬乗りになった。ライトブルーのスウェットを着た裕美の顔は、昼間見るとさらに幼さが増す。

「ダメだっていってるでしょう。遅れるよ」

宣顕は下卑た笑い声を漏らし、顎をしゃくらせていう。

「じたばたするねぇ。お前はもうわしのもんだ」

祖父がよく演じる好色な代官を真似《まね》る。裕美が鼻に皺を寄せた。

「似てないよ」

かまわず裕美のトレーナーをめくりあげる。思った通り、下着をつけていない胸が剝《む》きだしになる。裕美は躰をよじったが、かまわず右の乳首に口をつけると吸った。

「ダメだって……」

裕美の声がくぐもる。宣顕の頭を押しのけようとしていた手の力が緩み、撫でまわしたかと思うと抱きしめて自分の胸に押しあてた。宣顕は躰を引きあげ、目を閉じている裕美を見下ろした。わずかに開かれた唇から前歯がのぞいている。

唇を重ねる。裕美が応じる。

片手を裕美の背に回して抱き寄せ、もう一方の手をスウェットパンツの中へと差しいれた。すべすべした下腹を手のひらでたどっていく。裕美は下着を一切着けていなかった。

一時間後、シャワーを浴びた宣顕はバスタオルで頭を拭《ふ》きながら小さな食卓についた。鯵《あじ》の開き、ほうれん草の白和《しらあ》え、たっぷりネギを入れた納豆の小鉢が並び、ナメコの味《み》噌汁《そしる》とどんぶりの白飯が湯気を立てている。裕美の前にも同じ献立が並んでいるが、ご飯茶碗はぐっと小ぶりだ。

「腹減った」

椅子を引き、腰を下ろした宣顕は箸を手にして合掌した。

「いただきます」

裕美も同じように手を合わせる。

炊きたての飯をひと箸口に入れた宣顕は、嚙みしめた。うまいと心底思った。鯵の身をむしって食べ、納豆をかき混ぜて醬油を差した。

「ナメコ、熱いから気をつけてね」

「子供じゃないんだから」

苦笑してすすった。ひょいと口中に入ったナメコを嚥みこもうとしたとき、あまりの熱さに喉がすぼまった。今度は裕美が笑う。宣顕は涙目になりながらも食べつづけ、あっという間に平らげた。

食後の日本茶を飲んでいるとき、裕美がぽつりといった。

「あたし、お店辞めたんだ。借金も終わったからね。この歳になるとなかなかしんどくて」

借金とは、今いるマンションの購入費用を指すことはわかっていた。裕美は吉原のソープランドで働いている。

穏やかな笑みを浮かべる裕美を、宣顕は黙って見返した。裕美が小さく首を振る。

「ちょっと休んだら、もう少し楽そうなお店に移る。そこそこお金も貯《た》まったし、しばらくは食べるにも困らないしね。でも、まだ働かなくちゃならないけどなぁ」

目尻の皺が目についた。

「裕美ちゃん、おれさぁ……」

「馬鹿なこといわないの。もう子供じゃないんだから」

三、四歳の頃から宣顕は大きくなったら裕美ちゃんをお嫁さんにするといってきた。

「だって、あたしは」

宣顕は手を伸ばし、裕美の口をふさいだ。次に出てくるセリフはわかっている。十四歳年上の婆ぁだから、なのだ。聞きたくなかった。

今日は仕事が休みだという裕美と連れだって劇場まで歩いてきた。中へ入ろうとしたとき、声をかけられた。

「すみません」

「はい」

宣顕はふり返った。オフホワイトのコートを着たスーツ姿の男だ。どことい って特徴のない顔立ちをしている。服装といい、顔立ちといい、冴《さ》えないのひと言で片づけられる。

「関係者の方ですか」

「ええ、まあ、そうですけど」

「今日は夜の部しかないんでしょうか」

「はい。舞台設営の関係で、夜だけなんですよ」

公演二日目に舞台設営などない。それに背景の書き割りは使い回しが多く、小道具と衣裳を替えれば、たいていの演目はこなせる。昨夜の一件があったため、祖父が翌日の昼興行をあらかじめ休みとしていた。宣顕は昨夜、ずっと裕美のマンションで過ごしたことになっている。劇団の誰もがそう思っていた。

「ちょっとお訊ねしたいんですが、芸者のお駒が主役の舞台って、近々にやる予定はないんですか」

思わず噴きだした。

「すみません。失礼しました」宣顕は入口のわきに張ってある公演予定表を指さした。「あれ、ご覧ください。今夜の出し物が『情けが徒花、芸者お駒の恋』ですよ」

「おお」男は顔を輝かせた。「そりゃ、ついてる。実はたまたまとなりにいたお客さんが教えてくれたんですよ。橘喜久之丞の殺陣は見事なんだけど、中でも飛び抜けてすごいのがそのお芝居の殺陣だって」

裕美が宣顕の片腕を取って、前に出てきた。

「この人がその喜久之丞ですよ」

そして、私の男ですといわんばかりだった。いって欲しいと思った。

男は目を見開き、そして破顔した。

7

橘喜久之丞は、想像していたより背が低く、自分とそれほど変わらないと小沼は思った。幕が開き、オープニングの歌謡ショーが始まったときに気がついた。一座の看板スター橘喜久也の背が低いのだ。喜久之丞に較《くら》べて十センチほど低い。

歌謡ショー、舞踊とつづき、いよいよメインの芝居となって舞台が照明で紫一色に染めあげられた。芝居は前日とは登場人物の設定こそ違っていたが、大筋は変わらない。喜久之丞はお駒という芸者に扮している。

クライマックスの立ち回りが始まったが、またしても小沼は落胆せざるを得なかった。約束事の連続であり、刀と刀がぶつかったときにも竹光特有の鈍い音を発しただけだ。

だが、次の瞬間、小沼は息を嚥んだ。柄の中ほどを握っている喜久之丞の右手に、左手がすっと寄り、二つの拳がぴたりと付いた。

戦慄が背を駆けぬける。

こいつだ――お駒こと喜久之丞を見つめたまま、胸のうちでつぶやいた。

そして喜久也演じる敵役の親分が構えた長刀をすり抜けるようにお駒の刀が入り、首筋でぴたりと止まった。

会場から声が飛ぶ。

「よっ、日本一」

第六章　最後の標的

1

高橋天山事件が起こった谷中の寺の前に小沼は立っていた。傘の柄を握る手に降りかかる雨が骨まで凍《し》みとおりそうなほど冷たい。やがて姿を現した黒塗りの車に目を瞠《みは》った。

トヨタセンチュリー。

黒いボディは水滴をはじき、ワイパーが間欠的にフロントウィンドウを拭《ぬぐ》っている。センチュリーは山門前を通りすぎたところで止まり、切り返してバックで入ってきた。マフラーから吹きだしている排気が白い。ブレーキランプが灯《とも》り、停車するとエンジンが切れ、雨の音が戻ってきた。

運転席のドアが開き、茶色の傘を開いて樋浦が降りた。丁寧にドアを閉め、樋浦が足早に近づいてくる。

「すみません。雨の中をお待たせして。思ったより道路が混んでおりまして」

「いえ、お約束の時間にはまだ五分あります。それよりこの車は？」

前に会ったとき、天山の遺言で屋敷も車も売りはらうことになったと樋浦はいってい
たはずだ。照れくさそうな笑みを浮かべ、樋浦はちらりと車に目をやった。
「まだ、買い手がつかないんです。放置しておくと傷みますからこうして乗ってきた次
第で」
「お屋敷の方は売れたんですか」
「そちらもまだなんです。不景気ですからね、あれだけの大型物件となるとなかなか
……」
言葉とは裏腹に樋浦の声は弾んでいた。
「そうだったんですか。ところで、今日はわざわざ申し訳ありません」
「いやいや、どうせすることもありませんし、少しでもお役に立てるなら本望ですよ」
昨夜、浅草の劇場を出たところで小沼は樋浦に電話を入れた。事件現場である谷中の
寺まで来て欲しいと頼んだ。理由を説明する前に樋浦は快諾し、何時にうかがえばいい
かと訊《き》いてきた。午前十一時に会うことにした。
「今日は樋浦さんに確認してもらいたいことがあって来ていただいたんです。あの日、
樋浦さんは今立っている位置から……」
小沼は参道をふり返った。
「こちらを見てたんですよね」

「そうです。こちらに車を入れて、今と同じように車の後ろに立って先生をお待ちしておりました」

小沼は参道がゆるく右に曲がっている辺りを指さした。二人が立っている位置から見て、曲がり角の左に背の高い木が一本立っており、周囲には木立があった。今は間から寺の本堂が透けて見えるが、惨劇は深夜に起こっており、木立は深い闇を抱えていて、犯人はその中にうずくまっていたと見られている。

「私が現場に立ちますので、先生を襲った男を思いだしていただいて、背丈を比較していただけませんか」

「はあ」樋浦の表情が曇る。「あのときは暗かったですし、ほんの一瞬の出来事でしたので、どこまでお役に立てるかわかりませんが」

「思いだせる範囲内で結構です。それにあらかじめお断りしておきますが、前にも申しあげたとおり私は担当を外れています。だから正式な捜査ではありません」

「かまいません」

「それではお願いします」

小沼は参道に入ると、参道の曲がり角に立ち、門に向きなおった。センチュリーを後ろにして、樋浦が立っている。車が停《と》めてある辺りは街灯が照らしていたので、犯人は樋浦の姿を見分けられただろう。

　これが天山が最後に見た光景かと小沼は胸のうちでつぶやいた。

　昨日見た芝居のクライマックスで橘喜久之丞が水平に撃ちこんだ刀は、相手が構えた刀をすり抜け、首へと迫った。だが、相手に触れる寸前で止まった。竹光を使っているとはいえ、喜久之丞の身のこなしは素早く、敵役の刀など存在しないかのように刀が動いた。見事な殺陣であり、喜久之丞であれば、天山の首を刎《は》ねられると確信した。

　しかし、あくまでも小沼の勘に過ぎない。そこで目撃者である樋浦の証言を得ようと考えた。

　劇場の入口で、喜久之丞と出会った。まだ、十代後半にさしかかったばかりのはずだが、長年の舞台化粧で肌はドーラン焼けしていて、顔色はよいとはいえなかった。役者だけあって、目は切れ長で、鼻筋が通り、整った顔をしていた。いっしょにいた女は小柄で童顔だったが、三十前後のように見えた。喜久之丞の年齢を考えれば、妻ではないだろう。身なりは決して派手ではなかったが、それなりに金がかかっていそうだ。ちらりと見えた腕時計はスイス製に違いない。

　喜久之丞はそれほど大柄ではなく、背丈は小沼と変わりなかった。また、ほっそりした体型も似ていた。そこで樋浦に一度確かめてもらおうと考えたのだ。

「どうですか」

　声をかけたが、樋浦は首をかしげた。

「申し訳ありません。やっぱりよく思いだせないんです」

「ちょっとお待ちください」

小沼は背の高い木の根元に行くと、オフホワイトのコートを脱いだ。白は膨張色であり、実際よりも大柄に見える。コートの下は濃紺のスーツを着ている。ふたたび元の位置に戻り、樋浦を見やった。

しばらくの間、樋浦は小沼を見ていたが、首を振った。

「やっぱりわかりません」

「すみませんが、もう少しお付き合いください」

そういうと小沼は木立のところまで移動した。思いきって傘をすぼめ、きちんと巻いてバンドで留める。冷たい雨が首筋にかかり、舌打ちする。傘をしごいて、できるだけ細くするとふたたび樋浦に向かい、木立の中でしゃがみ込んだ。

「天山先生は、先ほど私が立っていた辺りにいらっしゃったんですよね」

「はい」

「あのときの天山先生やボディガードの様子を思いだしてください。おつらいと思いますが、よろしくお願いします」

「わかりました」

「それでは、いきます」

刀に見立てた傘の柄を両手で握ると、小沼は短距離走のスタートのように体を起こしながらダッシュした。まず左手にいるボディガードを袈裟懸《けさが》けで倒し、右のボディガードに向かうと下段から斬《き》りあげ、返す刀を真っ向から振りおろす。天山に向け、青眼に構え、一呼吸おいてから首の高さほどを水平になぎ払った。

頭の隅をかすめた。

カスベエこと原田はどこで見ていたのだろうか、と。

傘を下ろし、樋浦に目を向けた。

「いかがですか」

樋浦は首をかしげたかと思うと、濡《ぬ》れたコンクリートの上に正座をした。

「樋浦さん」

思わず駆け寄ろうとすると、鋭い声が飛んだ。

「そのまま」

しばらくの間、小沼は立ち尽くし、冷たい雨が背中にしみてくるのを感じていた。

やがて樋浦が申し訳なさそうな表情を浮かべていった。

「あまり自信はないのですが、先生を襲った賊は小沼さんより背が高かったように思います。それに体格ももっとよかったような……、決して太っているというわけではないのですが」

「そうですか。ありがとうございます。どうかお立ちください」

立ちあがる樋沼を見て、大きく息を吐く。小沼は背の高い木まで戻り、コートを拾いあげた。傘をさし、樋浦のそばに戻る。

樋浦がじっと現場を見つめていた。目をすぼめ、真剣な顔つきをしている。

「何か、思いだしました？」

「先生に斬りかかった方ではなく、もう一人の男のことなんですが」樋浦が目を動かし、小沼を見る。「ずっと背が低く、ずんぐり太っていたように思います」

脳裏に紫色に染まった舞台が浮かんだ。喜久之丞の相手をしている喜久也は背が低い。着ぶくれしていれば、ずんぐりともいえるだろう。共犯者か。

小沼は深々と一礼した。

「雨の中、ありがとうございました」

「いや、雨の中にいたのは小沼さんの方だ。風邪などひかれませんように」

小沼はびしょ濡れになった樋浦のズボンをちらりと見た。


「ううう」

呻《うめ》きを漏らしながら小沼は肩の上まで掛け布団を引きあげ、躰《からだ》を震わせていた。奥歯が触れあい、がちがち音を立てる。日が暮れる頃から急に寒気がしてきて、エアコンの温度設定を二十四度から二十七度に上げたが、まるで暖かさは感じられず、そのうち目眩《めまい》までしてきた。とりあえずベッドに潜りこんだが、寒さはつのる一方だ。

風邪などひかれませんようにといった樋浦の言葉が蘇《よみがえ》る。

咳《せ》きこんだ。背中を丸め、喉《のど》のむずがゆさを何とか吐きだしてしまおうと、何度も咳をしたが、頭痛がしてきただけで喉の状態は変わらない。熱が出ているような気がする。だが、体温計がなかった。

まいったな、と思う。歩いて十分ほどのところに内科医院があったはずだが、脳にもやがかかっているようではっきり思いだせない。腕時計を見る。午後七時を回っていた。診察時間は終了しているに違いない。

目を閉じ、寒さをこらえて震えているうちにうとうとする。腕時計を見ると三十分ほど経《た》っていた。布団の内側が耐えがたいまでに熱くなっている。掛け布団を開いたとたん、全身に鳥肌が立った。さらに熱が上がったようだ。目の前のテーブルから携帯電話を取ってふたたび布団を被《かぶ》ったが、助けを求めるべき相手は思いつかなかった。

心配性で世話好きの恋人でもいれば、すぐにも飛んできてくれるだろうと想像してみる。馬鹿馬鹿しくなった。ふと思いついて、携帯電話を開き、インターネットに接続した。

検索サイトを開き、橘喜久也一座と打ちこむ。数万件がヒットし、眉《まゆ》を上げた。最初のウェブサイトに接続し、一座の公演スケジュールを開いた。浅草の劇場で五日間興行したあとは、来月から九州の温泉地を回るようだ。

いくつかのサイトを開いて読んでいった。相変わらず脳にはもやがかかっていて、同じ行をくり返し読み、それでもよく意味がわからないところがある。格別難しいことが書いてあるわけではなく、ぼうっとしているためだ。

指を動かし、画面を切り替えているうちに小沼は目を見開いた。

キクちゃんこと、橘喜久之丞ファンという女性が書いているブログだ。喜久之丞のファンとあるのを見て、老姉妹の姉を思いだしたが、ブログを書いているのは別人、四十代のようである。老女姉よりさらに熱心な追っかけで、地方公演にもよく行っているらしい。去年十二月には草加公演に行き、年明けは正月休みを利用して、新潟市の公演にも行ってきたとあった。

液晶画面に目を凝らした。新潟公演千秋楽の演目は芸者お駒の物語『情けが徒花、芸者お駒の恋』であり、その夜、小鶴居と片倉が新潟市郊外で殺されている。四日後には浅草の老舗劇場で公演が始まるとあり、初日に大田黒が殺されている。

『小沼さんより背が高かったように思います』

谷中の寺で天山事件を再現してみたとき、樋浦との距離は二十メートルほどあった。それだけの距離をおいても犯人が小沼より背が高かったとすれば、よほど身長に差があると見た方がいいだろう。事件は深夜に起こっており、月が出ていたとはいえ、周囲は暗かったことを差し引いても、だ。

『それに体格ももっとよかったような……、決して太っているというわけではないのですが』

劇場の前で会った喜久之丞を思いうかべる。身長は同じくらいだが、小沼よりほっそりしているように見えた。犯人の服装は、筒袖に裁付袴《たっつけばかま》だったと樋浦はいっていた。それに面頬《めんぽお》と黒熊《こぐま》……。

やはり犯人は別にいるのか。

乾いた唇をなめかけたとき、着信があった。画面には電話番号が表示される。少なくとも電話帳に登録していない相手からの電話だ。ボタンを押し、耳にあてた。

「はい、お……」

声がひどく涸《か》れている。咳払いをした。

「もしもし、小沼さん？」

若そうな男の声だ。

「はい」

「あ、おれ……、粟野だけど」

どうして携帯番号が、と思いかけ、粟野母子に一枚ずつ名刺を渡したことを思いだした。

「何かあったのか」

「どうしたの、声？」

「風邪だ。熱も出てるみたいだ」

「そうなんだ。それじゃ、お休み？」

「ああ」

携帯電話の向こうで舌打ちするのがはっきり聞こえた。舌打ちしたいのはこっちだと思いながら目をつぶった。休んでいるが、風邪のせいではない。

「何かあったのか」

「先輩の弟が同じクラスだっていっただろ。そいつがさ、兄貴がおれと聖也を殺すっていってるんだ」

先輩という男の名前と自宅住所を浅草署少年係の田森に伝えた。その後、どのように処理されたのかは聞いていない。粟野たちを引き渡した尾久署の少年係からも照会が来ていると田森はいっていた。

「殺すというのはおだやかじゃないな。それだけでも犯罪になる。担任の先生には話したのか」

「マサオに？」心底馬鹿にしたような響きがあった。「ダメだよ、あいつじゃ。クラスに田中って奴《やつ》がいるんだけどさ、弱っちい奴なんだ。だから皆に蹴りとか入れられてるんだけど、ふざけちゃダメだよ、ってへらへら笑ってるだけだもの」

「お前、担任の先生を呼び捨てにしてるのか」

「皆、だよ」

「皆は関係ない。おれがいってるのは、お前のことだ」

「だって……」

「だってもクソもない。そんなふざけた呼び方をするような奴の話を聞くつもりはない」

叱《しか》りつけたのは時間稼ぎに過ぎなかった。粟野を引き継いでくれそうな相手を思いうかべようとしたが、相変わらず頭蓋骨《ずがいこつ》の中には白いスープ状の霧が充満している。

「それで、先輩ってのはどうなった?」

「逃げた。ちょうど先輩が友達の家に遊びに行ってるときに警察が来て、それで逃げた」

舌打ちしそうになるのをかろうじてこらえる。粟野の証言を伝えただけで、先輩というのがひったくり犯か否かは確定していない。だから任意同行を求めに行ったのだろう。犯人だと確信していれば、それなりの人員を配置して確保に向かうはずだ。

どうするか。粟野から電話が来て、殺すといわれているというだけで、尾久署にしろ浅草署にしろ少年係が動くだろうか。とっくに帰宅していて、いずれの署にも当直の刑事がいるだけだ。今の状況で刑事が出てくるとは考えにくい。浅草署に電話して、田森の連絡先を訊《たず》ねるのもひどく億劫《おっくう》な気がした。

「先輩からもおれの携帯に電話が来て、今晩、お前のうちに行くからなって」

「今、どこにいる?」

粟野は自宅の住所——粟野と鈴木を保護したところの近所だった——を答え、近所を歩いているといった。

「地下鉄の仲御徒町駅まで来られるか」

「十分で行ける」

小沼は改札口を指定し、そこへ来るようにいった。途中、薬局に寄って風邪薬を買おうと思いながら。


薬局で風邪薬とマスク、店主の勧めにしたがって栄養ドリンクを買った。とりあえず薬を栄養ドリンクで服《の》み、マスクをして店を飛びだすと、小走りに仲御徒町駅に向かう。階段を駆けおり、指定した改札口まで行った。

粟野の姿が見えない。左右を見回していると声をかけられた。

「こっち」

柱の陰から顔を出した粟野が手招きする。今夜も紫色のジャージを着ていた。

2

おかしなことになったと思いながら小沼はドアに鍵を差しこんだ。

地下鉄仲御徒町駅で粟野と会ったものの、どこといって行くあてはなかったし、発熱のせいで頭がまるで働かず、どのように対処すべきか思いつかなかった。浮かんでくるのは、とりあえず座りたい、できることなら横になりたいということばかりだ。粟野もまだ夕食をとっていないというので、コンビニエンスストアに寄って弁当、ペットボトル入りのウーロン茶、夕刊紙を買って、自宅に戻ってきた。

小沼はドアを開け、玄関に入った。すでに息も絶え絶え、気味の悪い汗で全身が濡れていて、立っているのがようやくという状態だ。粟野がつづく。

「お邪魔します」

「ちゃんと挨拶《あいさつ》できるんだな」

声を出すと喉がひりひりする。

「母ちゃんにいつもいわれてるから」

自宅に中学生を連れてくるのが現職の警察官として問題にならないわけがなかった。

未成年どころか、粟野はまだ十四歳である。この際、男子であることは何の言い訳にもならない。もっとも女子中学生を部屋に連れこんだとなれば、警察をクビになるだけでなく、社会人としてもお終《しま》いだろう。

小沼はうなずいた。

「散らかっているけど、とりあえず入れ」

中に入って台所のテーブルにポリ袋を置いた。弁当の上に差しこんであった夕刊紙が倒れ、テーブルに落ちる。黒字に黄色の文字で大きく印刷された見出しが目についた。

ネット騒然、〝闇剣士〟見参

買い求める気になったのは、取材、執筆が牟礼田庸三となっていたからだ。

物珍しげに周囲を見回していた粟野がつぶやく。

「これがデカ部屋か」

「馬鹿、言葉の使い方が違う」

粟野がきっとなって小沼を睨《にら》む。実際、たじろぎそうになるほど目に強い光をたたえていた。

「何だよ?」

「馬鹿っていった。おれに馬鹿っていうなっていったじゃないか」

詰まった。たしかに最初に会ったときに二言目には馬鹿と口走るのが耳障りで粟野をたしなめていた。

「そうだったな。すまん。気をつける」

小沼はテーブルを顎《あご》で指した。

「まず座れ」

だが、粟野は周囲を見回しながら今度は鼻をひくひく動かした。

「今度は何だ？」

浴室の前のかごには洗濯物が溜《た》まっているし、引っ越してきてから掃除らしい掃除をしたことがない。

「タバコの臭《にお》いがしないなと思って」

「おれは喫《す》わん」

「もう一人の人はタバコ臭かった」

「お前は喫ってないだろうな」

「うん」粟野はうなずき、椅子《いす》を引いて腰を下ろした。「今どきタバコを喫うなんて流《は》行《や》らないから」

そんなものかと思いながら粟野の向かいに腰を下ろした。

「まず、お母さんの勤めている病院の電話番号を教えろ」

どうしてとは訊きかえさず、栗野は素直にジャージのポケットから携帯電話を取りだした。スマートフォンだ。小沼はいまだ二つ折りの携帯電話を使っている。画面に何度か触れたあと、栗野は顔を上げた。

「出したよ」

「見せろ」

栗野の向かいに腰を下ろし、スマートフォンを受けとると自分の携帯電話を取りだす。番号を打ちこんだ。呼び出し音につづいて、電話がつながる。

「……病院、当直室です」

男の声が答えた。

「ちょっと待ってください」

小沼は栗野に携帯電話を渡した。

「お母さんにつないでもらえ」

うなずいた栗野は携帯電話を耳にあてた。

「西病棟五階のナースステーションをお願いします」

電話が回されている間、栗野はテーブルに落ちた夕刊紙の見出しを見ていた。

「栗野の家族の者ですが、母はおりますか。はい……、お願いします」

栗野は上目遣いに小沼を見る。すぐに母親が出たようだ。

「夜勤のときにごめん。実はいろいろあって、小沼さんの家に来てるんだ。浅草の警察署で会っただろ、あの小沼さんだよ。嘘《うそ》じゃないって」

小沼は栗野の前に手を差しだした。

「ちょっと待って、小沼さんに代わるから」

栗野が手の上に携帯電話を置く。小沼はマスクを引き下げ、携帯電話を耳にあてた。

「小沼です」

「すみません。また、力弥が何かやらかしたのでしょうか」

「いえ……」

小沼は自分がたまたま休日で自宅にいたところ、栗野から電話があったことから始め、あらましを母親に語った。それからメモの確認をしてもらい、自宅の住所を告げた。

「最寄り駅は地下鉄の仲御徒町になりますが、ＪＲの駅からでもそれほど遠くはないです。息子さんの話をうかがうかぎり、警察が介入できる状態ではありませんので、とりあえず私のところへ連れてきましたが、お母さんは今夜は何時頃までお仕事ですか」

「夜勤なんですが、今日は早番の方なので十時……、遅くても十一時には仕事が終わると思います。ご迷惑をおかけして申し訳ありません」

「それではお仕事が終わり次第、息子さんを迎えに来ていただけますか」

「はい。必ず迎えに行きます。どうぞ、力弥をよろしくお願いします」

「わかりました。何かありましたら私の携帯に電話をください」

「はい」

「では、後ほど」

電話を切った。

栗野が周囲をじろじろ見回している。

「今度は何だ？」

「テレビ、ないね」栗野は寝室の引き戸をちらりと見た。「あっち？」

「テレビはない。そんなことよりさっさと飯を食え」

コンビニエンスストアの弁当を出し、ペットボトルを置いて夕食が始まった。成り行きとはいえ、奇妙この上ない光景ではある。


ネット上では、天山とボディガード二人、小鶴居と片倉、大田黒の六人を斬ったのは同一犯とみなされているだけでなく、希代のヒーローに祭りあげられていると記事にはあった。責任回避をくり返し、言い逃れに終始してきた政治家たちに天誅《てんちゅう》を下しているというのだ。

都合よく天山を忘れてるじゃないか、と小沼は思った。

牟礼田は記事の中で、マスコミ受けし、人気取りにつながる政策、早い話が補助金をばらまく政策しか実施せず、経済界ひいては国民に負担を強いるような政策は先送りにしてきたことによって与党政治に数々の破綻《はたん》が見られたが、その都度、党代表をすげ替え、首相が交代し、すべては前首相のミスだったことにして口を拭ってきたツケが回ってきたのだと書いている。責任を押しつけられた前首相たちにしても言い訳にもならない強弁に終始し、のうのうと政治家をつづけていることに国民の不満は高まり、煮えた圧力鍋のようになってきている。そこへ登場したのが〝闇剣士〟だというのだ。

六人を殺した極悪人をヒーロー扱いである。

「大丈夫？」

栗野に声をかけられ、小沼は目を上げた。

「ん？」

「何だか、すごく具合悪そう。さっきから同じとこ見てるし、何か目開けたまま、キデツしてる感じ」

キデツじゃなく、気絶だといおうとしたが気力がわかなかった。うなずいた。

「ああ……」

夕刊紙をテーブルに置き、小沼は両手で顔をこすった。どきっとするほど顔が熱く、先ほどから汗が噴きだして止まらない。とくに脇の下と背中の発汗がひどかった。

「ちょっと風邪気味でね」

さっと立ちあがった栗野が小沼のひたいに触れた。

「ひでえ熱じゃん」

「大丈夫だ」小沼は顎の下に引っかけてあったマスクで口元を覆った。「あまり近づくなといってるだろ」

「この部屋じゃ意味ないよ」

「そうだな」

まいった、と胸のうちでつぶやく。風邪がうつるからといって栗野を放りだすわけにもいかない。腕時計を見る気にもなれなかった。栗野の母親が勤務を終えるまでにあと二時間はあるだろう。

小沼は栗野が手にしているスマートフォンに目を留めた。画面いっぱいに細かい字がぎっしり並んでいる。目を凝らすだけで頭痛がしてきそうだ。

「何、見てた?」

「これ?」

栗野がスマートフォンを持ちあげ、小沼はうなずいた。栗野はテーブルに置いた夕刊紙をとんとんと叩《たた》いた。

「闇剣士」

「すごい騒ぎになってるようだな」

「そう」

栗野は小沼の目の前にスマートフォンを出してきた。文字ははっきり見えるのだが、意味のない文様にしか見えない。

大手の掲示板サイトの名を挙げ、栗野は言葉を継いだ。

「そこだけでもスレッドが五つ立ってて、全部すごい書き込み。あっという間に千件とか二千件とかになってる」

小沼は顔をしかめ、首を振った。

「とても読む気にはならんな」

そういいながらも本庁のどこか、うす暗い部屋では何人もの捜査員たちがパソコンの画面を食い入るように見つめている姿が浮かんだ。個人名、地名、時刻等々を精査している。どこに犯人につながる手がかりがあるとも限らない。

むしろ漏れることを恐れてるんじゃないか。

ふと浮かんだ言葉に自分で驚いた。何が漏れることを恐れているのか。そもそも警察が何を恐れるというのか。

一つ、引っかかっていることがある。大田黒の事案だ。

小鶴居が斬殺《ざんさつ》されてからというもの、大田黒は何者かを恐れ、自宅に引きこもった。

それから入院したのだが、元首相となれば、万全な警護態勢が敷かれたはずだ。だが、暗殺者はあっさりと病院に入り、大田黒の首を刎ねている。誰かが手引きしないかぎり現場には入れなかっただろうし、もし、手引きする者がいたとすれば、病院の関係者か……、違う。警護を担当している警察以外に暗殺者を引き入れるなど不可能だ。

馬鹿な、と自分を叱る。熱に浮かされた脳が暴走して垣間《かいま》見させた妄想に違いない。

粟野が椅子を引き寄せ、小沼に寄り添うように座った。

「風邪がうつる」

「大丈夫だよ、馬鹿は風邪ひかない」粟野はにやりとした。「また、いっちゃった」まだ中学二年生なのだ、と思った。生意気な口の利き方をしているが、すぐそばにいると小さく見えた。

「先輩って奴、お前のうちに来ると思うか」

「わからない」粟野が首を振る。「危ない奴だってのは知ってる。学校にいた頃から評判だった」

「危ないって、どういうことだ?」

「キレると何するかわからない。シンナーやってるって話もあったし、気に入らない奴にガソリンぶっかけて火を点《つ》けたって話もある」

「立派な殺人未遂だ。パクられなかったのか」

「わからない。話だけかもしんないし」

栗野はスマートフォンの画面に指を滑らせ、スクロールをつづけていた。読んでいるようには見えない。

「今日、ホームルームでマサ……、杉下先生にいわれた」

スギシタマサオというのが担任教師のフルネームかと思ったが、憶《おぼ》えていられるとは思えなかった。

「何だって？」

「いろいろ噂《うわさ》があるけど……」

「噂？」

「そう。ひったくりがあってお婆さんが死んだとか、犯人はうちの卒業生だとかいわれてるけど、噂だって。犯人が捕まっていないんだから本当のことなんかわからないって。だから警察とか、テレビとか、新聞とかに何か訊かれても絶対に答えないで、先生に報告するようにって」

栗野は肩をすくめ、ぼそりといった。

「何があったか、皆知ってるっての」

「担任の教師は何を喋《しゃべ》るなっていうんだ？」

「わかんない。はっきりいわないから。とにかく学校では何も起きてないし、学校の外で起こったことと学校とは関係ないって」

「先輩の弟ってのが同じクラスなんだろ」

「そうだよ。だけど、ずっと休んでる」

「お前の家に行くっていったんじゃないのか」

「携帯メールだよ」

栗野が顔を近づけてくる。思わず躰を引いた。

「うつるといってるだろうが」

「何だかひどく具合が悪そう。寝てた方がいいんじゃないの」

お前がいなくなったらゆっくり寝る、とはいえなかった。目をつぶり、大きく息を吐いた。喉がひりひりする。床が波打っているような気がした。


翌朝。

「このたびは大変お世話になりました」

腰を折り、深々と頭を下げたのは小沼の方だ。

「その上、いろいろご面倒をかけて……」

「やめてください。人が見てます」

栗野の母は私服に着替えており、尾久署で見かけた裾《すそ》の長いダウンジャケットを羽織っていた。考えてみれば、彼女が勤める病院の玄関先だ。小沼はあわてて頭を上げた。

「失礼しました」

昨夜、小沼は高熱を発して目を開けていられなくなった。粟野が母親に電話し、すぐ病院に連れてくるようにといわれた。母親の指示で救急車を呼ぶといったが、何とか思いとどまらせ、知り合いの個人タクシーの運転手に電話してみた。幸い空車で浅草周辺にいるということで、十五分ほどで駆けつけてくれた。

粟野といっしょにタクシーに乗りこみ、病院に来たのである。救急病棟の医師がすぐに診察してくれ、その後の処置は粟野の母親がしてくれた。勤務は午後十時か、遅くとも十一時に終わるといっていたが、息子を宿直室に寝かせ、彼女は一睡もせずに一晩中付き添った。おかげで熱は下がり、ふらつくこともなくなった。

「元はといえば、力弥が小沼さんに電話を差しあげたことから始まったのですから」

「そっちの方も中途半端になってしまって」

粟野はすでに学校に行っている。一夜を病院で明かし、そのまま登校したという。自宅に寄る気にはなれなかったようだ。

「今さらながらですが、何かあれば、ご連絡ください。私にできることは何でもやりますから」

「ありがとうございます。あの子も小沼さんを頼りにしているようですし、かえってご迷惑をおかけしますが、どうかよろしくお願いします」

「はい」

小沼はもう一度会釈をすると、門に向かって歩きだした。

病院を出て、少し歩いたところで胃袋が湿った音を立てた。すでに昼を回っている。空腹を感じるのは、回復の兆候に違いない。

浅草寺に向かって歩いていた。病院からなら歩いても十五分くらいのものだ。浅草寺周辺まで行けば、食事をする場所に不自由しないし、もう一度劇場の前を通ってみようと考えていた。唯一の目撃者である樋浦に体格の違いを指摘された以上、喜久之丞が犯人ではないようだが、あの太刀さばきを目にした瞬間の戦慄は忘れられない。

言問通りを渡って、場外馬券売り場のビルの方へぶらぶら歩く。開催日ではないのかシャッターが閉ざされていた。さらに進み、パチンコ店の前まで来たとき、ダブルのスーツを着た大柄な男に出会った。

「おい、どうしたんだ、今時分？　日勤明けか」

犬塚だ。

「いえ、いろいろありまして。犬塚さんこそ、こんなところで何を？」

「昼飯を食いに出てきただけだよ。ホテルの従業員食堂にも飽き飽きしてるんでな」

「飯はこれからですか」

「いや、この先のそば屋で済ませてきた」

そのとき、犬塚が顔を動かすと、声をかけた。

「よお、久しぶりだな」

ふり返った。犬塚が声をかけた相手を見て、小沼は目を見開いた。喜久之丞といっしょにいた女である。小沼は素早く訊ねた。

「お知り合いで？」

「泡姫様だよ。おぼこい顔してるが、なかなかのテクニシャンだ」

女は立ちどまり、犬塚と小沼を交互に見ていたが、やがて小さく会釈した。

「今も同じところか」

「いえ、もう辞めました。今は無職《ぷー》です」

「そうなのか」

女が小沼をじっと見ていることに気づくと犬塚が訊いてきた。

「お前こそ、知り合いなのか」

「この間、ちょっとこの先の劇場の前で話をしただけです」

「劇場って、そこの？」

通りの先に向かって顎をしゃくった犬塚に小沼はうなずいて見せた。

3

一週間の停職が明け、晴れて出勤とあいなったが、機動捜査隊浅草分駐所では格別セレモニーめいたことはなく、いつも通りの朝となった。一応、班長席に行き、成瀬には迷惑をかけたと頭を下げたものの、うむとうなずかれただけで終わり、辰見にいたっては未整理の書類を小沼の机の上にどんと置いただけである。

要員が欠けても短い間であれば、部内でやりくりしてしまう。小沼の停職中に成瀬班が当務に就いたのは二度で、おそらく成瀬の相勤者村川が辰見とコンビを組んだのだろう。

笠置班との引き継ぎ打ち合わせを終えて、席に戻った。溜まっている書類の整理にかかろうとしたとき、少し遅れてきた辰見に声をかけられた。

「出るぞ」

いつもの小道具を入れたソフトアタッシェを手に辰見につづき、シルバーグレーの捜査車輌に乗りこんだ。駐車場から車を出し、道路に出たところで訊いた。

「どちらへ」

「八嶋の爺《じい》さんの病院。さっきマキから電話があった。おれたちに話したいことがあるといってるらしい」

管轄を外れることになるが、小沼は何もいわず右にハンドルを切った。

朝のラッシュ時は過ぎているので車の台数はそれほど多くはなかった。小沼は流れに乗って車を走らせた。左の脇の下に拳銃を吊《つ》り、ベルトには手錠、警棒をつけていたが、重いとは感じない。むしろ戻るべきところに戻ったという安堵感《あんどかん》があった。辰見は相変わらずホルスターごと保管庫に放りこんである。

「八嶋さんの容態は、その後どうなんですか」

「変わらない。眠ったり、起きたり……、寝てる時間がだんだん長くなってるみたいだが、歳《とし》を考えれば、当然だろう」

「休んでいる間に樋浦さんに会いました」

辰見の視線を横顔に感じたが、何もいわれなかった。小沼はつづけた。

「実は浅草の劇場の前で橘喜久之丞に会ったんです。化粧を落としてたんで、本人だとはわからなかったんですけど、いっしょにいた女が教えてくれまして。喜久之丞の背丈は自分と同じくらいですが、もう少しほっそりしてました。それで樋浦さんに連絡して……」

「首実検か。それで?」

「犯人は私よりも背が高くて、体格もよかったそうです。共犯者は逆にずんぐりしてて、背も低かったとか」

「真夜中の犯行だった」

「月明かりはありました」

「闇剣士、月下の天誅ってか」

つぶやいてから辰見は鼻を鳴らした。ネット上の大騒ぎは新聞やテレビのワイドショーなどでも取りあげられている。

「ネット上ではヒーロー扱いですよ」

「勧善懲悪がそんなに単純なわけはない。ドラマじゃないんだからな」

三十分ほどで八嶋が入院している病院に到着し、駐車場の空いているスペースに車を入れた。管轄区外なので警察車輛と記されたカードはドアポケットに入れたままにしておく。辰見につづいて、病院に入り、エレベーターで四階——表示上は五階——に向かった。

辰見が引き戸をノックするとすぐに返事があって、マキが戸を開けた。

「お仕事中、ごめんなさい」

「いや、いいんだ」

「どうぞ」

辰見につづいて、小沼も病室に入る。窓はカーテンでふさがれ、照明も消してあるので中はうす暗かった。マキが小沼を見る。

「祖父ちゃんが眩《まぶ》しいっていうものだから」

小沼はうなずいた。

ベッドのわきに置かれた丸椅子に辰見が腰かけ、小沼は横に立った。ほんの数日の間に八嶋の顔はさらに縮んでしまったように見える。蠟細工のように見え、肌の黄色みが濃くなっていた。鼻にチューブが入れられている。

八嶋がゆっくりと目を開き、まず辰見を見て、次いで小沼に目を向けた。目尻の皺《しわ》が動く。頬笑《ほほえ》んだようだ。それからしぼんでしまったような口元を動かす。辰見が前のめりになり、小沼もしゃがんで顔を近づけた。

八嶋が震える声を圧《お》しだした。

「小鶴居のバックに……」八嶋は乾いた唇を色の悪い舌でなめた。「シゲタがいる。あいつも上海にいた」

「天山といっしょにいたんですか」

辰見が訊きかえすと、八嶋は小さくうなずいた。

「それに大田黒の祖父」

「まさか……」

辰見が思わずつぶやいたのも無理はない。先日殺害された大田黒は祖父、父についで政治家三代目である。三代にわたって首相を務めた唯一の家柄といわれている。だが、祖父にしろ父にしろ親米派で通っており、中国との関係など今まで一度として取りあげられたことがあるだろうか。

「天山が師と仰いだ男がいる……、調べろ」

「そいつと大田黒の祖父につながりがあるんですね」

八嶋がうなずく。それから目を閉じ、眉間《みけん》に皺を刻んだ。吐息はかすかでしかなく、止まってしまったようにさえ見えた。

しばらくの間、辰見も小沼も身じろぎもせず八嶋を見つめていた。

どれほど時間が経ったろうか。八嶋がうっすらと目を開く。焦点が定まっていないような目つきだ。

最後に一人の名前を告げ、目をつぶると大きく息を吐いた。

小沼は思わず辰見の顔を見た。辰見はまじろぎもせずに八嶋を見つめている。八嶋が口にしたのは、与党党首……、現職の内閣総理大臣の名である。

4

閉じたまぶたの上を刷毛《はけ》で撫《な》でていく。左、右とまんべんなく、均等に動かしてから目を開いた。純白のキャンバスとなった顔のわきに祖父の顔があった。化粧を終えた喜久也がお先にと声をかけて立ち、入れ替わりに入ってきたのが祖父だ。

「香港や台湾からやって来たタレントがいつまで経っても舌足らずな日本語を喋っている。なぜか」

宣顕は何もいわず祖父を見返したが、手は止めなかった。刷毛を置き、紅を塗るための筆を取る。

「訛《なま》りのない日本語を話せないわけではない。わざとそうしている」

右の目尻に紅を置き、小指で伸ばして外側にぼかしながら訊いた。

「どうして、そんなことを？」

「その方が都合がいいからだ。たどたどしい日本語の方が受けがいい。最初は事務所が教え、そのうち本人も体得していく。流暢《りゅうちょう》な日本語を操れば、中国人のくせに、となる。嘘吐きだ、とな。慣れない日本語を苦労して使っているという点が好感を呼ぶ。それがガイジンタレントが日本で成功するための要諦《ようてい》だ」

「そっちの方が嘘じゃないか」

左の目尻を作りながら宣顕がいった。

「今の日本人よりはるかに正確な日本語を使うガイジンはいくらでもいる。だが、あえてそうしない。とくに中国人、韓国人は、な」

祖父の言葉を聞きながら宣顕は首をかしげた。

「よくわからないな」

「昭和二十年八月十五日に戦争は終わった。だが、あくまでもアメリカの物量に負けただけの話だ」

アメリカに、ではなく、アメリカの物量に、だ。

「まして中国や朝鮮に負けたわけではない。今、戦勝国だとほざいておる国を見てみろ。昭和二十年には存在すらしていなかった」

祖父はドーランを手に取り、まんべんなく顔に塗っていく。顎まで塗り終えたところでぎょろりと目を開いた。

「どうして存在してもいない国が戦勝国になれる?」

「そうだね」

祖父は鏡に映った自分の顔に視線を戻すと、刷毛を取り、水に溶いた白粉《おしろい》に浸した。まずは顔全体を真っ白にする。目を開く。眼球だけが濡れ、赤みを帯びて生々しい。

「薩長の連中は、倒幕に成功したあと、欧米列強に学べ、アジアは遅れているとぶち上げた。太平洋戦争が終わったあともそういう連中がこの国を牛耳り、アメリカにひたすら追随することで経済大国になった」

祖父の目が動き、宣顕をとらえる。

「富国強兵という言葉を知ってるな？」

宣顕はうなずいた。

「太平洋戦争後は強兵を切り落とし、富国だけに専念してきた。切り落とされたのは、強兵だけじゃない。田舎も、だ。いろいろな田舎が組み合わさって、国になる。その面では東京も一つの田舎だ。田舎を殺すとは、すなわち国をないがしろにすることだ。そして、国家のみが肥え太った。へぼ将棋だよ」

「何、それ？」

「王より飛車を可愛《かわい》がり、だ」

「国民が王様ってこと？」

「人が国そのものだ。国家、わしがいうのは政府や官公庁という体制という意味だが、それは便利な手駒《てごま》に過ぎない。どれだけ能力があろうと、飛車であって、王ではない。だが、高度経済成長の中味とは何か。アメリカに追従しないかぎり遅れたアジアの一員に成り下がるぞと脅しをかけ、自動車産業を成長させるため、国有の鉄道を廃し、建設業を巨大化させるために高速道路を造った。結局、特定の産業を大きくしていったのは何のためか」

宣顕は口を閉ざしたまま、祖父を見つめていた。

「各地に分散していた金を一点に集中させるためだ。たしかに金は集まった。田舎は寂れた。国は消滅した。挙げ句の果てがグローバル化だ。世界各国が互いの命《タマ》を握りあい、国家間での戦争は起こらない状況を作りあげた」

「平和でいいんじゃないの？」

「天国だな。だが、退屈だ。自分が何者かというのは禁断の問いかも知れない。問うてはならないのかも知れない。問えば、生きていくのが面倒になる。だが、退屈している者は問う。金儲《かねもう》け一辺倒で、国家だけが強大になり、人がいなくなっているのはおかしいと考えるようになる。おれは何者なんだ、という問いは禁断かも知れないが、もっとも大事なことだ。そうした連中がことを起こせば、テロリストといわれる。そう呼ぶのは、人のいない国家に利権を持つ者だ。自由、平等、個人の尊重……、抽象で語っているかぎりは題目に過ぎない。誰も具体的に語らない。一人の人間が具体的に自分らしくあるとすれば、飯を食い、クソを垂れて、働き、眠るだけのことだ。幸福が形として見えるのは、せいぜい自分の周囲でしかない。実物は、な。今はデジタルで何でも代用している。まやかしだ。肥大しているが、空虚な幸福の平べったい液晶の絵でしかない。家族は分断され、国は失われ、電気信号が見せる世界で一人ひとりがぽつんといるだけだ」

「電子が個人をつなげてるじゃないか。そうして革命が起こった国もあるはずだよ」

「きっかけに過ぎん。行動を起こせば、血は流れる」

「祖父《じい》ちゃん」宣顕は口紅を塗る手を止め、祖父を見た。「今日はよくお喋りするね」

祖父が目を細め、まじまじと宣顕を見た。

「怖いの？」

祖父は唇の両端をぐいと下げ、宣顕を睨んだ。

「標的がでかいからな。今度ばかりは今までのようにはいかない」

「そのあとも生きようと思うから怖い。違う？」

「そうだな」

祖父の唇の端が持ちあがり、苦い笑いへと変じた。

今宵《こよい》、一座は浅草の劇場での千秋楽を迎える。

真っ向から照らしてくるライトを浴びながら宣顕は素早く客席に目を走らせた。百五十ほどの席はほぼ埋まっている。喜久也が甘い声を震わせ、ゆったりとした演歌を歌っているのに合わせ、舞いながらも客席を隅から隅まで観察するのは、それほど難しくない。

歌がサビにかかり、舞台上でくるりと身を反転させた。

どうしちゃったのかな——胸の内でつぶやいた。

『しばらくは暇だから毎日舞台を見に行くね』

勤めていた店を辞めた裕美は言葉通り劇場に姿を見せていた。団体客が複数入って満席となっても客席の後ろに立って見物していたし、ちらほらと空席があるときは、シートに座っていた。開演前にはいなくても幕が開くとちゃんといたのだが、今夜に限って見当たらない。千秋楽は必ず行くといっていたし、舞台袖から見ていたのでは本当の味わいがわからないといって必ず客席にいる。

喜久也の歌が二曲目に入った。

手を挙げ、優雅に回し、くるりと反転して、つま先でぽんと舞台を打つ。裕美の姿を探しながらも躰が憶えた舞いには寸分の狂いもなかった。

歌謡ショーが終わり、メインの芝居が始まっても裕美の姿は客席になかった。

別にどうってことないじゃないか、ちゃんと芝居をしろ、と自分にいい聞かせる。だが、胸騒ぎがどうしても止まらなかった。

祖父の緊張が今になって宣顕に伝播《でんぱ》してきたのかも知れない。

5

〝六六〇二から本部〟

無線機のスピーカーから伊佐の声が流れる。

〝本部。六六〇二、どうぞ〟

〝……丁目の傷害事件にあっては被疑者《マルヒ》を確保。これ以上の応援は不要〟

〝本部、了解〟

助手席に座っている辰見がセンターコンソールに手を伸ばし、サイレンと赤色灯のスイッチを押しさげた。ルームミラーを見上げ、後ろをチェックしたあと、小沼はブレーキを踏んで減速する。

「案外早く片づいたな」

辰見がぽつりといった。

「そうですね」

酔っぱらい同士の喧嘩《けんか》騒ぎが起こった。自動車で警邏《けいら》中の全車輛に応援要請が出たのが二十分ほど前である。伊佐、浅川組が先に臨場し、車から降りるという連絡を聞いてから五分と経っていない。小沼たちもサイレンを鳴らし、現場に急行したが、あと五分ほどで現着というところで被疑者確保の一報が入ったのである。応援要請が取り消されたということは、現場が落ちついたのだろう。

車は足立区の北部を西に向かっていた。浅草の劇場を初めて訪れたとき、となりにいた老姉妹が東京都民だ、埼玉県民だといい争っていた辺りに近い。

電子ベルが鳴り、辰見がワイシャツの胸ポケットから携帯電話を取りだす。

「はい、辰見」

小沼は道路の左右を見ながら車を走らせつづけていた。

「ああ、当務中だ。となりにいるよ」

思わず耳をそばだてる。

「そうだな。十五分か二十分で行けると思う。何もなけりゃ、だが。……わかった」

携帯電話を閉じた辰見が顎をしゃくった。

「犬塚のホテルに向かえ」

「何があったんですか」

「お前に会いたいって女が犬塚のところにいるそうだ」

小沼は国道四号線に乗りいれた。三ノ輪まで行き、国際通りへ抜ける道順だが、二十分では少々厳しいような気がする。

それでも何とか二十五分後には犬塚の執務室にたどり着いた。

辰見につづいて、部屋に入ると、応接セットにいた女が立ちあがり、ふり返る。

「あんたは……」

女の顔を見て、小沼は思わず声を発した。

6

どうして裕美ちゃんは来なかったのかな——宣顕は、もう何度くり返したか知れないつぶやきを胸のうちで漏らした。

舞台に立ちながら客席に心奪われ、何度も目をやっていた。躰の隅々、それこそ指先にまでしみこんでいる仕草やセリフを失敗することはなかったものの、メインの芝居『情けが徒花、芸者お駒の恋』——最後の太刀回りの受けが良く、千秋楽では定番になっている——のラストでは、ほんの少し刀が強く入った。ぽんと触れる程度で誰にも気づかれなかったが、それでも喜久也は目を剝《む》いた。低声《こごえ》でごめんと詫《わ》び、芝居を最後までつづけた。

そもそも『情けが徒花、芸者お駒の恋』の最後の太刀回りは芝居ではない。軽い竹光を使っていても、ぎりぎりで止めるには真剣で人の首を刎ねるより膂力《りょりょく》が要った。本物の剣技なればこそ客の受けも良く、この演目が千秋楽の最後《トリ》をとることが多い。

ワゴン車の最後列シートに浅く腰かけ、背筋を伸ばしていた。エンジンを切ってあるので車内は冷えていたが、肩に厚手のダウンジャケットをかけてあるので寒さを感じることはなかった。両足を開き、その間に大刀を立てて、鐺《こじり》に両手を重ねている。

目を閉じたまま、面頬の内にこもる吐息の温《ぬく》もりを感じていた。すでに黒熊《こぐま》も着け、顎の下に回した紐をしっかり締めてあった。

すぐ前に座っている祖父が運転席の小男に声をかけた。

「なあ、赤城よ。いくつになっても母を恋うる子の思いは変わらないものだな」

「そうでございますね」

運転席の赤城が答える。

裕美がどうして今日劇場に来なかったのか、訊きたくて、口元がうずうずした。だが、訊いても無駄なことはわかっている。父と娘ながら二人が顔を合わせることはほとんどない。裕美が客席から宣顕の芝居を見ることに固執する理由の一つが父親に会いたくないからでもある。

今、自分がどこにいるのか、東京の西端であるという以外、正確な場所を知らない。これまでの三度の襲撃にしてものちにニュースで場所を知ることが多かった。ひょっとしたら祖父も襲撃地点について直前までわからずにいるのかも知れなかった。すべては赤城がお膳立てし、祖父と宣顕が決行してきた。

赤城が何者なのか、宣顕は気にしたこともなかった。赤城に案内された場所に標的は必ずいて、祖父が斬れと命ずる。それだけでしかない。

「先生、そろそろ」

赤城の声に宣顕は目を開けた。

「うむ」

うなずいた祖父が面頬を着け、黒熊を被る。紐を締め、両手で動かしてしっかり固定されているのを確認する。その間に赤城がいった。

「念のため、今一度申しあげますが、今夜、標的は私人として行動しますので自家用の黒い大型ワゴン車を使用しております。また、施設の正面玄関は……」

「わかっている」

祖父が赤城を遮った。

「正面玄関の車回しは救急車が横付けできるように余裕のある造りになっている。いくら大型のワゴン車とはいえ、救急車よりは小さい」

「失礼いたしました」

標的の行動についてはすでに赤城から説明を受けていたし、襲うとすれば、車から降り、玄関に入るまでのわずかな時間しかないことは打ちあわせていた。

標的が車を降りた瞬間を狙うしかない。

一つ有利な点があるとすれば、高橋天山のときとは違い、今回のボディガードは警察官であることだ。大田黒のときと同様、手向かうどころか協力してくれる。

祖父が宣顕をふり返る。

うなずいて、ダウンジャケットを肩から落とした。立ちあがり、スライディングドアを引きあける。先に車の外へ出た。剝《む》き出しの土踏まずに道路の砂利を感じたが、痛みはなく、むしろ心地よい。

車を出た祖父は車内をふり返り、赤城に声をかけた。

「それでは行ってくる」

「ご武運を」

宣顕は静かにドアを閉じた。

7

のんちゃんが殺される、と女はいった。

犬塚のホテルで待っていたのは、喜久之丞といっしょに劇場前にいた女だった。彼女の話から橘喜久之丞の本名が清田宣顕であること、天山と大田黒の事案のときには、彼女が宣顕のアリバイ工作をしていたこと、襲撃したのは宣顕と、その祖父であり、一座のオーナーにして座付き作者、演出家、役者でもある征顕《せいけん》——芸者お駒を落籍《ひか》せようとしていた老人役——であること等々がわかった。

そして今夜、東京西端にある特別養護老人ホームに母親を訪ねる首相を襲う計画である、と。

小沼はもちろん、辰見、そして犬塚までもが目を剝いた。彼女の話があまりに荒唐無稽《こうとうむけい》に思われたからである。また、疑問もあった。どのようにして女が情報をつかみ、なぜ犬塚を通じて小沼に知らせようとしたのか。

のんちゃんをむざむざ殺されたくない、と女はいったが、どこから情報を得たかはかたくなに口を閉ざした。

最大の疑問は、女の話がどこまで真実なのかという点にあった。

すべての鍵を握っているのは、彼女の義父だという。義父は彼女の母親——数年前に亡くなっている——の再婚相手で、彼女は素性もよく知らない。赤城と呼ばれていて、宣顕によれば、すべては赤城が手配していた。

犬塚が執務机に戻って電話をかけはじめ、辰見も部屋を出て行った。テーブルを挟んで向かい合った女は、小沼をまっすぐに見ていった。

のんちゃんを助けて……。

女の目は濡れていた。

辰見は戻ってくると、小沼に成瀬に報告するよう命じ、ふたたび部屋を出て行った。その場から成瀬に報告すると、とりあえず辰見といっしょに特別養護老人ホームに向かえと指示された。戻ってきた辰見に成瀬からの命令を伝えた。

『わかった。だが、老人ホームにはお前一人で行ってくれ。おれはちょっと寄るところができた。現場で合流する』

有無をいわせぬ辰見によって、小沼は一人、車を西へ走らせることになった。

木立の陰にしゃがみ込んで老人ホームの従業員用駐車場を見張っている。水銀灯に照らされた白茶けたアスファルトの上には軽自動車が二台停めてあるだけだった。小沼から見て、右手の一段高くなったところに老人ホームの建物があり、その右手はこんもりとした森になっていた。

捜査車輛は老人ホームの手前に置き、徒歩で従業員用駐車場までやって来た。まだ首相は来ていないらしく、周囲はしんと静まりかえっている。しかし、成瀬に報告を入れている以上、首相がやって来るとは思えなかった。

万が一首相が現れたとしてもセキュリティポリスが随伴しているのは間違いない。そうした中、首相を襲うとすれば、成功の見込みがある方法は一つしかなかったが、小沼にはこれまた信じられなかった。

宣顕たちは老人ホームの裏手にある従業員用の駐車場を通って正面玄関に回りこむと彼女はいったが、駐車場はうっそうと茂った木立に囲まれていてどこであれ、身を隠すことができる。おまけに小沼は一人である。その後、成瀬からも辰見からも何の連絡もない。応援が来る気配もなく、相変わらず周囲は静まりかえっている。脇の下には拳銃を吊っていたが、管轄区域を離れている以上、使用すれば、銃刀法違反となる。だが、宣顕がこれまで調べてきたような使い手であるならば、拳銃による阻止以外、手立てはない。

空を見上げた。

丸い月がぽっかり浮かび、月光が澄んだ空気を蒼《あお》く染めている。

中天にかかる丸い月を見上げ、宣顕はふっと息を吐いた。急斜面には九十九折《つづら》りになった細い道が刻まれ、ところどころ丸太で階段状の補強がしてあったが、それでも祖父の足には厳しいようだ。

ようやく追いついてきた祖父を見やる。面頬の眼窩《がんか》からのぞく目の周辺に汗がにじんでいるのが見てとれた。息が荒い。

「我々が目指している老人ホームの経営者は楢山《ならやま》というそうだ」

切れ切れの息の間から祖父が声を圧しだす。宣顕は首をかしげた。祖父が目を細める。苦笑しているようだ。

「わからんか」

「はい」

祖父はふっと息を吐き、ちらりと笑みを浮かべていった。

「先を急ごう」

ふたたび道を登りはじめた。ようやく頂点に達し、黒い木々の間から建物をうかがった。二階建て、白っぽい建物には窓が並んでいる。午前一時を回ろうという時間帯だが、窓のいくつかには明かりが見えた。

「歳を取るとなかなか寝付けなくなるもんだ。厄介だな」

祖父は吐き捨てるようにいったが、さすがに声は低い。

建物の手前は従業員の駐車場だと聞いていた。建物の近くに水銀灯が立てられ、白い光を放っていた。宣顕は駐車場を見回した。隅の区画に軽自動車が二台停められているだけだ。

「人影はないようですが」

標的を考えれば、あまりに無防備で閑散としすぎているような気がした。

「警護の連中は対象のそばを離れない。連中の任務の第一は自らが弾《たま》よけになることだからな」

祖父が右を指した。

「木立の間を進んで、正面に回りこむ」

「はい」

宣顕は躰を低くし、できるだけ音を立てないように歩を進めた。だが、しばらく行くと道路によって木立が途切れてしまった。道幅は七メートルほどだが、その先、老人ホームの正面に回りこんでいる植え込みは木もまばらで低い。

祖父をふり返った。ぎょろりとした目を剝き、ゆっくりと左右を見渡した祖父は空を見上げた。月に雲がかかろうとしている。

祖父が宣顕を見る。

「横断しよう。月は陰りそうだ。とにかくここからでは、襲いかかることもできない」

「はい」

もう一度、周囲をうかがってアスファルト上に人影がないことを確認すると宣顕は路上に踏みだした。

あと一歩でホーム正面の植え込みに入れるというとき、周囲がまばゆく照らされた。いや、闇に慣れた目に眩しかっただけで光源は左手にある懐中電灯に過ぎない。

「止まれ、警察だ」

宣顕は目をすぼめた。

人影は一つでしかない。

「武器を捨てろ」

宣顕は柄《つか》に手をかけた。

クソッ——小沼は胸のうちで罵《ののし》った。

ＬＥＤ懐中電灯の白い光の中に浮かびあがった二人の男は、刺し子の小袖に裁付袴を着け、黒熊を被り、面頬で顔を覆っていた。先を歩いていた男が小沼に向きなおる。面頬の隙間《すきま》にのぞく目は、喜久之丞……、清田宣顕に似ている。少なくとも背格好は小沼と変わりなかった。

樋浦がいうには、襲撃者のうち、天山に襲いかかった方は小沼より十センチほども背が高く、がっちりとした体型で、もう一人は背が低く、ずんぐりとしているはずだ。宣顕については闇の中の出来事でもあり、見誤ることはあったかも知れない。だが、宣顕の後ろに立つ男、祖父の征顕は宣顕より背が高く、瘦《や》せ形である。

なぜ樋浦が嘘を吐《つ》いたのか……、今は詮索《せんさく》している余裕はない。

左手に懐中電灯を持ち、すでに拳銃を抜いて右手に持っていた。

「武器を捨てろ」

まるで小沼に声をかけられたことが合図であったかのように宣顕は右手を柄にかけた。

小沼はためらわず引き金の後ろにはさんである三日月型の安全ゴムを親指で押しだした。拳銃を持ちあげ、撃鉄を起こす。

金属音に宣顕の動きが止まった。

小沼は半歩踏みだした。

「そのまま刀を鞘《さや》ごと抜いて、地面に置け」

だが、宣顕は躰を低くすると、鞘を握った左手の親指を鍔《つば》にかけ、鯉口《こいぐち》を切った。

「よせ」

小沼は伸ばしていた人差し指を引き金に載せた。

そのとき、自動車の排気音が響き、宣顕と祖父の背後に一台の大型ワゴン車が迫った。

まさか――小沼は手をかざしてライトの光をさえぎりながら思った――首相が来たわけじゃないよな?

8

今度こそ周囲が明るくなった。背後に自動車が迫っているのはわかったが、宣顕は低く構えたまま、警察官との間合いを測った。四メートルと踏んだ。ひとっ飛びで斬りかかれる。だが、相手も撃つだけの時間は充分にある。

ヘッドライトに照らされた男の顔を見て、宣顕は目を見開いた。

あいつだ。

仕事が休みだという裕美と連れだって浅草の劇場まで行き、中へ入ろうとしたときに男に声をかけられた。オフホワイトのコートを着ていた。同時にあのときの光景がまざまざと蘇ってくる。

『芸者のお駒が主役の舞台って、近々にやる予定はないんですか』

男——今、目の前に立っている男は警察官だ。そして『情けが徒花、芸者お駒の恋』の最大の見せ場には、喜久也の大刀をすり抜けるようにして振るった一刀を首寸前で止めてみせるという技があり、それこそ天山の首を刎ねた一太刀である。

公演予定表を指し、その日に上演される演目を教えたのは、宣顕にほかならない。

何とも間抜けな——面頬の内側でぎりぎりと奥歯を噛む。

『おお。そりゃ、ついてる』

男はいけしゃあしゃあといってのけた。

『橘喜久之丞の殺陣は見事なんだけど、中でも飛び抜けてすごいのがそのお芝居の殺陣だって』

警察は天山殺しと宣顕を結びつけていたのか。

『この人がその喜久之丞ですよ』

宣顕の腕を取り、何かを自慢するように教えたのは、裕美だ。

胸の底に冷たい氷が差しこまれるような気がした。

今夜、裕美は劇場に姿を見せず、代わりに警官が目の前に立ちはだかっている。

まさか……、いや、そんなはずは……、なぜ、どうして……。

背後の車のエンジンが止まり、辺りに静寂が戻ってくる。だが、ヘッドライトは点けられたままだ。

やがて弱々しい男の声が聞こえた。声をかけられたのは、祖父の方だった。

「清田征顕……、いや、重田征顕《しげたまさあき》といった方がわしには馴染《なじ》みがあるな」

すぐ後ろで祖父が低い呻きを漏らした。

何者なのか――宣顕は柄に手を置いたまま、眩しそうに目を細めている警官を見つめていた。手には拳銃が握られている。

銃口を宣顕に向けたまま、小沼は左手でヘッドライトを遮り、ワゴン車を見やった。現れたのは、車椅子に乗った八嶋と、押している辰見だ。

八嶋が清田征顕に声をかけたが、重田といい直した。

『小鶴居のバックにシゲタがいる。あいつも上海にいた』

病院を訪れたとき、八嶋がいった。

次の瞬間、小沼は思わず目を瞠った。八嶋は鼻に差しこまれていたチューブをはぎ取り、車椅子を降り立ったのだ。老いさらばえ、入院着の上に羽織ったダブルの上着が滑稽なほど大きく見えるほどに痩せこけていたが、スリッパをつっかけただけの素足はしっかりアスファルトを踏まえ、眼光は炯々《けいけい》と鋭かった。

一歩、二歩と歩みだす。辰見はいつの間にか拳銃を抜いていたが、銃を握った右手はだらりと下げたままで八嶋の背に目をやっている。それでもしっかり撃鉄を引き起こしているのを小沼は見逃さなかった。

「宣顕」八嶋は静かに声をかけた。「お前にはつらいかも知れないが、その男はお前とは血のつながりはない。むしろお前の母を……」

「黙れ」

宣顕は一喝すると大刀をすらりと引き抜いた。視線はまっすぐ小沼に向けられている。

辰見が銃を持ちあげ、怒鳴った。

「動くな」

だが、宣顕は半歩小沼に向かって踏みだす。

小沼は空に向け、一発発射すると懐中電灯を捨て、両手で拳銃を保持して宣顕に銃口を向けた。

「威嚇射撃は終わった。それ以上動くと撃つ。刀を捨てろ。どうして我々がここにいるか……」

面頬の開いた口から鋭い気合いが響いた。

なぜ裕美が今夜劇場に来なかったのか、その理由ははっきりしていた。目の前にいる冴えない警官が説明しようとしたとき、宣顕は腹の底から気合いをほとばしらせていた。

無銘の一刀を頭上に構え、アスファルトを蹴った。

眼前に閃光が弾《はじ》けた。

小沼は半ば無意識のうちに引き金を絞りきっていた。

手の中で拳銃が撥《は》ね、手首に鋭い痛みが走る。

紫色の霧が立ちのぼるのを視界の隅にとらえた気がした。

9

仲見世にほど近い雑居ビルの一、二階を占める大きな喫茶店の二階、もっとも奥まったテーブル席で小沼はコーヒーカップを前に腕組みをしていた。

清田宣顕を射殺してからまだ二日しか経っていない。

昨日、辰見を通じて犬塚から伝言を受けとった。宣顕の女が小沼に会いたがっている、と。小沼は了解し、時間と場所を聞いた。

腕時計を見る。約束の時間を三十分過ぎた。ひょっとしたら女は来ないかも知れないと思った。そもそもなぜ小沼に会いたいなどといってきたのか……。

特別養護老人ホームに首相が来たのか、小沼には確かめようもなかった。宣顕を射殺した直後、数台の車がやって来て、小沼は名乗りもしない連中に同行を求められた。拒否しようがなかった。公安部だろうと推察できたが、これも確認しようがなかった。そのまま一台に乗せられ、桜田門まで連れて行かれた。もっとも入ったのは、警視庁の本庁舎ではなく、すぐ裏手にあるビルだったが。

まず装備品を提出するようにいわれ、手帳、拳銃そのほかすべてを渡した。それから朝まで事情聴取があり、終了後、装備品を返された。拳銃に刻まれた番号が違っていたが、そのことを伝えても君が携帯していた拳銃に間違いないといわれた。

分駐所に戻り、拳銃を出納室に戻したときに驚いた。保管庫の棚に置いてあったプレートの番号が桜田門で返された拳銃のものと一致したのである。おそらく記録上は浅草分駐所に配属されたときから同じ拳銃を使っていたことになっているだろう。

宣顕と征顕については、マスコミ報道でしか知りようがなかった。刃物を持って老人ホームに押し入ろうとした二人組のうち、若い方は通報を受けて臨場した自動車警邏隊の警察官に射殺されたことになっている。現時点で二人とも身元不明となっている。

二人がなぜ老人ホームに押し入ろうとしたのか、動機は不明とされている。また、拳銃使用について警視庁は正当だったと発表した。もちろん小沼や辰見については一切公表されていない。

天山事件、小鶴居事件、大田黒事件とは一切関連づけられなかった。老人ホームに首相が訪ねることが一切明かされなかったからであり、また、犯人が所持していた凶器は刃渡り三十センチ近いサバイバルナイフとされたからだ。

「すみません。遅くなりました」

声をかけられ、小沼は顔を上げた。女が立っていた。白いセーターにジーンズ、手にピンク色のコートを掛けている。小沼は向かい側を指した。

「どうぞ」

「失礼します」

女が座るとすぐにウェイトレスがやって来た。女は百パーセントフレッシュかと確かめてからオレンジジュースを注文した。

ジュースが運ばれてくるまで女はうつむいたまま、黙っていた。化粧っ気のない顔には憔悴《しょうすい》の色が濃い。オレンジジュースのグラスと伝票をテーブルに置いてウェイトレスが遠ざかると、女は紙袋に入ったストローを手にした。

「お呼び立てしておきながら私の方が遅れてしまって、すみませんでした。思ったより病院が混んでいたものですから」

「どこかお加減が悪いんですか」

あまり顔色のよくない女を見て、訊いた。

女が上目遣いに小沼を見返す。しばらく沈黙したあと、きっぱりとした口調でいった。

「妊娠してるんです」

「清田の？」

女がうなずいた。

おめでとうといえた義理ではない。小沼は生まれてくる子供から父親を奪ったことになる。

背広のポケットに手を入れ、名刺入れを取りだす。一枚抜いて、女に差しだした。

「申し遅れました。小沼といいます」

女は名刺を受け取り、低声《こごえ》でいった。

「裕美です」

名字を口にするつもりはないらしかった。継父を赤城といったが、母親と正式に結婚していたのかはわからないし、裕美にしてみれば、清田を名乗りたいのかも知れない。

「何があったのか、教えていただけないでしょうか」

顔を上げた裕美は落ちついた声で、だが、きっぱりといった。

宣顗の最期という必要はない。

「本当に短い間……、数秒のことだったんですが」

抜刀し、地を蹴った宣顕が眼前に迫ったところは憶えている。腰を落とした小沼は撃鉄を起こした拳銃の引き金に指をかけ、顔の前で構えていた。

閃光《せんこう》が重なった瞬間を眺めていた。音は記憶にない。面頬を着けた宣顕の顔は鼻先数十センチに迫っていた。

面頬の開いた口から飛びこんだ三八口径弾が宣顕の鼻の下から入って首筋へ抜けていたと聞いたのは、事情聴取を受けている最中、夜がすっかり明けた頃だ。

面頬を着け、黒熊を被った顔の背後に紫色の霧が広がるのを見たような気がするが、あとから脳が作りだしたイメージかも知れない。

小沼は目を伏せた。

「正直にいうと、よく憶えていないんです。すみません」

たとえ妊娠していると聞かなくても身内を相手にあからさまに伝えるべきではないと思った。

「そうですか」

小沼は目を上げた。

「今から考えると、彼にはぼくを斬る気がなかったように思えるんです」

自分の言葉に自分で驚いたが、口にしたことでもやもやしていた思いがはっきりと姿を現したような気もした。舞台上で見せた殺陣と高橋天山を斃《たお》した技量を考えれば、拳銃を避け、小沼の首を斬りとばすくらい簡単だったろう。

今、明確に理解できた。

宣顕は小沼が手にした拳銃に斬りつけたのだ。封印されていたあの瞬間がまざまざと脳裏に浮かんできた。

閃光は二つあった。宣顕の刀が小沼の拳銃に衝突した瞬間の火花と、発射炎。上向きになっていた銃口が斬りつけられたことで下がり、面頰の口元に向き、次いで引き金を絞った。刀が拳銃にあたったのが先、引き金をひいたのは後だ。

「やっぱり」

裕美がつぶやく。

「やっぱり？」

「あ……、いえ」

裕美はグラスを取り、ストローをくわえて頰をへこませた。グラスを置き、目を伏せたまま、話しはじめた。

「あの日からのんちゃんが変になったんです」

「あの日というのは？」

「去年の秋口だったと思います」

宣顕は、誰もいない楽屋に裕美を呼び、刀を見せた。古びた刀で柄はぼろぼろ、鞘は傷だらけで少しも立派には見えなかった。征顕——宣顕は祖父ちゃんと呼んでいたが——からもらったという。

「あたし、舞台の小道具にしてもひどいねっていったんです。のんちゃんは笑って、刀を抜きました。刀に蛍光灯の光が反射したとき、背筋がぞっとしました。それからです、のんちゃんの目つきが何となくおかしいと感じるようになったのは」

「おかしいというのは？」

小沼の問いに首をかしげた裕美はストローの入っていた紙袋を手にすると、もてあそびはじめた。ぼんやりとした顔つきになったが、惚《ほう》けているのではなく、自分の内側を必死に探っているために表情が失われているように見えた。

「何かに取り憑《つ》かれているみたいな感じというのか」

裕美の手の中でストローの紙袋が玉になっていった。

「決定的におかしいなと感じたのは、十二月十三日の明け方です。あたしの部屋に来たんですけど、顔が真っ白で、目だけ赤くて。あたしが何をいっても上の空って感じでした」

去年の秋、征顕から刀をもらい、十二月十三日に初めて人を殺したということだろう。

「でも、一眠りしたあとは何にもなかったような顔をしてた。前ののんちゃんに戻ったように見えた……」

裕美は首をかしげた。

「あたしがそういう風に見たかっただけかも知れない」

老人ホームに向かう直前、犬塚のオフィスで会ったとき、裕美は宣顕のアリバイ工作をしていたと語った。

「新潟の公演を終わって帰ってきたときには、全然別人みたくなってました。神経が張りつめているというか、いつもびくびくしている感じで。あたしが声かけただけでびくっとして、それからあたしに怒鳴り散らしたり」

裕美の手から紙の玉が落ち、床を転がった。

「のんちゃん、まだ十七なんですよ。それなのにあたしよりずっと年上みたいに見えちゃって。老けたっていうか。それであたし、お店を辞めようって決めたんです」

「なぜ……」

思わず訊いたが、裕美はまるで小沼の声など聞こえなかったように反応しなかった。

「それでのんちゃんが病院に忍びこんだ夜に……」

大田黒が殺害された夜のことだろうと察しはついた。

小さく首を振り、裕美はかすかに頬笑んだ。

「あたしの知っているのんちゃんは、どこか遠くへ行ってしまった。でも、あたしは生きてて欲しかった。それでこの間のこと、訊いたんです。何をするつもりなのって。今まで訊いたこともないし、訊いても教えてくれるとは思わなかった。でも、のんちゃんは話してくれたんです」

「老人ホームで……、襲うことを？」

さすがに首相と口に出すのは憚《はばか》られた。

「全部。オーナー……、劇団の人たちはのんちゃんのお祖父さんをそう呼んでました。のんちゃんはオーナーとは血がつながっていないことを知ってたんです。お母さんから聞いたって。それから谷中のお寺であったこと、新潟や病院でのこと……、あたし、黙って聞いてました。のんちゃんがあたしの中に自分を残したいんだってわかったから」

「彼は征顕に唆《そその》かされて、やったんだろうか」

「どうでしょう」

裕美はまた首をかしげ、しばらくの間テーブルを見ていた。

「のんちゃんは使命だといってました。世の中を変えるんだって。馬鹿じゃないの、子供じゃないんだからって、あたし、笑ったんです。でも、のんちゃんは何もいわずに頬笑みました。子供のくせに年寄りみたいな顔して」

ふいに粟野の顔が浮かんだ。

何もすることがなくて午前四時に自転車を乗りまわし、仕事もなくふらふらしている先輩につきまとわれ、学校では弟が同じクラスにいた。だらだらした付き合いから逃れられず、挙げ句の果てに強盗殺人事件に巻きこまれた。一方、教師たちはひたすら何もなかったことにしようとして沈黙を強いる。

社会からつまはじきにされた先輩が粟野たちも自分と同じところまで引きずり下ろそうとしていることも、教師がおのが保身しか考えていないことも冷めた目で見ていたに違いない。

保身という点では警察も同じだ。逮捕にしろ、保護にしろ、手続きが正当であるかがまず重要だ。ようやく個人的な知り合いになった警察官は、風邪で高熱を発してダウンしてしまった。

面頬を外せば、粟野の顔が現れて、叫んでいるような錯覚にとらわれる。

おれ、どこへ行けばいいの？

何をすればいいの？

「あたし、怖かったんです。のんちゃんが本当に死んでしまうって。昔ののんちゃんじゃなくてもいい。生きていてくれさえすればいいと思って、それで小沼さんに連絡しました」

小沼は顎を引き、息を詰めて、裕美を見ていた。粟野が、宣顕が目の前に迫り、助けてくれと手を伸ばしてきているような気がした。

裕美は穏やかに頬笑んでいた。

「のんちゃんが本当に死んじゃった今は、こう思うようにしてるんです。のんちゃんは死んだんじゃなくて、生きたんだって。そして帰ってきたって」

そっと腹を撫でる裕美の手が眩しかった。

終章　偽証

駐車場に車を停めた小沼は、ギアをパーキングレンジに入れ、サイドブレーキを引いた。ネクタイを取り、ソフトアタッシェから黒のネクタイを取りだす。あらかじめでき上がっている結び目にはホックが付いていて、ワイシャツのカラーにワンタッチで留めるだけだ。無地のチャコールグレーのスーツは当務中としては精一杯である。

襟元に手をやり、カラーとネクタイに触れて点検すると助手席の辰見に目をやった。

「本当にいいんですか」

「ああ」眠そうな目を前に向けたまま、辰見がうなずいた。「ここで無線の番をしてるよ。どっちかがやらなきゃならないだろ」

「それなら自分が……」

辰見が断ち切るようにいった。

「いいんだ。おれの分もよろしく伝えてきてくれ」

「わかりました」

車から降りた小沼は二階建ての斎場に向かった。ガラスの自動扉を入るとすぐ左手に案内板がある。八嶋家の葬儀は二階となっていた。

階段を上がり、案内表示にしたがって会場となっている部屋に向かう。入口の前に置かれたテーブルには礼服姿の男と黒いワンピースの女が座っている。入口のわきにあるプレートを確かめてからテーブルに近づき、一礼する。

「このたびはご愁傷様でした」

「ご参列、恐れ入ります」

「こちらをお願いします」

内ポケットから香典袋を二枚取りだし、男の方に差しだした。男が押しいただく。

「こちらにご記帳をお願いします」

女が指した芳名帳に辰見悟郎、小沼優哉と記入し、会場に入った。

部屋は八十人ほどが入れる広さで、正面に白菊で飾られた祭壇が設《しつら》えられていた。整然と並べられた折り畳み椅子は、前方三分の一ほどが埋まっているに過ぎない。だが、祭壇の左右から壁へとずらり並べられた花輪は不釣り合いに豪華だった。花輪に付けられた送り主の名前を見て、納得した。聞いたこともない会社の名前になっているが、代表者はいずれも暴力団の組長や若頭である。

空いている椅子に腰を下ろし、最前列の右側に並ぶ親族を見やる。マキを探したが、見当たらなかった。

ほどなくマイクの前に司会者が立ち、通夜の儀を執り行うと告げた。僧侶が入ってきて、祭壇の前に置かれた肘《ひじ》かけのついた椅子に座ると鉦《かね》を鳴らした。

読経が始まると、キャスター付きの台に載せられた香炉が参列者の間に回され、順に焼香をしていく。香炉が目の前に来る。小沼は両手を合わせ、改めて祭壇の遺影に目をやった。

それほど古い写真ではないだろう。黒のハンチングを被った八嶋がカメラに向かって目を細め、笑みを浮かべている。見るからに好々爺《こうこうや》という顔つきで、ヒットマンというイメージからはほど遠く、また、病院のベッドに寝ていたときの顔とも違う。

だが、と小沼は胸のうちでつぶやく。

あの夜、特別養護老人ホーム裏手の従業員用駐車場で目にしたのが八嶋本来の貌《かお》なのだろう。酸素チューブを引き抜き、車椅子から立ちあがった刹那《せつな》の八嶋の目を見たとき、小沼は腹の底がつんと冷たくなるのを感じた。

重田行征《しげたゆきまさ》という名前を八嶋の口から聞いたのは、老人ホームでの一件のあと、病院に戻ってからだ。昭和十三年、八嶋は母方の叔父を頼って上海に渡り、そこで肥前藩主松《まつ》浦《ら》家中の者の末裔《まつえい》に会っている。それが重田行征であり、八嶋に軍刀の拵《こしら》えをした一刀を渡し、中国人の首を刎ねさせた。

終戦後、重田は生きて故郷の新潟に戻り、政治結社の一員として働いた。新潟県選出の大物議員の字義通りの懐刀として陰の実力部隊を率いていたともいわれる。小鶴居の父親と知り合ったのも昭和三十年代から四十年代にかけてであり、現在の中国と小鶴居を密《ひそ》かに結びつける役割をした。そして征顕は行征の三男であった。

気性が荒かった征顕は地元で幾度も流血沙汰《ざた》をひき起こし、半ば勘当、半ば家出という格好で東京へ出た。その後、どのような経緯で清田宣顕の母と関係を持ったのかについては犬塚が調べた。橘喜久也一座は、元々は宣顕の母を中心とする女剣劇を売りにしていたという。演劇界の周辺にいた征顕が宣顕の母に近づいていったようだ。

抹香をつまみ上げ、鈍い朱色の光を放っている香の上に落とす。三度くり返し、合掌、瞑目《めいもく》した。

参列者の最後だった小沼は香炉を近くにいた係員に托《たく》し、立ちあがった。祭壇に小さく一礼して、会場を出る。

「小沼さん」

ふり返ると、薄茶のスーツを着て黒いネクタイを締めた牟礼田が笑みを浮かべて立っていた。

「どうして、ここへ？」

「この業界は私のもっとも得意分野でしてね」

そういって牟礼田は右の人差し指を頬にあて、そっと下ろした。辰見、犬塚ともに暴力団担当だった頃に牟礼田と接触していたのを思いだす。黙って見返していると、牟礼田が言葉を継いだ。

「天山事件について取材して回っているうちに八嶋さんの名前が出てきましてね。調べてみたら戦争中のつながりがある。まあ、犬も歩けば棒にあたるといったところですが」

牟礼田が元テレビ局の記者で、フリーに転じてからは際どいところを取材して回っているといったのは辰見だ。

「闇剣士の次の狙いは総理だった」

いきなり牟礼田がいい、探るように小沼を見ていた。何の反応も得られないと知ると、牟礼田は質問の矛先を変えた。

「最初に小沼さんに声をかけられたのは、浅草にある芝居小屋の前だった。憶えておられるでしょう?」

「ああ」

「私、あの劇団のオーナーを追っていたんですよ、天山事件のセンで。戦後の混乱期に愚連隊にいた男で、業界ともつながりがあった。剣の遣い手だったという情報もありましてね、ひょっとしたら闇剣士かな、と」

相変わらず牟礼田は小沼を凝視していた。表情の変化を見極めようとしているのだろう。

「ところが、奴さんは特別養護老人ホームなんかでパクられちゃった。同じときに劇団の若い役者が警官に撃ち殺されましたよね」

言葉を切った牟礼田はまっすぐに小沼の目を見つめた。

マスコミは、サバイバルナイフを持って特別養護老人ホームに押し入ろうとした二人組の事件を報じた。犯人の内、十七歳の大衆演劇俳優が射殺され、共犯者である一座のオーナーが逮捕されたが、動機は不明とされている。

牟礼田が圧しだすようにいう。

「そこに総理の母親が入所してるってのは、ご存じですか」

「いや」

小沼は即座に否定したが、牟礼田はまるで納得したようには見えなかった。

「劇団のオーナーと闇剣士は無関係だったのか」

牟礼田は独り言のようにいった。

闇剣士と宣顕が結びつけられない以上、コズルイウソツキこと小鶴居と、でたらめな発言をくり返して政治を混乱させた大田黒がそろって殺された事案については犯人が捕まっていないことになる。つまり闇剣士は、今も剣をたずさえ、息をひそめているわけだ。

その影響か与党中枢にいて無責任発言をくり返してきた連中が一斉に沈黙し、さらには引退表明する者が続出していた。引退者の中には、〝媚中派《びちゅうは》〟と揶揄される親中国派議員が多かった。

「老人ホームの事件直後から総理は衆議院の解散、総選挙に向けて動きだしたといわれてます」

「へえ、そうなのか。知らなかった」

「まだ、表だって報道されてはいませんけどね。老人ホームでの一件と、その後の総理の動向に関係があるのかも知れないし、ないのかも知れない」

牟礼田が目を細めた。メガネの奥の視線がきつくなる。

「結局、闇剣士の事件で誰が得をするんだろうと、私は考えるんです。次の総選挙によって保守大連合が成立するかも知れないという観測があります」

「誰がそんなことを？」

「いろいろ」牟礼田がちらりと笑みを浮かべる。「天山、小鶴居、大田黒と並べて、その先に今の総理を置いてみると、親中国を標榜する連中の粛清といえるのではありませんか」

「天山はともかく政治家たちは必ずしも親中国とはいえないだろう。まして、今の総理となれば……」

「それなら保守派というか、旧体制派にとっては都合がいい」

「天山は旧体制派といえないか」

「なるほど。それはそうですね。では、新たな体制派とでもいい換えましょうか。保守ではあるが、戦後の枠組みは排除したい連中、と。そうなると天山のように昔を知っている人間は邪魔だし、このところ中国と接近しているようだから、そいつも排除の理由になる」

そこはちょっと違う、と思ったが、もちろん口にはしなかった。

牟礼田がつづけた。

「一つだけ、これはいえると思うんです。警察の仕事は体制の擁護でしょ。決して正義の味方ではない」

特別養護老人ホームの従業員用駐車場につづく崖下の林道にワゴン車が放置されていたが、運転手の姿は見当たらなかった。裕美の話では、彼女の義父が運転手をしていたはずだが、行方はまったくわからないし、警察も追おうとはしない。征顕が運転してきたものと見なされていたのだから当然かも知れない。

もし——仮定に意味はないかも知れないが——、赤城と呼ばれた男が公安部の潜入捜査員で、すべては保守大連合を達成するためとしたら……。

小沼はわきあがってきた思いを圧し殺した。

「警察官は正義の味方だよ。申し訳ないが、勤務中でね。これで失礼する」

きびすを返し、階段に向かいかけた小沼の背中に牟礼田が声をかけてくる。

「そういえば、天山殺しの現場にいた運転手が……」

無視して階段を降りた。一階のロビーで、隅に立ち、赤ん坊を抱いているマキを見つけた。

牟礼田が降りてくるかも知れない。だが、かまうものか。マキなら牟礼田など、どうとでもいなせるだろう。

近づくと、マキは照れくさそうな笑みを浮かべた。母親であるマキを見るのは、初めてである。

「このたびはご愁傷様でした」

「いえ、わざわざお参りいただいてありがとうございます。祖父ちゃんも喜んでると思う」

「はあ、中座してしまったんで、そういわれると何だか心苦しいです」

「ううん」マキは首を振った。「お仕事中だもの、仕方ないよ」

「実は辰見は……」小沼は目で駐車場を示した。「来てるんですが」

マキが噴きだす。

「辰ちゃんらしいな。あの人ね、葬式に出なけりゃ相手は死んだことにならんっていったことがあるのよ。子供みたいよね」

「はあ」

小沼は苦笑し、赤ん坊をのぞきこんだ。眠っているようだ。

「お初にお目にかかります。警視庁の小沼巡査であります」

「ほら」マキが赤ん坊を揺する。「あなたもきちんとご挨拶をしなさい」

揺すられた赤ん坊があくびをする。二人は笑った。

「赤ん坊のくせにふてぶてしい顔してるでしょ」

「母親似かな」

「そうかもね。ついさっきまでぐずってたの。お経が始まるんで、抜けでてきたのよ」

穏やかな笑みを浮かべたマキは、小さな口を開けて眠りこけている赤ん坊を見下ろした。

「入れ替わりって感じね」

「え？」

「祖父ちゃんが亡くなって、この子があたしのところに来た。こうしてつながっていくんだね」

白いセーターの上から腹を撫でていた裕美の手が脳裏をよぎっていく。小沼はうなずいた。

「そうですね」

「祖父ちゃんはね、桜が大好きだったのよ。桜を見上げて、いつも同じことというの。来年も桜を見たいなって。でも、今回は間に合わなかった」

一月下旬となり、日によっては春を思わせる陽気にもなったが、桜どころか梅もまだニュースになっていない。

赤ん坊を見ながらマキが言葉を継いだ。

「それとね、天山は思い通りの死に方をしたなって。ちょっと羨《うらや》ましそうだった」

「そうなんですか」

「おれは長生きしすぎたって、何度もいってたよ。それにまさか病院のベッドで死ぬことになるとはな、なんてね」

思い通りの死に方か、と小沼は胸のうちでつぶやいた。

老人ホームでの一件があって二日後、樋浦が自殺した。センチュリーに火鉢を持ちこみ、練炭を不完全燃焼させて一酸化炭素による中毒死を遂げたのだ。訃《ふ》に接した小沼は事件現場となった天山邸に駆けつけたが、中には入れなかった。

そのとき、以前樋浦のマンションを出てきたところで声をかけてきた二人組に会った。てっきり神奈川県警の公安部捜査員だと思っていたが、県南にある所轄署の刑事で、他の所轄署との連絡係をしているという。年かさで小柄な方が馬橋《まばし》、大柄でくたびれた顔をしている方が荻生《おぎう》と名乗った。締め出しを食っているのは二人も同じで、天山と関係のあった千葉の広域暴力団がらみの事件を調べているらしかった。

天山事件のとき、最初に臨場し、樋浦の話を聞いたと明かすと、二人は目をぱちくりさせていた。

樋浦からの手紙が浅草警察署気付で届いたのは、自殺の翌々日である。

小沼様

この手紙を読んでいただいている頃には、私は生きておりませんでしょうし、たぶん警察官である貴兄はすでにご存じだと思います。

重田の事件をテレビで知り、これでようやく私も安心して先生のおそばにいけます。

天山先生が亡くなられたあの日、私は貴兄に嘘を吐きました。遺書など書く柄でもないことは重々承知しながらこうしてつたない手紙をつづっておりますのは、貴兄にだけは、どうしてもひと言、お詫びを申しあげたかったからであります。

車で谷中に向かう途中、天山先生は、ふいに重田について思い出話をされました。ボディガードは日本語に堪能ではありますが、重田のことなどは知るよしもございません。私も何十年ぶりかで先生の口から重田の名前が出たのに驚いたくらいでした。

重田は、私が先生のお屋敷に伺ったときには、すでに書生として住みこんでおりました。私よりだいぶ年上で、書生の中ではリーダー格でしたが、一番若い私を末弟のように面倒を見てくれたのでした。私が勉学の方に早々に見切りをつけ、運転手として働きたいということを最初に相談したのも重田でありました。

また、重田の父親が帝国陸軍少佐で戦時中は大陸におり、天山先生と親しくされていたことも聞いておりました。終戦間際、重田は九歳で父親とともに大陸から新潟に戻り、天山先生も前後して東京に戻られました。その後も重田の父親は天山先生とは連絡をとっていたようです。重田が十三歳で家を飛びだし、東京にやって来たのも天山先生を頼る気持ちがあったのだと思います。しかし、なにぶんにも戦後の混乱期のことであり、天山先生ご自身が連合軍の目から逃れる生活を強いられていたため、重田を受けいれる余裕などなかったのでございます。

重田は幼い頃から躰が大きく、十三歳の頃には大人顔負けだったといいます。本人がいうだけですから本当のところはわかりません。ただ、父親という方が武家の末裔で剣の使い手であったらしく、重田も中国にいる頃から厳しい稽古を積んできたそうです。天山先生も武道には通じておられ、重田の父親とは剣を通じて親交を深めたと聞いたことがございました。

ひょっとしたら重田の父親は、天山先生に息子のことを頼まれたのかも知れませんが、先に書いたように天山先生には受けいれる余裕がありませんでした。重田は大きな躰、荒い気性、それに剣の修行で培った練達の技をもって、渋谷の愚連隊に入り、いい顔になっていったのでございました。一方、重田は戦後華やかになった興行の世界にも惹かれたようでございました。

戦争が終わって、何年か経ち、先生もようやく落ちついた頃、ふらりと重田が現れたそうです。荒んだ生活が目つきに現れていたと先生はかつておっしゃってました。先生は興行界にも顔が利いたので、重田にしてみると先生の噂を聞きつけて訪ねてきたのかも知れません。実際、先生は重田を書生として屋敷に住まわせ、折りあるごとに演劇やレビューの関係者に重田を引きあわせていたようです。

重田がのちに劇団の座付き作者兼役者となったのは、そうした背景がありました。重田の劇は受けたそうです。何より殺陣が評判を呼んだということですが、元々が本物でございますから迫力という点ではほかの劇団のおよぶところではなかったでしょう。

もしかすると中国にいる間に人を斬っているのかも知れません。ですが、これは私の想像です。先生も重田も中国の頃のことは口にしませんでした。

重田は二十代の頃から劇団の仕事をするようになり、屋敷を出ておりましたが、大阪で万博があった頃にはふっつり音信も途絶えました。以来、重田の名を聞くことはなく、先生も忙しくなられて、私もすっかり重田のことを忘れておりました。

それがあの日、いきなり重田の名を口にされたのでした。

この数年、とくに一年前、中国人たちがそばに来てからは、先生は長生きしすぎたと漏らすようになりました。また、畳の上では死にたくないとも。

ここから先は私の想像ですが、先生はご自身に相応しい死に場所を求めていらっしゃったのではないかと思います。

あの月の夜、先生に話しかけてきたのが重田であることは、すぐにわかりました。そしてすべては先生の采配《さいはい》によって進められたことも。

あくまでも私の想像です。

貴兄のご尊顔を拝するたび、心苦しく思っておりました。もしかすると私の、この手紙が先生の名誉を穢《けが》すことになるかも知れないとも考えましたが、貴兄にはお伝えせずにはいられませんでした。

長々と、そしてとりとめもなく書きました。

貴兄の真摯《しんし》な応対には感謝しております。家族には縁の薄い私でしたが、貴兄のような息子がいれば、と思ったこともあります。

これからもご自愛ください。

樋浦

捜査車輌のドアを開け、運転席に乗りこんだ。黒いネクタイのホックを外し、ついでにカラーも緩める。

「マキさん、ホールにいますよ。子供をあやしてました」

「そうか」

辰見はぼんやりと斎場を眺めている。

「参列してたのは、二、三十人というところですかね。花輪は……」

小沼は目にした花輪にあった暴力団関係者の名前を挙げた。

辰見は鼻に皺を寄せた。

「あの業界でも人情、紙のごとしか。やれやれ、世も末だな。まあ、八嶋の爺さんもすっかり過去の人だが」

ブレーキペダルを踏みこみ、シフトレバーに手をかけた小沼は辰見に目を向けた。

「清田宣顕が使っていた刀ですが、あれ、八嶋さんが中国で使ったのと同じ物ですかね」

〈ポイズン〉というスナックで会ったとき、八嶋がいっていた。

『拵えは軍刀だったが、抜いてみて、わしは躰の芯がかっと火照るのを感じた。妖刀というのは本当にあるんだよ。わしは一瞬で魅入られてしまった』

裕美はいった。去年の秋、宣顕が征顕からもらったという刀を手にしてから人が変わったようになった、と。

下唇を突きだし、正面を睨んでいた辰見がぼそりという。

「どうかな」

「あのとき、自分らが臨場しなければ、清田は予定通りやったと思いますか」

「仮定の質問には答えようがないね」

ヘッドレストに頭を載せた辰見は目をつぶった。

「牟礼田も来てました」

「そうか」

まるで驚いた様子もなく、辰見は目を閉じたまま顎をしゃくった。

「そんなことよりさっさと車を出せ。ここは管轄外だ」

「はい」

ギアを入れ、ゆっくりと車を出した。

しばらく走ったところで、センターコンソールのスピーカーがわめきだした。

〝至急、至急、第六本部より各移動……〟

辰見が躰を起こし、周囲を見回す。車は橋の上を走っていた。小沼は伝えた。

「白鬚橋です」

隅田川を渡れば、台東区、第六方面本部管轄となる。うなずいた辰見は無線機のマイクを取りあげた。

本書は書き下ろしです。
本作品はフィクションであり、実在の個人および団体とは、一切関係ありません。

実業之日本社文庫 な23

月下天誅《げっかてんちゅう》　浅草機動捜査隊《あさくさきどうそうさたい》

2012年12月15日　初版第一刷発行

著　者　鳴海《なるみ》　章《しょう》

発行者　村山秀夫
発行所　株式会社実業之日本社
〒104-8233　東京都中央区京橋 3-7-5 京橋スクエア
電話 [編集]03(3562)2051 [販売]03(3535)4441
ホームページ http://www.j-n.co.jp/
印刷所　大日本印刷株式会社
製本所　株式会社ブックアート

フォーマットデザイン　鈴木正道(Suzuki Design)

ISBN978-4-408-55106-7（文芸）